CW01636315

BESTSELLER

Laurelin Paige tiene debilidad por las buenas historias de amor y siente mariposas en el estómago siempre que hay besos, para vergüenza de sus tres hijas. Sin embargo, su marido no parece tener ninguna queja. Cuando no está leyendo o escribiendo historias subidas de tono, es probable que esté cantando o soñando con Adam Levine. Los tres libros que componen *The Fixed Trilogy*, saga traducida en nuestro país como Eres mi adicción, son best sellers en Estados Unidos y Reino Unido.

Biblioteca

LAURELIN PAIGE

Perdida en ti

Traducción de

Jesús de la Torre

DEBOLS!LLO

Título original: *Found In You. The Fixed Trilogy II*
Primera edición en Debolsillo: septiembre, 2015
Primera reimpresión: febrero, 2016

© 2013, 2014, Laurelin Paige. Todos los derechos reservados. Publicado previo acuerdo con D4EO Literary Agency www.d4eoliteraryagency.com
© 2015, Penguin Random House Grupo Editorial, S.A.U.
Travessera de Gràcia, 47-49. 08021 Barcelona
© 2014, Jesús de la Torre, por la traducción

Penguin Random House Grupo Editorial apoya la protección del *copyright*.
El *copyright* estimula la creatividad, defiende la diversidad en el ámbito de las ideas y el conocimiento, promueve la libre expresión y favorece una cultura viva.
Gracias por comprar una edición autorizada de este libro y por respetar las leyes del *copyright* al no reproducir, escanear ni distribuir ninguna parte de esta obra por ningún medio sin permiso.
Al hacerlo está respaldando a los autores y permitiendo que PRHGE continúe publicando libros para todos los lectores. Diríjase a CEDRO (Centro Español de Derechos Reprográficos, http://www.cedro.org) si necesita fotocopiar o escanear algún fragmento de esta obra.

Printed in Spain – Impreso en España

ISBN: 978-84-9062-847-8 (vol.1111/2)
Depósito legal: B-15.722-2015

Impreso en Novoprint, S. A., Sant Andreu de la Barca (Barcelona)

P 6 2 8 4 7 8

Penguin
Random House
Grupo Editorial

ERES MI ADICCIÓN

SEGUNDA PARTE

Perdida en ti

Capítulo
UNO

Me detuve en la puerta del rascacielos de Park Avenue y me quedé mirando el nombre del edificio grabado en la piedra. «The Bowery». Jordan ya se había alejado por la acera que tenía a mis espaldas. Probablemente, consideró que me encontraba lo suficientemente segura como para dejarme con el portero que sostenía la puerta para que entrara mientras yo permanecía inmóvil y pensativa.

Aquello era real, un gran paso —un paso gigante— con el que me adentraba en la vida de Hudson más de lo que nadie lo había hecho antes. Estaba emocionada, por supuesto. Amaba a ese hombre. Pero ¿acaso le conocía? ¿Podía de verdad amarle basándome en lo poco que sabía de él? La dirección de su casa había sido un misterio para mí hasta dos minutos antes, cuando su chófer me había dejado allí. ¿Y qué era lo que iba a encontrar dentro de ese edificio? ¿Qué había en el interior de Hudson Pierce, detrás de la máscara que tan bien sabía llevar?

Sentía como si hubiese visto al verdadero Hudson, como si probablemente fuese yo la única persona del mundo que lo había visto de verdad, pero apenas había arañado la superficie. Quedaba aún mucho por descubrir y saber del joven magnate de los negocios que había conquistado mi corazón.

También sabía que Hudson guardaba secretos. Había abandonado sus juegos psicológicos y su afición de manipular a las mujeres antes de conocerme, pero la posibilidad de que retomara sus antiguos hábitos era muy real. Tan real como la posibilidad de que regresaran los míos.

Ese era el miedo que más me agobiaba, que yo pudiera retomar mis antiguas obsesiones. De todas las relaciones que había destruido con mis acosos y mis celos infundados, sabía que, si echaba a perder esta, sería la que más me destrozaría. Por suerte, hasta ahora me había sentido bien con Hudson. Solo el tiempo diría si iba a durar.

El portero me miraba con una expresión de inquietud en la cara. ¿Tenía que seguir sosteniendo la puerta para aquella loca indecisa o debía soltarla?

Le tranquilicé con una sonrisa.

—Solo tardaré un minuto.

Él me devolvió la sonrisa con un movimiento de cabeza y cerró la puerta.

Respiré hondo y miré hacia la planta de arriba, donde seguramente estaría situado el apartamento de Hudson. Ni siquiera sabía cuál sería. ¿Estaría despierto ahí arriba? ¿Me estaba buscando desde su ventana? ¿Podría verme aquí abajo, dudando?

Había dicho que se encontraría durmiendo, pero fue esa última posibilidad la que me animó a moverme. No me extrañaría que estuviese esperándome levantado y yo no quería que pensara que tenía ninguna duda. Porque no tenía dudas. No en cuanto a él. Mis dudas eran sobre mí, sobre si sabría manejar lo nuestro. Y lo cierto era que, si dejaba que mis esperanzas echaran raíces —esperanzas en poder tener por fin una relación de verdad con otra persona sin perderme en los miedos y en los hábitos insanos de mi pasado obsesivo—, entonces, incluso esas dudas serían superficiales.

El portero volvió a sonreír cuando me acerqué a él y me abrió la puerta. En el interior había otro hombre sentado en el puesto de seguridad delante de los ascensores.

—¿Señorita Withers? —preguntó antes de que yo tuviera ocasión de decirle mi nombre.

No debería haberme sorprendido. Hudson dijo que dejaría una llave para mí en recepción y eran las tres y media de la mañana. ¿Quién más podía ser?

Asentí.

—El señor Pierce le ha dejado esta llave. Los dos ascensores de la izquierda la llevarán al ático. Simplemente, inserte la llave en el panel cuando entre.

—Gracias.

Las puertas se abrieron en el momento en que pulsé el botón de llamada. Dentro del ascensor, mi mano tembló cuando inserté la llave en el panel y agradecí no seguir a la vista del guardia de seguridad. El trayecto hasta el ático fue rápido, pero no lo suficiente. En cuanto aplaqué mi turbación, la emoción fue sustituida por ansia. Quería estar en el espacio de Hudson, en sus brazos. Quería estar con él e incluso el minuto que tardé en llegar a la planta superior supuso demasiado tiempo alejada de él.

Las puertas del ascensor se abrieron a un pequeño vestíbulo. Salí y giré en la única dirección posible y me vi en un recibidor. Se trataba de un espacio tranquilo, pero pude oír el tictac de un reloj de pared en algún lugar cercano y había pocas luces encendidas. Supuse que los dormitorios estaban a mi izquierda, porque a la derecha se abría una gran sala de estar con ventanales que se alzaban desde el suelo hasta el techo.

A pesar de mi ansiedad por encontrar a Hudson, me giré hacia el interior de la sala de estar atraída por la preciosa vista. Pero antes de llegar a los ventanales, se encendió una lámpara y vi a Hudson sentado en un sillón.

Sorprendida, me quedé boquiabierta y permanecí así cuando vi que aquella maravilla de hombre estaba vestido solamente con unos calzoncillos bóxer. La definición de su pecho esculpido me aceleró el corazón antes de que mi mirada se cruzara con sus ojos grises a través del flequillo de su pelo castaño bajo la tenue luz.

Nunca le había visto en calzoncillos y, Dios, lo que me había perdido. Me volvió a sorprender lo poco que le conocía, pero esta vez esa idea no me asustó. Me emocionó. ¿Cuánto más descubriría sobre ese hombre? Yo estaba lista para zambullirme en él y explorarlo.

Pero la emoción no calmó mi sensación de incomodidad, mi ansiedad. Aquel era un territorio nuevo y no sabía cómo reaccionar. Desde luego, Hudson sentía lo mismo.

Mi mano se agarraba fuertemente al bolso mientras la otra se aferraba inconscientemente a la tela azul de mi atuendo, un vestido corto y acampanado que estaba en la frontera entre lo profesional y lo sensual. Era el tipo de ropa que siempre llevaba en el Sky Launch, el club nocturno donde trabajaba como encargada adjunta. El club propiedad de Hudson. El lugar donde le había conocido.

Por mi mente atravesó el recuerdo de la primera vez que le había visto sentado en el extremo de la barra del club, de cómo me había dejado sin aliento. Había sabido en ese momento que debía salir corriendo. Pero no lo había hecho. Y ahora no podía sentirme más agradecida.

Ahora me dejaba sin aliento, igual que lo había hecho entonces. Con una sonrisa tímida, me atreví a romper el silencio:

—Estás despierto.

—Creía que sería mejor estar esperándote cuando llegaras para que no te sintieras desorientada.

—Pero deberías estar durmiendo.

Como era presidente de Industrias Pierce, una empresa multimillonaria, sus horarios diferían de los míos en el club. Yo llegaba a casa en mitad de la noche, cuando su hora habitual de despertarse era a las seis de la mañana... ¿Qué estaba haciendo yo allí? ¿Cómo podían llegar a ser compatibles unas vidas tan distintas como las nuestras?

No, no pensaba eso. Era una excusa para negarme a ser feliz. Y tanto Hudson como yo nos merecíamos algo de felicidad, por una vez en la vida.

El objeto de mi deseo se puso de pie, se acercó a mí y me levantó la mano que sostenía el bolso.

—Ya he dormido. Ahora estoy despierto.

Aquella simple caricia calmó mi agitación, dejándola en un ligero zumbido que era fácil de ignorar bajo los latidos sordos de mi corazón. Eso era lo que Hudson provocaba en mí. Me abrumaba y me dejaba atónita de una forma hermosa y deliciosa.

Me cogió el bolso y se volvió para dejarlo sobre la mesita.

Sin su contacto, mis nervios regresaron y de mis labios se escaparon estúpidas palabras triviales:

—Nunca había estado en un ático antes. Excepto en el *loft.* —El apartamento que había sobre su despacho, el lugar donde me había follado hasta dejarme inconsciente. Por fortuna, la oscuridad de la habitación ocultó mi rubor—. Esto es precioso, H.

—Apenas has visto nada. —No se encogió al oír el absurdo diminutivo con el que le llamaba. Quizá se estuviese acostumbrando.

—Pero lo que veo… —mis ojos recorrieron la enorme sala de estar y me fijé en los detalles ornamentales de la arquitectura y la simplicidad de la decoración— es increíble.

—Me alegro de que te guste.

—Es muy diferente a lo que me esperaba. No es como el *loft.* Pensaba que se parecería. —El otro apartamento era negro y de cuero, masculino y fuerte. Este lugar era blanco y luminoso.

Lo supe incluso bajo el tenue resplandor de la lámpara y la luna.

—Alayna.

Mi nombre en su boca hizo que sintiera escalofríos en la superficie de mi piel. ¿Cómo podía seguir provocándome eso? ¿Excitarme con una sola palabra? ¿Cautivarme con tanta facilidad?

—Los muebles también son muy distintos. —Los nervios me hacían hablar, evitando la conexión que tendríamos en el momento en que yo me rindiera. Me acerqué al sofá blanco y pasé la mano por la cara tapicería—. Pero Celia decoró también esto, ¿verdad?

—Sí. —Su voz sonó tensa.

Celia Werner, su amiga de la infancia y antigua prometida. Bueno, no de verdad, pero prácticamente. ¿Por qué la había sacado a colación? ¿Estaba tratando de destruir lo nuestro? Celia había sido una constante fuente de tensiones en nuestra relación desde que Hudson me contrató para convencer a su madre de que estábamos saliendo. Sophia Pierce, que creía que su hijo era incapaz de amar, pensaba que emparejarlo con la hija de sus buenos amigos los Werner era lo mejor para Hudson. Aunque él no sintiera nada por

Celia, esta al menos lo mantendría a raya y evitaría que se metiera en problemas con sus adicciones.

Pero resultaba que Hudson sí podía amar. Y durante nuestro engaño se había enamorado de mí.

Aun así, Hudson seguía teniendo algo con Celia, un vínculo que avivaba mis celos. Desvié la atención y me acerqué a las ventanas.

—Estas vistas...

—Alayna.

Apreté la cara contra el cristal y bajé la mirada hacia el mundo que estaba mucho más abajo.

—Son preciosas.

Hudson se acercó a mí por detrás e irradió su calor sobre mi espalda, pese a que aún no me había tocado.

—Alayna, mírame.

Me di la vuelta despacio. Él me levantó el mentón, obligándome a mirarle a los ojos.

—Estás nerviosa. No hay ninguna razón. Quiero que estés aquí.

Sus palabras fueron el consuelo que necesitaba y calmó toda mi preocupación como una manta que apagara un fuego.

—¿Estás seguro? —Me había calmado, pero quería tranquilizarme más—. Nunca habías traído aquí a ninguna mujer, ¿verdad? ¿No se te hace un poco raro?

Acarició mi mejilla con el dedo pulgar y mi piel se despertó bajo su caricia.

—Es diferente porque nunca he traído aquí a ninguna mujer, pero no es raro. Y estoy absolutamente seguro de que quiero que estés aquí.

Me emocionó que confirmara que yo era la primera mujer a la que había dejado entrar, la primera mujer a la que haría el amor en esa casa.

—Yo también. Es decir, estoy segura de que quiero estar aquí.

Su mirada me abrasó por dentro. Podría perderme en ella para siempre y eso me asustaba un poco.

Busqué un modo de controlarme un poco más y miré hacia la habitación que había junto a la sala de estar.

—¿Qué hay ahí? ¿Es el comedor?

—Te lo enseñaré todo por la mañana. —Acercó su otra mano para ponerla sobre mi cara y volvió a atrapar mi mirada con sus ojos.

—Por la mañana —repetí. Y allí estaba, perdida ante él—. Pero ahora no.

—No, ahora no. Ahora quiero darte la bienvenida a mi casa. —Su boca se estrelló contra la mía y me elevó hasta una altura tan vertiginosa que hizo que las vistas que había detrás de mí quedaran en nada. Sus labios chuparon los míos antes de que deslizara su lengua dentro de mi boca con deliciosas embestidas que me hicieron perder el equilibrio, obligándome a lanzar los brazos alrededor de su cuello para aferrarme a él como si me fuera la vida en ello.

Bajó la mano desde mi cara para rodear mi cintura y me atrajo hacia él para que pudiera sentir su erección sobre mi pierna a través del fino tejido de sus calzoncillos. Levantó la otra mano detrás de mi cabeza para enredarla en mi pelo. Yo apreté los pechos contra él, pues necesitaba sentirlo con cada parte de mi cuerpo.

Sonó un gemido en la parte posterior de la garganta de Hudson, vibrando por debajo de nuestro beso y encendiendo el deseo en mi vientre. Me moví nerviosa para tratar de acercarme más, ansiosa por rodearlo con mi pierna.

—Sí que hay una habitación que quiero enseñarte esta noche —dijo mientras sus labios seguían envolviendo los míos.

—Espero que sea el dormitorio.

—Eso es. —En una serie confusa de movimientos, me levantó en sus brazos y me llevó de nuevo al recibidor por donde había entrado. Me arrastró como solía, un reflejo exacto del efecto que generalmente provocaba en mí: con él, yo era una rama en un río turbulento que bajaba a toda velocidad hacia el mar. Y Hudson era la corriente que me arrastraba hacia donde quisiera llevarme. Yo estaba a su merced.

Me había prometido que conmigo no practicaría sus juegos de manipulación, que nunca trataría de controlarme. Pero era una promesa que no podía mantener. Me arrastraba con él quisiera o no. Y a mí aquello me parecía perfectamente bien.

Me llevó por el recibidor sin dejar de besarme hasta que llegamos al final del pasillo, donde entró a lo que debía de ser el dormitorio principal. Yo seguía manteniendo toda mi atención fija en él y solo me fijé en que me dejaba sobre una cama enorme con las sábanas grises apartadas a un lado, al lado izquierdo. Su lado. La intimidad de estar en el lugar donde Hudson dormía, donde había dormido esa misma noche, hizo que se disparara la necesidad en mi ya ansioso cuerpo. Quería que estuviera sobre mí y dentro de mí, no de pie mirándome con los ojos entornados.

Pero se lo iba a tomar con calma y no servía de nada tratar de cambiar su ritmo. No había motivo para ello. Pese a ser un amante dominante, siempre centraba su atención en mis necesidades, siempre se ocupaba de mí de la forma que sabía que era la mejor. ¡Y vaya si sabía lo que era mejor para mí! Sabía cómo hacer que mi cuerpo quedara como plastilina, saciado, igual que sabía cómo excitarme y amarme, aun cuando yo no hiciera nada.

Bajó la mano por toda mi pierna hasta el tobillo, me quitó la sandalia de tiras con una dulzura que hizo que me retorciera. Repitió lo mismo con la otra y, a continuación, se arrodilló por encima de mí para darme un breve beso. Yo levanté las manos para atraerle hacia mí y que me diera más, pero se resistió.

—La última vez lo hicimos muy rápido. En esta ocasión necesito saborearte.

La última vez había sido rápido y tenso, una prórroga en medio de una discusión en el nuevo sofá del despacho del gerente del Sky Launch, y no me había quedado con ninguna queja. Pero eso de que me fuera a saborear también sonaba estupendo.

Dejando un rastro de húmedos besos, Hudson fue bajando por mi cuerpo hasta el borde de mi vestido. Con un malicioso brillo en los ojos, tiró de la tela hacia arriba por encima de mi cintura y dio un beso en el centro de mi deseo.

Un gemido se escapó de mis labios mientras él se reía entre dientes. Sus dedos se deslizaron bajo la goma de mis bragas; me las quitó y las lanzó a un lado. Puso mi pierna sobre su hombro y su boca volvió a mí, lamiendo y chupando con avidez el manojo de nervios que encontró entre mis piernas.

Yo deliraba ya de placer cuando deslizó dos dedos dentro de mí, sondeando y retorciéndolos hasta que me provocó un orgasmo con facilidad. Me estremecí y temblé mientras él subía para reclamar mi boca besándome con una profunda ansia.

Los suaves sonidos que emitía mientras me devoraba, mi sabor en su lengua, la presión de su polla sobre mi pierna... Solo pasó medio minuto antes de que mi vientre volviera a tensarse, listo para otra subida por la colina del éxtasis. Deseando tocarle, mi mano encontró su polla y la acarició por encima de su ropa interior.

Su boca se separó de la mía con un gemido de placer. Yo le empujé para que se pusiera de lado mientras seguía acariciándole.

—¿Calzoncillos bóxer? ¿Los sueles llevar?

—Para dormir.

—Me gustan. Nunca te había visto con ellos. —Deslicé una mano por la abertura de los calzoncillos y me asombré, como siempre, al sentir la suavidad de su grueso miembro en mi mano y el calor que se desprendía de su piel.

—Porque cuando me acuesto contigo... —su voz se interrumpió cuando pasé la mano por su capullo— no me pongo nada.

—Ah, es verdad. Eso me gusta aún más.

Era mi turno de deslizar la mano bajo la goma de su ropa interior y bajársela por sus fuertes piernas, mientras mis ojos permanecían fijos en la preciosa imagen de su erección.

En cuanto sus calzoncillos cayeron al suelo, volvió a atraerme hacia él.

—A mí me gusta cuando no llevas nada. —Sus dedos estaban tirando ya de mi vestido por encima de mi vientre—. Ahora no hay motivo para que lleves nada.

—No pienso protestar.

Me incorporé para sacarme la ropa por la cabeza. Él lanzó mi vestido a un lado y sus manos me rodearon para desabrocharme el sujetador y dejar libres mis pechos. Después se tumbó encima de mí, con su pene caliente sobre mi abertura solamente un segundo antes de que se clavara dentro de mí, penetrándome, abriéndome, llenándome como solo él sabía.

Se giró hacia un lado, me llevó con él y pasé una pierna alrededor de su cuerpo para que entrara más adentro. Había querido saborearme, pero o había cambiado de idea o no podía contenerse y desató su pasión con rápidas embestidas. Cada vez que se metía me golpeaba en un punto sensible que me volvía loca y fue acercándome a otro orgasmo que empezaba en lo más profundo de mí, me tensaba las piernas y bajaba hasta que encogía los dedos de los pies mientras me recorría todo el cuerpo.

Hudson continuó con su asalto y fue aumentando la velocidad hasta que llegó a su propio orgasmo con un gruñido. Se dejó caer, aún dentro de mí, y me rodeó con sus brazos para besarme la cara, un gesto tierno e inusual del hombre cauto al que yo había empezado a amar. Me deleité con aquella ternura.

—¿Te he dicho que me siento enormemente feliz de que estés aquí? —preguntó e inmediatamente interrumpió sus palabras para continuar con sus besos.

Oír aquello lo significaba todo para mí. Interpreté sus palabras como la versión de Hudson de un «te quiero». No había conseguido que me lo dijera directamente. Aquel sentimiento era demasiado nuevo para él y yo tampoco esperaba que lo expresara. Aunque esa misma noche lo había admitido cuando yo le había dicho que sabía que estaba enamorado de mí. Tampoco se había asustado cuando le dije que estaba enamorada de él.

Aun así, no me engañé pensando que desde ese momento todo iba a ser un camino de rosas. Pasos de bebé. Que manifestara cómo se sentía ya suponía un paso en sí mismo. Si además decía cómo se sentía conmigo, equivalía a dos pasos hacia mí.

Le pasé una mano por el pelo mientras su boca bajaba hasta mi cuello.

—Sí que lo has dicho. Y, si no lo hubieras dicho, me lo habría imaginado. —Moví las cejas para asegurarme de que sabía que me estaba refiriendo a lo que acababa de ocurrir a nivel físico—. Pero puedes decírmelo tantas veces como quieras. —«De todas las maneras que quieras», añadí mentalmente.

Se movió encima de mí y siguió chupando mi cuerpo en dirección a mis pechos. Estaba claro que ya íbamos de camino al segundo asalto.

—Estoy feliz de que estés aquí, preciosa. —Tiró de mi pezón entre sus dientes y, después, alivió el escozor con un revoloteo de la lengua.

Yo tomé aire profundamente, disfrutando de aquella mezcla de placer y dolor mientras él dedicaba la misma atención a mi otro pecho. El nombre cariñoso con el que me llamaba, «preciosa», continuó flotando en mi mente mientras su boca me lamía la piel. Me había llamado así desde nuestro primer encuentro sexual, casi dos semanas antes. ¿Solo había pasado ese tiempo? ¿Solo había sido una semana antes de eso la primera vez que lo había visto en el club, cuando aún no sabía que se trataba del famoso Hudson Pierce? A mí me parecía que había pasado ya toda una vida. Ese nombre cariñoso que utilizaba conmigo había tenido su peso desde el primer momento que lo pronunció. Pero entonces nos acabábamos de conocer. Quizá no tuviera tanto significado como el que yo le atribuía.

La curiosidad se apoderó de mí, a pesar de que mi cuerpo ya estaba vibrando bajo su ardor.

—¿Y por qué me llamas así?

—Porque lo eres —respondió sin levantar la vista de mi escote.

—Empezaste a llamarme «preciosa» antes de que pudieras saberlo.

—No es verdad. —Apoyó el codo en la cama y se sujetó la cabeza con la mano—. Lo supe desde el primer momento en que te vi.

Durante un breve segundo pensé que se refería a la barra, a la primera noche en que yo le había visto. Entonces recordé que él me había visto casi dos semanas antes de eso, cuando yo aún estaba estudiando mi Máster de Administración de Empresas; él se encontraba entre el público durante el simposio de mi graduación. Yo no me había enterado hasta más tarde y él apenas me había hablado de ello.

Apoyé el torso en mis codos y esperé ansiosa a que continuara.

—Estabas en el escenario de la Escuela de Empresariales de Stern —dijo acariciando con la mano la caída en curva de mi cadera hacia mi cintura—. Al empezar tu presentación te vi nerviosa. Pero cuando le cogiste el ritmo a tu discurso, estuviste magnífica. Aunque no tenías ni idea. Era obvio que en ningún momento se te pasó por la mente que aquella sala estaba llena de gente que te habría contratado si llegas a hablar con alguno de ellos. Por suerte, no lo hiciste. Porque les vi observándote y lo supe. Supe que se habían dado cuenta de lo inteligente que eres. Habían visto que tenías madera para los negocios. Pero ninguno de ellos supo reconocer a la joya única que estaba ante ellos. Preciosa.

Las lágrimas asomaron por las comisuras de mis ojos. Nunca me había visto nadie de esa forma, ni siquiera me habían mirado. Ni mis padres antes de morir, ni mi hermano Brian, ni ninguno de los hombres con los que había salido ni con los que me había obsesionado. Nadie.

—Te quiero, Hudson.

Las palabras salieron de mi boca antes de que pudiera pensar en no decirlas, antes de que pudiera preocuparme el poder asustarle, como la primera vez que había expresado en voz alta lo que sentía por él. No habría podido mantener esas palabras dentro de mí aunque hubiese querido. Ahora siempre estaban en la superficie, a punto de salir de mi boca en cualquier momento. Si íbamos a intentar que nuestra relación funcionara, los dos teníamos que sentirnos cómodos con aquello.

Mis ojos no dejaron de mirarle mientras él asimilaba lo que le había dicho.

Entonces, de repente, cubrió su cuerpo con el mío. Me pasó una mano por debajo del cuello y dio vueltas con su nariz sobre la mía.

—Puedes decírmelo tantas veces como quieras —susurró refiriéndose a mis anteriores palabras.

—Pienso hacerlo.

Pero pronuncié estas palabras entre balbuceos, perdida dentro de su boca mientras sus labios asaltaban los míos y expresábamos nuestro sentimientos con nuestras lenguas, nuestras manos, nuestros cuerpos y un montón de maneras más que no es necesario nombrar.

Capítulo
DOS

A la mañana siguiente, me desperté al sentir movimiento en la habitación. Abrí los ojos y vi a Hudson anudándose la corbata delante del espejo de la cómoda de espaldas a mí. Dios, aquel hombre sí que sabía lucir un traje. Y se le daba igual de bien estar desnudo. No me iba a poner quisquillosa.

Lo miré a los ojos a través del espejo y una ligera sonrisa apareció en sus labios.

—Buenos días.

—Buenos días. Estaba disfrutando de las vistas.

—Yo también.

Me sonrojé y tiré de las sábanas para cubrir mi cuerpo desnudo. La habitación se hallaba increíblemente iluminada a pesar de que debía de ser muy temprano.

—¿Qué hora es?

Miré a mi alrededor buscando algún reloj, pero no encontré ninguno.

—Casi las once.

Terminó el nudo de la corbata, un modelo estampado y plateado que le resaltaba los ojos, y abrió un cajón para sacar un par de calcetines de vestir.

¿Las once? Normalmente Hudson llegaba al trabajo antes de las ocho.

—¿Por qué sigues aquí? ¿No deberías haber ganado ya medio millón de dólares?

—Quinientos mil millones —dijo él con el rostro imperturbable mientras se sentaba en la cama a mi lado—. Pero no me necesitan para eso. He cancelado mi agenda de la mañana.

—¿Cuándo lo has hecho?

Estaba cautivada viéndole ponerse los calcetines. No debería ser tan excitante ver a un hombre vestirse, pero sentí que el vientre se me tensaba y que mis partes íntimas empezaban a hervir.

—Anoche. Antes de que tú llegaras.

—Bien pensado.

Me había invitado a pasar la noche en su ático al comienzo de mi turno en el Sky Launch.

Yo había estado toda la noche obsesionada con la idea, pero como estaba trabajando no había nada que pudiera hacer para prepararme. Ni siquiera tenía ropa para cambiarme ni cepillo de dientes. No se me había ocurrido que Hudson hubiese empleado ese tiempo en disponerlo todo para mi llegada. Pero, por supuesto, lo hizo. Era un hombre organizado. Lo planeaba todo y prestaba mucha atención a los detalles.

Y, como habíamos hecho dos veces el amor, no nos dormimos hasta casi las seis de la mañana. Cancelar sus obligaciones matutinas había estado muy bien pensado.

Bostecé estirando los brazos por encima de la cabeza y la sábana cayó por debajo de mis pechos al hacerlo.

Tras ponerse los calcetines, Hudson se levantó. Me miró y sus ojos se enturbiaron mientras contemplaban mi cuerpo detenidamente.

—Joder, Alayna. Vas a conseguir que quiera cancelar mi agenda de la tarde también. Y no puedo hacerlo.

Sonreí.

—Lo siento. —Pero no lo sentía. Hudson podía lograr que me pusiera húmeda desde la otra punta de una habitación llena de gente. Era agradable pensar que yo tenía un poder parecido sobre él—. Eh... Tengo que levantarme. ¿Va a suponerte también eso una... distracción?

Me miró con los ojos entrecerrados y, a continuación, se dio la vuelta y desapareció en el vestidor, volviendo después con una bata de color crema.

—Toma.

Cogí la bata de sus manos pero no me molesté en ponérmela hasta que estuve de pie.

—Eres una mujer muy muy mala —dijo mientras veía cómo me colocaba aquella prenda.

—Y eso te encanta.

Sin hacer caso a lo que le decía, señaló con la cabeza una puerta cerrada.

—El baño está ahí. Debe de haber cepillos de dientes nuevos en uno de los cajones. Mira por todas partes hasta que encuentres lo que necesites.

—Gracias.

Me acerqué a él y le besé en la mejilla antes de dirigirme al baño para hacer un pis.

No fue una mañana cariñosa y agradable como la que habíamos pasado juntos en Mabel Shores, la casa de verano de su familia en los Hamptons. Pero así era Hudson: distante y compartimentado.

Estaba concentrado en marcharse al trabajo y, a su favor, debo decir que había sido bastante hospitalario.

Encontré rápidamente el cepillo de dientes. Tal y como había asegurado, había un cajón lleno de cepillos. Mientras me cepillaba, me pregunté al respecto. ¿Qué hacía con los que sobraban? ¿Simplemente quería estar siempre preparado en caso de que necesitara alguno nuevo? Quizá opinara que los cepillos de dientes debían ser de usar y tirar. Desde luego, era algo que podía permitirse.

¿O los tendría para invitados que fueran a pasar la noche? Invitadas, para ser más exactos.

Podría haber pensado que estaba siendo una paranoica, pero es que no se trataba solo de los cepillos de dientes. Ahora que me fijaba, había desodorante con fragancia a flores junto a uno de los lavabos con un bote de crema facial para mujer y otro bote de crema hidratante al lado.

¿Y la bata? ¿De dónde había salido aquella bata de mujer que llevaba puesta en ese mismo momento?

Un escalofrío me recorrió la espalda. Me ajusté el cinturón, pese a mi creciente preocupación por estar vestida con ropa que pertenecía a otra persona. A otra mujer. Otra mujer en la vida de Hudson.

Vale, vale. No había necesidad de un ataque de pánico. Quizá hubiesen estado otras mujeres antes que yo en aquel ático. No pasaba nada. No era una maravilla, pero no pasaba nada. Simplemente deseaba que no me hubiese mentido. ¿Por qué me había mentido?

Abrí el hidratante y me acerqué el bote a la nariz. Tenía un olor fresco y familiar. ¿Era lo mismo a lo que olía Celia?

Ahora estaba comportándome de forma ridícula. Incluso me mostraba paranoica. Saberlo no cambió la sensación enfermiza y rabiosa que se iba enraizando en mi vientre. Era una sensación con la que ya antes había estado muy familiarizada. La fuerza motora de la mayoría de los comportamientos insanos que había tenido en el pasado. Comportamientos que no quería revivir.

Tenía que tranquilizarme, controlar aquella situación de una forma constructiva. Me obligué a contar hasta diez. Después de cada número repetí el mantra que me habían enseñado en la terapia: «Cuando tengas dudas, dilo».

«Uno. Cuando tengas dudas, dilo. Dos. Cuando tengas dudas, dilo…».

Sí, era más fácil decirlo que hacerlo.

Cuando llegué a cuatro, el mantra se había convertido en «cuando tengas una puta duda…» y yo seguía teniendo muchas.

Pero era propensa a ello. Era a lo que tendía en todas mis relaciones. Sacaba conclusiones que muy a menudo resultaban poco realistas, conclusiones infundadas. Si llegaba tarde del trabajo, significaba que tenía otra novia. Las llamadas de teléfono misteriosas querían decir que me estaba engañando. Con mis anteriores novios nunca preguntaba. Lo daba por sentado. Acusaba.

Esta vez no. Esta vez me comportaría de un modo diferente. Aunque las pruebas indicaban que Hudson me había mentido, no podía aceptarlas como una verdad. Tendría que preguntarle sobre ello.

Me froté la cara con la crema facial para concederme un tiempo antes de hablar con Hudson con la esperanza de que aquel estallido de furia disminuyera. Después de darme toques en la cara con una toalla de manos, me convencí de que ya me había recompuesto lo suficiente como para hablar con él, así que salí del baño con la crema y el hidratante en las manos para llevarlos como prueba.

Quizá reunir pruebas parecía más una táctica de ataque que de diálogo. Siempre que no terminara lanzándoselas a la cabeza, lo consideré una mejora con respecto a mi pasado.

Hudson no estaba en el dormitorio cuando salí, así que recorrí el apartamento hasta que lo encontré en la cocina. Llevaba puesta la chaqueta y se hallaba de pie junto a la mesa de la cocina leyendo el periódico mientras bebía de una taza.

Levantó los ojos cuando aparecí.

—Te he preparado un...

—¿Por qué tienes todas estas cosas?

Aunque le había interrumpido, estaba bastante segura de que mi pregunta parecía más de curiosidad que de acusación. Eso esperaba al menos.

—¿Qué cosas?

—Estas. —Coloqué los botes sobre la mesa delante de él. Vale, puede ser que más bien golpeara la mesa con ellos—. Y tienes un montón de cepillos de dientes y esta bata de mujer. ¿Por qué tienes una bata de mujer?

Entrecerró los ojos y dio un sorbo a su bebida antes de responder:

—Tengo más cosas aparte de la bata. Hay varias prendas de ropa femenina en el otro armario de mi dormitorio.

—Eso no ayuda. —El pánico que pensaba que se había aplacado en mi interior empezó a subirme por la garganta haciendo que mi voz se tensara—. Me habías dicho que nunca habías traído aquí a ninguna mujer.

—¿Detecto un atisbo de celos?

El brillo de sus ojos me hizo explotar.

—Detectas algo más que un puto atisbo. También muchísima desconfianza. Vamos, H, esta no es forma de empezar una relación. Si has traído aquí a alguna mujer, si esta ropa que llevo es de otra persona, necesito que me lo digas. —Los ojos me quemaban, pero conseguí mantenerlos fijos en él.

Hudson dejó la taza y giró todo su cuerpo hacia mí.

Yo mantuve la mano sobre la mesa, preparándome para cualquier excusa que me fuese a dar. Lo que dijera…, si decidía decir la verdad y si yo decidía creerle…, podría afianzar nuestra relación o destrozarnos.

—Son tuyas, Alayna.

—¿Qué? —No era lo que me esperaba.

—Las he comprado para ti. Excepto los cepillos de dientes. Mi asistenta los compra para que yo tenga suficientes cuando viajo. La ropa y los cosméticos son tuyos.

¿Míos? No, eso no era posible.

Tragué saliva.

—¿Cuándo los has comprado?

¿Tenía pensado que yo fuera antes de invitarme? ¿O formaba parte de la farsa que habíamos montado para que su madre se la creyera, una prueba de que éramos pareja por si alguien miraba en su armario?

—Anoche, después de salir del club.

Anoche.

—Pero eso fue casi a las ocho. —Me había dejado al principio de mi turno. Era imposible que le hubiese dado tiempo a preparar nada—. ¿Cómo...?

—Sé lo que parece —me interrumpió—. Es probable que siga habiendo una etiqueta colgando de la bata si... —Metió la mano por mi cuello y tiró—. Sí, ¿la ves?

Me mostró una etiqueta y el precio, un precio exagerado para una bata, aparecía en números grandes bajo la talla.

Volví a mirar los botes de cosméticos. Estaban completamente llenos, aparentemente sin usar. No me había dado cuenta de ello en plena efervescencia de mis emociones. Pero, aun así, seguía teniendo preguntas:

—¿Por qué? ¿Cómo...?

—¿Por qué? Porque sabía que hoy no tendrías nada que ponerte y no quería que pasaras vergüenza cuando tuvieras que atravesar el vestíbulo. Además, supuse que querrías quitarte ese maquillaje de noche de la cara y refrescarte un poco. Y en cuanto al cómo..., tengo gente.

Me pasé las manos por el pelo.

—Tienes gente.

La tensión de mis hombros se relajó ligeramente mientras asimilaba lo que acababa de decir. Me había dejado en el trabajo y, a continuación, lo había preparado todo. Como siempre hacía. Había cancelado sus citas de por la mañana. Había dispuesto que hubiese ropa para mí. A pesar de que era tan tarde, Hudson había conseguido hacer esos preparativos. Porque tenía «gente».

—¿Mirabelle? —pregunté.

Mira, la hermana de Hudson, tenía una boutique. Sabía mi talla y lo que me sentaba bien.

—Sí. —Inclinó la cabeza—. Y otros.

«Otros», como las personas que me habían lavado las bragas y me las habían llevado un par de horas después cuando me las dejé una vez en su despacho. Como Jordan, que siempre estaba disponible para llevarme adonde fuera en un santiamén. Yo ya sabía que había «otros».

—Ah.

Una mezcla de emociones me invadió cuando fui encajando las piezas. Me sentía aliviada al ver que mis celos eran infundados y encantada al darme cuenta de lo bien que había planeado Hudson mi llegada a su apartamento. También me conmovió ver lo en serio que deseaba que nuestra relación funcionara, pues ¿no era una muestra de sinceridad tales preparativos?

Pero me sentía avergonzada. Y abochornada. Había exagerado y, aunque no había perdido los papeles como habría hecho en el pasado, sentí en mi interior esa semilla. Aquello me asustó. Y también saber que Hudson lo había visto.

Bajé la mirada hacia mis manos, que retorcían nerviosamente el cinturón de la bata.

—Debe de estar bien eso de tener gente —murmuré—. Me gustaría tener gente.

Eran palabras tontas, sin sentido, pero aquello fue lo único que se me ocurrió.

Hudson me levantó el mentón para que le mirara a los ojos.

—A mí me gustaría tenerte a ti.

La expresión de su rostro… No estaba en absoluto molesto por mi arrebato. Otros hombres habían salido huyendo ante similares acusaciones sin fundamento. Pero Hudson… Su expresión no solo mostraba ausencia de temor, sino también ansia, deseo. Casi como si mi paranoia le excitara.

—Ya me tienes —susurré.

Me quitó el cinturón de las manos y lo desató.

—Quiero tenerte ahora mismo. —Su mano me envolvió el pecho y lo apretó mientras su dedo pulgar me sacudía el pezón.

—Ah, quieres tenerme de esa forma.

—Ajá.

Me dio la vuelta para que mi espalda quedara hacia la mesa. Colocó la palma de la mano entre mis pechos y me empujó hacia abajo. Sentí la dura superficie de la mesa contra mi espalda y por mi mente cruzó un breve destello de preocupación por derramar su café y romper los botes de cosméticos.

—Y quiero tenerte ahora.

A la mierda el café. Que se caiga.

Hudson me empujó hacia atrás de forma que mi culo quedó al borde de la mesa y apartó los botes con el brazo. Entonces, quedé tendida ante él con la bata abierta, mostrando mis partes íntimas.

Sus ojos se oscurecieron mientras pasaba las manos con largas caricias subiendo desde mi vientre hasta mis pechos y vuelta a bajar. Después, fueron más abajo, hacia el centro de mi deseo.

—Podría estar todo el día mirándote el coño.

Sus dedos se deslizaron entre mis pliegues y se movieron en círculos por mi agujero.

—¿No tienes que ir a ningún sitio? —La voz sonó como si no fuera mía de tan jadeante, necesitada y desesperada.

¿Y qué narices estaba diciendo? No quería que se fuera. No quería que parara. «Dios, por favor, que no pare».

—Sí que tengo que ir a un sitio. Tendremos que darnos prisa. —Sus manos me soltaron para abrirse los pantalones—. Pero no me voy a ir sin echarte un buen polvo matutino.

Puede que yo soltara un fuerte suspiro ante la expectativa.

Me incorporé apoyándome en los codos y vi cómo Hudson se bajaba los pantalones y los calzoncillos lo suficiente como para sacar su rígida polla. Una visión de la que nunca me cansaría. Y era toda mía, solo mía.

Otra preocupación azarosa me cruzó por la mente.

—Tu asistenta no va a entrar y sorprendernos así, ¿verdad?

—Viene los martes y los viernes. Si no me equivoco, hoy es miércoles. —Me agarró de los tobillos y me dobló las piernas hacia arriba—. Y si entrara, ¿te importaría?

Se metió con una embestida.

—No —respondí con un jadeo.

Justo en ese momento no me importaba nada que no fuera el hombre que tenía delante de mí. El hombre que estaba dentro de mí. El hombre que me deseaba, que me quería en su casa, que me quería en su cama. Que me quería en su vida a pesar de mis defectos.

Hudson salió y volvió a entrar, una y otra vez, y la robusta mesa se movía con la fuerza de sus golpes. Adoptó un ritmo rápido. Al parecer, decía en serio lo de que teníamos que darnos prisa. A ese ritmo, se correría pronto.

Ajustó las manos sobre mis tobillos y me dobló las piernas sobre su pecho. Esa nueva postura hizo que entrara aún más dentro de mí.

—Tócate, preciosa. —Su voz sonaba tensa por el esfuerzo de aguantar—. Vamos a corrernos juntos.

Sin vacilar, moví la mano para frotarme el clítoris, dando vueltas alrededor a la misma velocidad que Hudson. Ya había hecho aquello antes, jugar conmigo misma para que él disfrutara con la vista. Le excitaba, a juzgar por lo rápido que siempre le llevaba al orgasmo.

También me excitaba a mí. Ver el placer en su rostro, sentir que su ritmo aumentaba mientras yo me retorcía y gemía con mis propias caricias. No había nada que me excitara más. Ya empecé a tensarme, apretándome alrededor de él.

—Así, Alayna. —Su rostro se retorció—. Joder, eso es..., así... —Su voz se quebró al correrse, deslizándose más adentro de mí mientras estallaba su orgasmo.

Mi mano cayó sobre la mesa y mi cuerpo se quedó entumecido.

Sonrió mientras se salía.

—¿Qué tal ha sido?

Él sabía la respuesta. El muy pervertido quería oírmelo decir. Sonreí.

—Puedes echarme un polvo matutino siempre que quieras.

—No me importaría echarte un polvo matutino todos los días. —Cogió una toallita de papel de la encimera de la cocina mientras yo fingía no hacer un millón de interpretaciones de lo que acababa de decir. Seguí fingiendo mientras él se limpiaba y se subía los pantalones.

Levantó las cejas e hizo un gesto hacia mí. Por un momento pensé que sabía lo que yo estaba pensando, que estar con él todas las mañanas implicaba vivir con él, que era demasiado pronto, que a mí nunca me parecía demasiado pronto porque era una loca obsesiva que quería aferrarse a él, que yo era completamente incapaz de manejar una proposición como esa con mis antecedentes.

Entonces me di cuenta de que simplemente estaba preguntándome si yo también necesitaba una toallita.

—Voy a darme una ducha. —Mierda, él no había dicho que me pudiera quedar—. Si te parece bien, quiero decir.

¿Era totalmente inapropiado por mi parte preguntar si podía quedarme en su casa mientras él se iba a trabajar? Porque hasta ese mismo momento, eso era exactamente lo que yo había planeado.

Hudson alargó la mano para ayudarme a bajar. Pasó sus brazos por detrás de mi cuerpo para coger los extremos de mi cinturón y me lo ató a la cintura.

—Me parece mejor que bien. Quiero que te quedes. Había pensado que te quedarías. —Eso significaba que seguramente también encontraría champú y acondicionador en la ducha.

El teléfono de Hudson sonó y lo sacó del bolsillo de su traje para leer el mensaje de texto.

—Ha llegado mi chófer. Me parece que ya he agotado el tiempo que quería dedicar a enseñarte el ático.

—Vaya —dije encogiéndome de hombros.

—Tendrás que verlo tú sola.

Se acercó al fregadero de la cocina para lavarse las manos.

—¿Me estás dando permiso para fisgonear? Porque suena a eso y no sabes que... soy una fisgona.

Chasqueó la lengua.

—No lo dudo. No tengo nada que ocultar. Fisgonea. Haz uso del gimnasio. Échate una siesta. Hay comida en el frigorífico. Haz lo que te apetezca y coge lo que quieras. ¿Trabajas esta noche a las ocho?

—Sí.

Había dejado de sorprenderme el modo omnisciente con que Hudson conocía mis horarios. Ese era el tipo de cosas que normalmente haría yo: memorizar los horarios de un hombre, averiguar todos los detalles de su vida. Me resultaba agradable estar al otro lado por una vez.

—Bien. Volveré a casa a las seis. —«A casa». Lo dijo como si se refiriera a nuestra casa, no a la suya. Otra punzada de ansiedad se clavó en mi pecho—. Cenaremos juntos antes de que te vayas.

—No estarás esperando que yo cocine. —«Ni que no me enganche».

—No seas tonta. Le diré a la cocinera que venga.

Asentí. Mis entrañas se llenaron de nudos ante la naturalidad de Hudson con respecto a nuestra relación.

—Ah, y los libros para la biblioteca deberían llegar hoy. Hay un interfono ahí. —Señaló hacia la pared, al lado del interruptor de la luz—. Y otro en el pasillo junto a los ascensores y un tercero en el dormitorio. Cuando llame el de seguridad, puedes aceptar la entrega y el guardia los dejará subir.

—De acuerdo. —Confiarme los interfonos y la seguridad... Aquello iba creciendo por minutos—. Espera... ¿Libros?

—Sí. He comprado unos cuantos libros porque dijiste que era tu parte preferida de la biblioteca.

—Vale.

Aquello había formado parte de nuestro engaño a su madre. Ella no se había creído que yo hubiera estado nunca en el ático de Hudson y, por supuesto, tenía razón. Con la intención de pillarme, me había preguntado cuál era mi habitación favorita. Yo había dicho que la biblioteca. Como ávida lectora, era lógico que eligiera la biblioteca y yo ya le había mencionado a Sophia que me encantaban los libros. Aunque, al parecer, la biblioteca de Hudson no tenía ningún libro.

Al menos todavía no.

—Por cierto, que aún sigo creyendo que me pilló con todo aquello. Pero ¿cuándo has tenido tiempo para comprarlos?

La conversación había tenido lugar el domingo, cuando habíamos estado en la casa de sus padres en los Hamptons. El día que por primera vez dije en voz alta que me estaba enamorando. El día anterior me había dejado sola con su familia mientras él se iba a intentar evitar que vendieran una de sus empresas, Plexis.

—Hice el pedido el lunes por la noche desde el hotel. Después del acuerdo con Plexis. —Su voz tenía un levísimo tono de decepción cuando pronunció el nombre de su empresa. Su decepción reflejaba lo que, de repente, yo estaba sintiendo—. ¿Por qué?

Pensé no decir nada, pero el mantra del «dilo» volvió a sonar en mi cabeza.

—Es una tontería, pero estaba convencida de que no me habías llamado porque no habías tenido tiempo. Pero parece que sí.

Hudson se había ido sin dejarme nada más que un breve mensaje de texto. No me había llamado ni se había puesto en contacto conmigo hasta después de que hubo pasado más de un día. En aquel momento pensé que habíamos terminado. Yo estaba destrozada y afligida. Y ahora me enteraba de que estaba comprando libros cuando podría haberme llamado.

—Ya te digo que es una tontería.

Hudson me atrajo hacia sus brazos.

—Estaba tratando de no estar contigo en ese momento, Alayna. Pero esa noche no pude dormir. Porque no podía dejar de pensar en ti. —Me besó en la frente mientras yo fruncía el ceño—. Dime, ¿qué está pasando ahí dentro?

—Es solo que...

¿Cómo podía expresar la infinidad de emociones por las que había pasado esa mañana? Sobre todo ese miedo cada vez mayor que se aferraba a mi vientre, el miedo a que cualquier cosa que pareciera demasiado buena como para ser real normalmente lo era.

Tomé aire temblorosa.

—Has dado todo un giro de ciento ochenta grados, Hudson. Respecto a nosotros dos. Hace día y medio estabas decidido a que solo tuviéramos sexo. Y ahora… ¿quién eres?

Aquello me asustaba. Me llevaba a dudar de lo que sentía. Hacía que me preguntara si estaría jugando conmigo.

Hudson colocó las palmas de las manos en mi cara y me atravesó con sus ojos gris oscuro.

—No hagas eso. Lo digo en serio.

Abrió aún más los ojos para asegurarse de que estaba con él.

Lo estaba.

—Soy el mismo hombre, Alayna. Un hombre que se compromete a cumplir cualquier plan que se proponga. Me había dicho a mí mismo que no podría llegar a tenerte. Así que ni siquiera me permitía intentarlo.

—Y ahora sí te lo has permitido. —Lo dije como una afirmación, pero en realidad se trataba de una pregunta. Una pregunta que decididamente necesitaba que me respondiera.

—Sí. Y me voy a comprometer a cumplirlo con la misma fuerza que el otro. Aún con más fuerza. Porque aquel plan era un compromiso. —Apoyó su frente en la mía—. Este nuevo plan es el que debería haber perseguido desde el principio. Es el mejor.

Sentí un nudo en la garganta.

—El plan con el mayor potencial de beneficio.

—Un potencial inmenso. —Abrió los labios, se inclinó hacia mí para besarme y me aspiró suavemente mientras movía su boca sobre la mía. Fue un beso dulce y tierno que terminó demasiado rápido—. Tengo que irme. Guarda un poco de eso para más tarde.

—Siempre.

Le acompañé al recibidor. Sacó su maletín del armario y, a continuación, me besó una vez más en la frente antes de entrar en el ascensor. Nos quedamos mirándonos a los ojos hasta que las puertas se cerraron.

En cuanto se hubo ido, me dejé caer sobre la pared del recibidor. Dios mío, ¿de verdad estaba pasando todo aquello? ¿De verdad me estaba instalando en el ático de mi novio multimillonario? Me sentía como Cenicienta. O como Julia Roberts en *Pretty woman.* ¿De verdad quería Hudson que yo estuviese presente en su vida de aquella forma o me había vuelto completamente loca?

Sí que estaba loca. Loca de contenta.

Di un grito, fui corriendo a la sala de estar y me lancé sobre el sofá. Cerré los ojos y repasé en mi mente lo que había sido la mañana: despertarme en la cama de Hudson, el excitante sexo en la mesa de la cocina... Pero en lo que más me concentré fue en la mayoría de sus palabras.

«Me gustaría echarte un polvo matutino todos los días».

«Volveré a casa a las seis».

«No podía dejar de pensar en ti».

«Un potencial inmenso».

Tras varios minutos sonriendo tanto que me dolieron las mejillas, las dudas empezaron a aparecer de nuevo, como siempre ocurría. ¿De verdad era posible que Hudson hubiese cambiado tanto, aparentemente de un día para otro? ¿O yo no era más que un juego para él? Puede que ni siquiera fuera consciente de lo que estaba haciendo y estuviese manipulando mis sentimientos por la fuerza de la costumbre.

O puede que, como yo, no supiera cómo comportarse con esta relación y simplemente estuviera actuando del modo que creía que debía hacerlo, aunque ello significase avanzar demasiado deprisa.

Posiblemente todo fuera verdad. Al fin y al cabo, yo sentía todas aquellas cosas por él. Quería estar con él todos los días, a todas horas. Estaba preparada para ese nivel de compromiso, aunque dos días antes no habría dicho lo mismo.

Pero yo me involucraba, me enganchaba demasiado rápido. Así era como actuaba yo.

Puede que también fuera la forma de actuar de Hudson.

Me incorporé en el sofá y miré la habitación. Había hablado en serio cuando dije que era una fisgona y normalmente me habría lanzado a curiosear enseguida. Pero en aquel momento no sentía esa necesidad. Sí que sentí el deseo de meterme en la ducha y lavarme. Seguía estando sudorosa de la noche anterior, por no mencionar lo que habíamos hecho por la mañana.

Volví al dormitorio principal y al pasar me fijé en una puerta cerrada que pensé que conduciría a la biblioteca y a otro dormitorio. En la habitación principal, me metí en el armario de donde Hudson había sacado mi bata. Era un vestidor y estaba vacío en su mayor parte, excepto por un perchero de ropa. Había unos cuantos vestidos que seguramente serían para llevarlos en el club, varios pares de pantalones cortos, vaqueros y ropa para hacer ejercicio y un perchero de camisetas. Un cajón del vestidor estaba parcialmente abierto, así que lo saqué del todo y vi bragas y sujetadores. Había también un salto de cama. Supongo que imaginé qué era lo que Hudson quería que me pusiera para acostarme esa noche.

Solté un suspiro de felicidad y me dirigí al baño, viendo esta vez una puerta cerrada cuando iba de camino. Miré dentro y descubrí un segundo vestidor, este lleno con la ropa de Hudson. Caminé por su interior mientras pasaba las manos por las filas de trajes. ¿Era ridículo lo mucho que me gustaba ver su ropa así? Me parecía muy personal, muy íntimo. Como si estando en el centro de su vestidor me encontrara en el centro de su vida. Me di la vuelta despacio, disfrutando de aquella metáfora. Era una sensación cálida y muy agradable.

Mi ducha fue larga y caliente. Si hubiese estado en mi apartamento, me habría quedado sin agua caliente mucho tiempo antes. Envolví mi cuerpo en una toalla y me enrollé otra en el pelo a modo de turbante. Después salí del baño y me dirigí a escoger algo de ropa de mi vestidor.

«Mi vestidor».

Pero cuando estaba en el dormitorio escuché voces procedentes de la zona principal del apartamento y el sonido de unos tacones sobre el suelo de mármol del recibidor.

No podía ser la asistenta. No solo porque no tenía que ir ese día, sino porque habría ido sola. Y, desde luego, no llevaría tacones. Puede que Hudson hubiese olvidado decirme algo. Como que su madre iba a ir de visita. Dios, ¿no sería ese el mejor modo de arruinarme el día?

Me mordí un labio. Tenía el teléfono en el bolso, que seguía estando en la sala de estar, así que no podía llamar ni enviar ningún mensaje a Hudson para preguntarle quién podría estar en su casa. Miré hacia el interfono. ¿Debería llamar a los de seguridad? Pero quienquiera que estuviera allí tenía que haber pasado por el puesto de seguridad sin problemas. Quienquiera que fuera tenía una llave.

Y, por el sonido de sus tacones y su voz de soprano, se trataba de una mujer.

Apoyé el cuerpo contra la pared y me asomé por el marco de la puerta para mirar hacia el pasillo. De espaldas a mí, vi a una mujer ataviada con un vestido de verano azul claro que dirigía a unos hombres hacia la biblioteca. Su pelo, recogido en un moño suelto en la nuca, fue lo que la delató.

Era la mujer con la que Hudson se había criado. La mujer sobre la que Hudson había mentido diciendo que la había dejado embarazada. La mujer con la que la madre de Hudson quería que él se casara.

Era Celia Werner.

Capítulo
TRES

Uno de los transportistas me vio e hizo un gesto con la cabeza señalándome. El pánico empezó a burbujear en mi pecho mientras Celia se giraba para ver qué era lo que señalaba. Yo me escondí tras la esquina, pero no antes de que ella me viera.

—¿Laynie?

«Mierda, mierda, mierda». No quería verla ni que ella me viera.

Sus tacones golpearon el suelo mientras caminaba por el pasillo en dirección al dormitorio.

—Alayna, ¿eres tú?

Entró en la habitación y me encontró pegada a la pared, todavía vestida solamente con la toalla.

—Hola.

—¡Vaya! —Su sonrisa resplandecía mientras sus ojos recorrían mi cuerpo de arriba abajo, apreciando la falta de ropa—. No esperaba que estuvieses aquí.

Aquello era ridículo. Estaba actuando como si me hubieran descubierto haciendo algo malo, pero no era verdad. Tenía todo el derecho a estar allí y, por lo que sabía, no ocurría lo mismo con Celia.

Enderecé la espalda y me separé de la pared.

—Yo tampoco te esperaba a ti. Hudson no me ha dicho que eras tú quien iba a traer los libros.

Celia negó con la cabeza.

—Él no lo sabía. Los compró a través de mi oficina y yo tenía hoy la agenda libre, así que he pensado que me debía asegurar de que llegaban bien y que podía ayudarles a sacarlos de las cajas si era necesario.

—Tienes una llave.

Sinceramente, aquello era lo único que me pasaba por la mente en ese momento, pero odié lo patético que sonaba mencionarlo. Al fin y al cabo, yo también tenía una llave.

Apoyó el hombro en el marco de la puerta.

—Sí. Desde que me encargué de la decoración. Siempre vamos renovando y pensamos que lo más fácil sería que yo me quedara con una llave. —Sus ojos miraron la cama sin hacer, con las sábanas revueltas tras mi noche con Hudson. Cuando volvió a mirarme, su sonrisa parecía más amplia—. Pero he llamado antes de subir y nadie ha respondido.

—Estaba en la ducha.

—Ya lo veo.

Me guiñó un ojo y supe que se refería a que estaba viendo algo más que a mí envuelta en una toalla. Estaba viendo el panorama en su conjunto.

Pues muy bien. Me alegraba. Así no tendría que sentirme como una imbécil cuando tuviera que explicárselo. Hudson y yo estábamos juntos ahora. Lo que fuera que los demás hubiesen planeado para Celia y Hudson ya no importaba. Era a mí a la que él había elegido. Fin de la discusión.

Salvo que aquella discusión solo había tenido lugar en mi cabeza. Probablemente, aún habría que decir en voz alta algunas cosas más.

Celia parecía estar pensando lo mismo.

—Oye, deja que termine con los transportistas y mientras puedes vestirte. Después, si quieres, charlamos un poco. Parece que hay cosas de las que nos tenemos que poner al día.

Cerró la puerta al salir y yo dejé escapar un fuerte suspiro. No estaba segura de por qué la presencia de Celia me producía tanta ansiedad. No era una amenaza para mí. Pero lo parecía. Yo había sentido celos de ella desde que la conocí. Como era la más antigua amiga de Hudson, lo conocía mejor que nadie. Había sido la única que sabía que Hudson y yo fingíamos ser pareja. Eran íntimos amigos.

Hudson había insistido en que entre ellos solo había amistad. Yo tenía que fiarme de eso o la envidia me destrozaría. Para empezar, toda aquella farsa se había puesto en marcha para que los padres de Celia y de Hudson dejasen de intentar emparejarlos. Si de verdad había habido algo entre ellos, ¿por qué me iban a poner en medio?

Yo acababa de descubrir el día anterior que la razón por la que los Werner y Sophia Pierce estaban tan empeñados en hacer de casamenteros era porque pensaban que Hudson y Celia habían estado juntos en el pasado. Creían que Hudson era el padre del bebé que Celia había perdido. Pero no era así, ni habían estado juntos nunca. La verdad era peor: Hudson había jugado con Celia, la había engañado para que se enamorara de él, la había hecho caer en una espiral de depresión y fiestas salvajes. Así que, cuando terminó quedándose embarazada, él se sintió responsable y afirmó que era el padre.

En cierto modo, Hudson sí había sido responsable. Pero ya no era el mismo hombre de antes. No era tan responsable como para que sus juegos le tuvieran que perseguir durante el resto de su vida. No podía creer eso. De ser así, tendría que pensar lo mismo de cómo me había comportado yo con los demás. Sin embargo, incluso las personas como nosotros, que habíamos estado tan destrozados que habíamos destruido a quienes nos rodeaban, merecíamos nuestra propia felicidad. No teníamos que pasar toda nuestra existencia subsanando nuestros errores, ¿verdad?

Borré de mi mente aquellos pensamientos de culpabilidad y rápidamente me puse un vestido que pudiera llevar más tarde en el club. Me recogí el pelo mojado en un moño y respiré hondo antes de abrir la puerta.

Los transportistas se habían ido ya y vi a Celia colocando una fila de cajas. Había docenas de ellas, muchas más de las que me había imaginado.

—Vaya, lo ha comprado todo, ¿no?

Celia levantó la mirada y dejó lo que estaba haciendo.

—Siempre hace lo mismo. Pero, como seguramente ya habrás visto, tiene montones de estantes que llenar.

Examiné aquella habitación por primera vez. Había un gran escritorio de caoba en el otro extremo rodeado por una pared de ventanales en curva. Dos sillones y un sofá largo conformaban la zona de descanso en medio de la habitación. Una preciosa chimenea de mármol adornaba el centro de una pared con una gran pantalla plana de televisión encima de ella. El resto del espacio de la pared estaba lleno de estanterías. Más y más estanterías, el sueño de un amante de los libros. Excepto porque solamente una pequeña parte al lado del escritorio tenía algunos volúmenes.

—Pues sí. Esas cajas apenas se van a notar con semejantes estanterías.

—Ha comprado más, pero esto es lo que tenían ahora en el almacén. El resto llegará en los próximos días. Y sí, aún sigue teniendo mucho espacio vacío. Quizá tú puedas ayudarle con el resto.

¿Debía suponer que aquello iba con segundas? ¿Estaba intentando que yo me sincerara y le hablara de Hudson?

Si quería saber algo, tendría que preguntar. Respondí a su comentario con un escueto:

—Quizá.

La ayudé a alinear las cajas contra la pared y a contarlas mientras lo hacía. Veintisiete en total. Supongo que ya sabía cómo iba a pasar la tarde: desembalando libros. Aquella idea me emocionó más de lo que debería.

Empujé la última caja para ponerla con las demás, me di la vuelta y vi que Celia me estaba mirando con los brazos cruzados sobre el pecho y una ceja ligeramente levantada.

—¿Y bien? Hudson y tú.

—Sí. Una locura, ¿verdad?

Celia siempre había sido agradable conmigo. ¿Por qué aquello me resultaba tan incómodo?

—Entonces, ¿es verdad? ¿Estáis juntos de verdad?

—Sí. Ya no hay que fingir. Ahora es real.

Se me hacía raro decirlo. Con otras relaciones mis palabras eran seguramente exageraciones. ¿Estaba exagerando ahora?

No. No exageraba. Aquello era de verdad.

—¿Desde cuándo? —Su pregunta no mostraba incredulidad, sino curiosidad. Incluso emoción—. Estuve con él el lunes y no me dijo que hubiese cambiado nada entre vosotros, aunque parecía tremendamente nostálgico. Pensé que estaría de mal humor por lo que estaba pasando en su trabajo. Pero ahora que te veo aquí creo que era por ti.

Celia había llevado a Hudson en coche desde la casa de sus padres de los Hamptons hasta el aeropuerto para que asistiera a la emergencia que había surgido con Plexis.

—Desde ayer. Cuando regresó de Cincinnati lo hablamos y... —De repente me di cuenta de por qué me sentía incómoda. Aunque Celia y Hudson no habían estado juntos de verdad, ella había creído sentirse enamorada de él. Yo no tenía motivos para estar celosa de Celia, pero ella sí que tenía una buena razón para estar celosa de mí—. ¿Es raro que yo te hable de esto?

—¿Raro? ¿Por qué? —Su cara se relajó al comprenderlo—. Ah, te lo ha contado.

—Sí. —No estaba segura de qué le parecería a ella que yo conociera unos detalles tan íntimos de su vida—. Perdona si eso te hace sentirte incómoda.

—No, para nada. Me sorprende. Él nunca ha hablado de eso con nadie. Ni siquiera estoy segura de que se lo haya contado a su terapeuta. —Se mordió el labio inferior un momento—. ¿Qué te ha dicho exactamente? ¿Te importa que te lo pregunte?

—Por supuesto que no. Es lógico que lo preguntes. Pero ¿podemos sentarnos un rato? —Quizá sentándonos desaparecería la sensación de confrontación que había entre nosotras.

Asintió y nos acercamos al sofá. Me senté mirando hacia ella con las piernas enroscadas sobre el sillón.

—Pues…, eh…, me contó que…, eh…, hizo que te enamoraras de él y que después se acostó con tu mejor amiga. Dijo que todo había sido un juego. Por eso cobra sentido que supieras que él les hacía eso a las mujeres. —Había sido Celia quien me había informado de los juegos psicológicos de Hudson.

—Sí. Hablaba por propia experiencia. —Su voz parecía haber perdido parte de su habitual alegría, pero nada parecía indicar que hablar conmigo le resultara doloroso ni desagradable.

Su tranquilidad me animó a seguir.

—Y me contó lo del bebé.

Vi cómo su pecho se elevaba y caía antes de responder:

—¿Qué te ha contado de eso?

—Que no sabías quién era el padre, así que él dijo que era suyo. De ese modo no te repudiarían ni habría escándalo ni nada, puesto que él se sentía responsable de aquella situación.

Aunque aquella información no era nueva para Celia, pues al fin y al cabo lo había vivido, una parte de mí se sentía culpable por hablarle de cosas que Hudson me había contado de forma confidencial.

Otra parte de mí, más poderosa, quería saber más sobre su escabroso pasado y resultaba, cuando menos, difícil sacar nada de él. La inesperada llegada de Celia suponía una oportunidad para saber más cosas y yo no iba a desaprovecharla.

—Eh... Bueno, eso lo engloba todo. —Se dio unos golpecitos en la rodilla con una uña pintada de color melocotón—. Qué tonto Hudson. No debería haberse sentido responsable por nada. Yo era una mujer adulta. Puedo asumir la responsabilidad de mis acciones. Ya no se siente así, ¿verdad?

—Sí. Creo que aún lo piensa.

No lo creía, lo sabía. Esa era la razón por la que se mantenía tan cerrado, la razón por la que le había costado tanto dejarme entrar. Por su madre, su terapeuta o por cualquier otra razón, se había visto condicionado a creer que era incapaz de querer a nadie y las terribles cosas que les había hecho a personas como Celia eran su prueba. Haber manipulado la vida de su amiga, ser la causa de que ella actuara de un modo tan temerario como para quedarse embarazada de un desconocido y que después perdiera a su hijo constituía para Hudson la prueba de que él era una persona despreciable. Porque, en su opinión, ninguna persona decente haría eso.

Pero para mí el hecho de que estuviese tan traumatizado por lo que le había hecho pasar a Celia era la prueba de lo contrario, de que podía sentir. De que le preocupaba lo suficiente como para arrepentirse de sus actos. Eso no demostraba crueldad. Demostraba humanidad.

Celia puso los ojos en blanco.

—Eso es ridículo. Necesita superarlo, de verdad. Prácticamente hace una década de aquello. Es agua pasada.

Yo estaba de acuerdo con ella. Tal vez, por fin, al tener amor en su vida, Hudson aprendería a pasar página.

En cuanto a Celia, yo no estaba tan segura de que lo hubiese conseguido ya.

—Entonces, ¿no sigues sintiendo algo por Hudson?

No me costaba imaginar que albergara un amor no correspondido durante diez años, porque yo era una persona obsesiva. La única razón por la que había superado algunas de mis obsesiones pasadas era porque había asistido a una terapia. No es que Celia sufriera el mismo trastorno obsesivo que yo, pero no era la primera vez que alguien se enamoraba durante años de un amigo sin que nunca pasara nada. Era el tema central de grandes novelas.

¿En qué me convertía eso? En la historia de Celia, ¿yo era la mala?

Posiblemente estaba dramatizando demasiado. Como siempre.

Celia se inclinó hacia delante y puso una mano sobre la mía.

—Claro que siento algo por él, Laynie. Es mi mejor amigo. Le he querido desde que le conocí, que fue incluso antes de aprender a hablar. Pero no estoy enamorada de él. Creo que nunca lo estuve. Él jugó conmigo y yo creí... En fin, ya no lo estoy. Mi madre te dirá otra cosa, pero ella cree lo que le da la gana. Si yo estuviera enamorada de él, dejaría que ese asunto del matrimonio concertado siguiera adelante en lugar de apoyar una farsa para engañar a nuestros padres.

—Sí, eso tiene sentido. —Aparté mi mano de la suya antes de que aquello pareciera algo raro. Ya me sentía rara. Yo no era una persona muy dada a las caricias—. Entonces, ¿no te molesta que estemos juntos?

—¿Molestarme? ¡Me alegro por él! En realidad, por los dos. La verdad es que empezaba a creer que Sophia tenía razón, que él no podría amar a nadie, porque nunca había mostrado inclinación por ninguna chica. Salvo para jugar con ellas, claro. La verdad es que me parecía muy triste. Definitivamente, esto es un cambio a mejor.

Yo quería sentirme igual de feliz que ella. Pero cuando sacó a colación el pasado de Hudson, mis mayores temores volvieron a despertar.

—¿Qué he dicho? —preguntó Celia.

Debió de notar mi expresión de preocupación. Nunca se me había dado bien poner cara de indiferencia.

—Nada.

Probablemente, sería mejor no decir nada. Pero tal vez Celia fuera la única persona con la que podría hablar de ello. La única que me comprendería.

Me revolví en mi asiento y me llevé las rodillas al pecho.

—Es solo que me preocupa que esto sea demasiado bueno como para ser verdad y no dejo de preguntarme si quizá yo…, si él…

—¿Si está jugando también contigo?

Mis ojos marrones se clavaron en sus ojos azules.

—Sí.

Asintió una vez y frunció el ceño.

—Eso es algo que a mí también me preocuparía.

Bueno, no era ese el consuelo que estaba esperando.

—No estoy diciendo que debas preocuparte —añadió—. Simplemente, se me pasaría por la cabeza como una posibilidad. Sobre todo conociendo su pasado y teniendo en cuenta que la unión o la relación que tiene contigo es completamente distinta a nada de lo que haya tenido antes.

—Tú le conoces, ¿qué opinas? —Dios mío, el labio me temblaba al hablar. Qué patética estaba mostrándome.

Volvió a darse unos golpecitos con el dedo en la rodilla.

—No creo que siga con ese juego. De verdad que no. Ha asistido a una terapia y han pasado ya dos años sin que haya tenido ningún… incidente.

Me escribí una nota mental para preguntarle más adelante qué entendía por incidentes. Pero en ese momento no era suficientemente prioritario como para interrumpirla.

—Supongo que puede tener una recaída, pero… —Sus palabras se fueron apagando—. ¿Qué te ha dicho él?

—Que quiere estar conmigo. Que se compromete a hacer que la relación funcione. —O algo parecido que no quería decir. No eran mis palabras y se suponía que no debían ser reveladas ante cualquiera.

Celia se acercó un par de centímetros a mí, como si nos encontráramos en una habitación llena de gente y estuviese a punto de confesar un secreto.

—Deja que te cuente una cosa sobre Hudson y su forma de jugar con las mujeres. Él no miente. Nunca. Eso es lo más brillante de sus técnicas de manipulación. Nunca dice nada que puedas echarle en cara después. Son todo verdades contadas de forma que te hacen interpretar más cosas de las que está diciendo. Te hace creer que te está ofreciendo más de lo que de verdad te ofrece sin decirlo nunca con palabras. ¿Entiendes lo que quiero decir?

—Creo que sí.

Ahora que lo pensaba, sabía exactamente a qué se refería. Hudson elegía sus palabras de una forma muy precisa y se entregaba con tanta cautela que podía ver cómo era capaz de darle la vuelta a una situación de forma que él siempre tenía el control. Supuse que eso sería lo que le hacía tan bueno para los negocios.

—Así que, si te ha dicho esas cosas, yo las creería —me aseguró Celia—. Y nunca antes había traído a ninguna mujer a su ático. Todos lo saben. Incluso Sophia lo sabe. Nunca ha querido que nadie pudiera encontrarle después de..., ya sabes, de romperles el corazón.

Aquello era totalmente lógico. Si eres un tipo que juega con la gente, no querrías que tuviesen acceso a tu vida privada. Yo había sentido casi lo mismo cuando había temido no poder mantenerme alejada de él. No había querido saber dónde vivía para no engancharme a él.

Era curioso que ahora los dos estuviéramos exactamente en una situación en la que nunca se nos habría ocurrido que nos veríamos.

Celia me estaba observando, midiendo mis reacciones. Pude notar que quería decirme más cosas, pero quizá no sabía cómo.

—¿Te ha dicho... lo que siente por ti?

—Sí. —Bueno...—. No. —Pero lo había dado a entender. En ese momento, ni siquiera podía recordar qué era lo que había dicho y la bola de preocupación que tenía en el estómago empezó a ponerse más dura—. Es decir, ha dicho algunas cosas, pero no ha dicho realmente que me quiera.

Pero yo sabía que lo sentía. ¿No?

Celia sonrió.

—No creo que le haya dicho nunca a nadie que le quiere. Ni siquiera a su madre. Así que puede tardar un poco, si es que alguna vez lo hace. No interpretes esa omisión como una señal de nada.

—Enderezó la espalda—. No, yo creo que estás bien. Creo que esto es bueno, que es real. —Juntó las palmas de las manos—. ¡Bien! ¡Hudson Pierce tiene novia! ¡Qué emocionante!

—Sí, es emocionante. —La calidez de la situación se extendió por mi cuerpo—. Absolutamente emocionante. —Porque nunca me había pasado nada parecido. Nunca había tenido una relación con alguien que correspondiera a mis sentimientos. Con cada hombre que había pensado que era el único no había tenido nunca la posibilidad de ver si sentía lo mismo antes de echarlo todo a perder enganchándome de él y agobiándole. Y en las ocasiones que había creído estar enamorada en realidad estaba más enamorada de la idea de que alguien lo estuviese de mí. Eso lo había aprendido gracias a la terapia de grupo. Por eso me aferraba al más mínimo atisbo de interés que cualquier hombre mostrara por mí, porque ansiaba desesperadamente ser amada.

Pero esta vez no estaba desesperada, no me estaba enganchando ni me estaba obsesionando. Al menos no más de lo razonable. Aquello era un claro motivo para alegrarse.

Miré a Celia con una sonrisa.

—No sabes lo bien que me siento por poder hablar de él con alguien. Muchas gracias.

—Apuesto que sí. No hay problema. Cuando quieras. —Hizo una pausa—. ¿Qué tal va todo con Sophia?

—No lo sé. —Más bien no me importaba. La madre de Hudson y yo nunca seríamos amigas. No después de haberme despreciado y haberme llamado puta. No cuando se mostraba tan contraria a que Hudson encontrara algo bueno en su vida—. La última vez que la vi le eché la bronca. Espero no tener que tratar con ella en un futuro próximo.

—Ah. Entonces, ¿no tienes planeado verla? ¿Ni para decirle que estáis viviendo juntos ni nada de eso?

Parecía sorprendida y tal vez con razón, después de todas las molestias que se había tomado Hudson para lucirme ante su madre cuando no éramos una pareja de verdad.

—No, gracias a Dios. Creo que Hudson ha desistido de convencerla de nada. Lo cual a mí me parece bien.

—Desde luego. ¿Quién necesita a Sophia?

Yo no, eso lo tenía claro. Pero Celia, por otra parte...

—Tú te llevas bien con ella.

Habíamos hablado de todo lo demás, podíamos hablar también de Sophia.

—Bueno, yo me guío por esa filosofía de los amigos cerca y los enemigos más cerca. A mí me funciona.

—Sí que funciona. Ella te adora.

Puede que pareciera un poco celosa. Lo cual era ridículo, puesto que yo odiaba a Sophia Pierce.

—Me adora porque adora a mi madre. Además, cree que si estoy con Hudson va a tener acceso absoluto a su vida. Como si yo fuese a compartir con ella todos mis asuntos personales. La tengo camelada, eso es todo.

—Entonces, ¿lo único que tengo que hacer para que se ponga de mi parte es camelármela también?

—Puede ser. —Celia entrecerró los ojos mientras lo pensaba. Después, negó con la cabeza—. En serio, olvídate de ella. No merece la pena. ¿Te han contado lo de esa vez que Hudson le dijo...? —El reloj de pie del recibidor dio una campanada—. Oh, Dios mío, ¿de verdad ya es la una? —Celia miró su reloj—. Sí que lo es. Tengo la tarde muy ocupada. Debo irme. —Se puso de pie y se alisó el vestido—. Siento marcharme tan rápido. Ha sido estupendo charlar contigo.

—Sí, ha estado muy bien. —Odiaba admitirlo, pero me frustraba ver que se iba. Sobre todo cuando estaba a punto de contarme algo sobre Hudson. Celia tenía mucho que ofrecer para poder comprender a Hudson. Ya había hecho que me sintiera mejor y había muchas más cosas que podía conseguir hablando con ella.

—¡Deberíamos volver a vernos! —exclamó Celia casi en el mismo momento en que yo lo estaba pensando—. Toma. —Sacó una tarjeta del bolso y me la dio—. Mi teléfono está ahí. Llámame y podemos quedar a tomar un café. ¿Te parece bien mañana?

—Eso me gustaría. —Cogí la tarjeta y miré lo que ponía: «Celia Werner. Diseñadora de interiores para empresas y particulares».

—Genial. Entonces, llámame por la mañana. —Hizo una pausa—. Ah, y si no contesto vuelve a llamar. Tengo la mala costumbre de dejarme el teléfono en cualquier sitio y si llamas varias veces podré hablar contigo. ¡Y habré encontrado el teléfono! Así salimos ganando las dos.

Me reí por su forma de saber dónde tenía el teléfono.

—Perfecto.

—¡Estupendo! Entonces, hasta mañana. Dale un beso a Hudson. —Empezó a caminar hacia la puerta de la biblioteca y, a continuación, se detuvo y se dio la vuelta para mirarme con la mano pegada al pecho—. ¿Sabes? Ya iba siendo hora de que Hudson tuviera a alguien en su vida y me alegra mucho que sea una persona que le quiere y le comprende, como parece que es tu caso.

Sus palabras y gestos podrían parecer demasiado dramáticos para la mayoría de la gente, pero ella tenía la suficiente clase como para que no fuera así.

—Gracias. Sí que le comprendo. —Probablemente más de lo que él o yo éramos conscientes.

—Sé que es así. —Su expresión se volvió seria—. Él también me ha contado cosas de ti. Espero que no te moleste.

Podría referirse a mi pasado de loca acosadora. En parte era bastante vergonzoso. Había incumplido una vez una orden de alejamiento. Por ese motivo había sido fichada por la policía. Aquello había quedado ya enterrado gracias a Hudson y a mi hermano abogado, pero eso no cambiaba el hecho de que hubiese ocurrido, de que había actuado así. No era más que una parte de una larga lista de las muchas putadas que había cometido.

Normalmente, me habría sentido humillada al saber que alguien conocía mis antecedentes. Pero en ese momento, con todo lo bueno que me estaba pasando con Hudson, no fue así.

—No, no me molesta. Sorprendentemente.

—Bien. —Sonrió—. No se lo voy a contar a nadie, por supuesto. Pero me alegro de saberlo. Así veo lo perfecta que eres para él, por lo que tú misma has sufrido. Estoy de tu parte.

—Gracias. Te lo agradezco mucho.

Me guiñó un ojo.

—Bueno, me voy. ¡Buena suerte!

Me quedé en la biblioteca pensando en la visita de Celia un largo rato después de que se marchara y de grabar su número en mi teléfono. Estaba deseando tomarme ese café con ella y lo cierto era que aquello me ponía nerviosa. Por mucho que supiese que ella podía ser una fuente de información privilegiada sobre Hudson, también estaba segura de que él no se alegraría demasiado por ello. Tendría que ver cómo se lo decía.

De todos modos, ¿de verdad podría tener algo de malo tomar un café?

Decidí posponer mi decisión hasta el día siguiente.

Eché de nuevo un vistazo a las cajas y me dispuse a abrir alguna y empezar a vaciarlas para llenar las estanterías. Hudson me había dicho que me sintiera como en casa y eso evitaría ponerme a fisgonear. Aunque me había dado permiso, no era la más sana de las conductas.

Encontré un abrecartas en uno de los cajones de Hudson y, arrodillada junto a una de las cajas, lo usé para rasgar la cinta de embalar. Molière apareció en primer lugar junto con un ejemplar de Shakespeare. Debajo encontré varios clásicos más, desde Dante hasta Dickens. Me senté sobre mis talones y miré hacia las estanterías, imaginando un plan para organizar la biblioteca.

«Mi biblioteca».

Hudson no había dicho que fuese mía, pero no pude evitar pensar que lo era. Me encantaban los libros. No solo las historias que contenían, sino la sensación de tenerlos en mis manos, la suavidad de las páginas, las palabras concentradas en un mismo sitio. A Hudson no le atraían los libros tradicionales. Obviamente. Sus estanterías desnudas eran una prueba de ello. Lo leía todo en su libro electrónico. Aquellos eran mis libros. Y yo los había adoptado y estaba segura de que Hudson no objetaría nada. Solo los había comprado para engañar a su madre, aunque yo dudaba de que Sophia visitara el ático muy a menudo.

Además, entre las muchas mentiras que le había contado a su madre, Hudson le había dicho que yo me iba a mudar a vivir con él. ¿Cuánto tiempo pasaría hasta que eso se convirtiese en realidad?

No, no podía pensar en eso. Tal y como me había dicho antes a mí misma, era demasiado pronto y no estábamos preparados.

Pero ¿tenía algo de malo fantasear con ello unos minutos? Imaginar que vivía con él en aquel ático. Y más cosas. Que dirigía el club con Hudson a mi lado. Aparecieron destellos de anillos de compromiso y cortejos nupciales en mi ensoñación. ¿De verdad era tan malo desear algo así?

Sí. Sí que lo era. Tenía que dejarlo ya, porque las fantasías podían conducir a la fijación. Necesitaba una obsesión sustitutiva. Otra cosa con la que mantener la mente ocupada.

Traté de volver a concentrarme en los libros, pero, de nuevo, mi mente viajó al futuro: bodas, el club y fiestas.

Fue entonces cuando se me ocurrió. Dejé mi tarea y busqué el teléfono para llamar a Jordan. Necesitaba que me llevara a un sitio.

—¿Despedidas de soltera? —David Lindt se recostó en su silla de despacho y se balanceó de un lado a otro.

No sabía si iba a encontrar a David en el Sky Launch tan temprano, pero había tenido suerte. David era el gerente del club y, como Hudson le había confiado la dirección del negocio, era a él a quien tenía que acudir para proponer cualquier mejora.

Esa era la razón por la que yo había ido más de seis horas antes de que empezara mi turno, para compartir con él mi genial idea.

—Sí, despedidas de soltera.

—¿En serio? ¿Esa es tu gran idea?

—Vamos, ¡es perfecta! —Levanté las manos para darle más énfasis. Era una buena idea, pero contársela tranquilamente no parecía haber funcionado para convencerle—. Estamos en temporada de bodas y las salas burbuja son el lugar perfecto para estar en privado pese a estar rodeadas del ambiente del club. Sabes tan bien como yo lo que pasa en esas habitaciones.

En mi opinión, las burbujas eran el plato fuerte del Sky Launch. Aquellas diez estancias circulares rodeaban la circunferencia de la segunda planta y estaban completamente cerradas para garantizar la privacidad. O más bien para dar una sensación de privacidad. Se trataba de una ilusión, pues cada una de las burbujas tenía también una ventana que daba a la pista de baile que estaba abajo y si mirabas por ella podías ver todo lo que ocurría al otro lado. En numerosas ocasiones, las cosas que ocurrían en esas habitaciones no eran recomendadas para menores y con mucha frecuencia eran directamente pornográficas.

Sin embargo, se había descuidado la promoción de las burbujas durante todo el tiempo que yo llevaba trabajando en el club. A mí me habían ascendido, en parte, por la promesa de buscar modos de hacer un mejor uso de aquel elemento tan distintivo. Promocionarlas para despedidas de soltera era un plan perfecto.

Pero David no parecía compartir mi punto de vista.

—Aquí ya hemos celebrado antes despedidas de soltera. No muchas, pero sí unas cuantas.

—Y siempre han ido bien, ¿no?

—Las clientas siempre han quedado encantadas.

Retorció la boca mientras pensaba. Observé su constante movimiento nervioso y sus caras raras y me pregunté por un momento cómo había podido sentirme atraída alguna vez por aquel hombre.

La respuesta fue que no me había sentido realmente atraída. No del todo. David había supuesto una opción agradable cuando me asustaba demasiado ir detrás de ningún hombre que de verdad me excitara. Había supuesto que podría tener un futuro con él. Había imaginado que estar con alguien como David era la cura para mis obsesiones. El hecho de no quererle de verdad me mantendría alejada de mi escandalosa conducta del pasado.

Y era bastante mono. No nos habíamos acostado, pero habíamos estado bastante cerca y nunca nos había costado mucho excitarnos.

Todos mis pensamientos respecto a David desaparecieron cuando Hudson entró en mi vida. Abandoné la seguridad por la realidad y, a pesar de los altibajos que acarreaba amar a Hudson, no me arrepentía de ello lo más mínimo.

Sin embargo, David sí se arrepentía. Quería algo más entre nosotros y me lo había dicho justo el día anterior. Pero sabía lo que yo sentía. Sabía a quién pertenecía mi corazón.

Ahora, se llevaba el bolígrafo a la boca y mordía el extremo ya masticado.

—¿Cómo conseguirías que la gente reserve las burbujas para eso? —preguntó con el bolígrafo entre los dientes.

—*Marketing.* —Claro. Ese había sido el tema en el que más hincapié se había hecho en el Máster de Administración de Empresas que acababa de hacer y estaba deseando ponerlo en práctica. Era eso lo que yo podía ofrecer al club, mis conocimientos—. Nunca hemos anunciado esas salas para un mercado específico. Están infrautilizadas y son un espacio desperdiciado en comparación con el uso que se les podría dar. Si ofrecemos las burbujas en paquetes diseñados específicamente para futuras novias, creo que podríamos llamar la atención.

—Sí, le veo potencial. —«Por fin»—. ¿Qué tienes pensado?

—Necesito un poco de tiempo para planificarlo más en serio, pero estoy pensando que podría concertar una reunión con organizadores de bodas. Si les puedo ofrecer un buen trato, se lo dirán a sus clientas. Quizá podríamos darles una comisión u ofrecerles a cambio un porcentaje de las reservas. Pero primero tenemos que diseñar algunos paquetes de ofertas. Si incluimos bandejas de comida y un número de consumiciones en el bar, tendremos algo que vender.

Detrás de mí, mi teléfono sonó avisando de que había llegado un mensaje. Se había quedado sin batería de camino al club justo después de enviarle un mensaje a Hudson con mis planes para esa tarde. Por suerte, tenía un cargador de repuesto en la oficina junto a los archivadores y lo había enchufado nada más llegar.

—Y bien, ¿qué opinas? —pregunté mientras iba a por el teléfono.

—Creo que vas bien encaminada. Vamos a hacerlo.

Sonreí triunfante antes de mirar mi mensaje.

«He llamado a la cocinera. ¿Estarás en casa para cenar?».

«No me lo perdería por nada del mundo», respondí. Que escribiera «en casa» me hizo sentir el mismo vértigo que por la mañana.

—¿Es Pierce?

La pregunta de David interrumpió mi euforia.

—Sí, es Hudson.

—¿Ha pasado algo bueno?

Hasta ese momento no me di cuenta de que estaba sonriendo.

—Todo es bueno.

Dejé el teléfono para que siguiera cargándose y volví a la silla en la que había estado sentada.

—Vamos a vernos para cenar. No te preocupes, ya habré vuelto cuando comience mi turno.

—La verdad es que quería hablar contigo sobre cambiar tus horarios. —David se puso de pie, rodeó el escritorio y se apoyó en una esquina—. Te he ascendido para que puedas hacer planes de ese tipo. Ya tenemos suficientemente cubierta la gerencia. Si necesitamos otra persona (y estoy seguro de que será así si tus planes funcionan, como sé que ocurrirá), Sasha está preparada para ser la encargada. Tu don, lo que le aportas al Sky

Launch, son tus ideas comerciales. Necesito tus trucos de magia. Esa no es mi especialidad.

—¿A qué te refieres? —pregunté con el ceño fruncido.

—Me refiero a que te pongas tus propios horarios. Yo te necesito cuarenta horas a la semana, lo cual no es ningún problema para ti, que eres una adicta al trabajo. Pero puedes organizártelas como te convenga. Concierta esas reuniones con los organizadores de bodas. Además me gustaría seguir avanzando con tu idea de ampliar el horario y nuestros servicios. Para eso va a ser necesaria también mucha planificación diurna. Tendrás que reunirte con cocineros y con el resto del personal. Va a ser mucho trabajo.

Sentí como si mis ojos se salieran de sus órbitas.

—¿En serio? Es decir, ¿en serio quieres que haga todas esas cosas y que me ponga mi propio horario?

Aquel era el trabajo de mis sueños haciéndose realidad. Todo el tiempo que había estado peleándome con mi hermano Brian por desperdiciar mi formación y las oportunidades laborales que había rechazado con las mejores empresas que aparecían publicadas en la revista *Fortune*... Esto hacía que cada duda y cada sufrimiento hubiese merecido la pena.

—Sí, en serio. Yo no bromeo con esta mierda. Empieza por tomarte esta noche libre.

—No seas ridículo. No se puede llevar la barra de arriba con una sola persona.

—Va a estar Liesl. Ya está cubierto.

Por supuesto, Liesl aceptaría hacer un turno por mí. Era mi única amiga en la ciudad. Mitad despistada, mitad genio, representaba todo lo que yo no era: libre, despreocupada y coqueta, no le agobiaba encariñarse demasiado. Aunque éramos polos opuestos, ella me entendía mejor que nadie y era mucho más generosa conmigo de lo que me merecía.

—Ya me sustituyó todo el tiempo que estuve en los Hamptons. No puedo obligarla a hacer eso.

—Se ha ofrecido voluntaria. Hemos contratado a una camarera nueva y Liesl está decidida a encargarse de que reciba una «buena preparación». Son palabras suyas, no mías. Si vas a empezar a tener reuniones mañana, tendrás que acostumbrarte a estar despierta durante el día. Ahora mismo eres una especie de vampira. —Recorrió mis piernas con su mirada—. Una vampira bronceada, pero vampira al fin y al cabo.

Me reí, ocultando mi incomodidad ante el obvio deseo que había en su mirada. Me puse de pie para ponernos al mismo nivel. De lo contrario, me habría sentido como si él no estuviese mirando nada más que mis tetas.

—Gracias, David. Gracias, gracias, gracias. Yo... —No tenía palabras para expresar lo agradecida que estaba por aquella oportunidad—. Simplemente, gracias.

—Te lo mereces. —Se incorporó y dejó caer los brazos a ambos lados—. ¿Un abrazo?

—Eso ya me causó problemas la última vez.

Hudson había irrumpido en ese momento y se había enfadado bastante. No era un hombre al que le gustara compartir a su novia. Yo conseguí calmarle convenciéndole de que mi abrazo con David había sido inocente, lo cual era cierto por lo que a mí respectaba. Aun así, Hudson sospechaba que había algo más entre David y yo. Y, cobarde de mí, no había tenido el valor de admitir que tenía razón. David y yo teníamos un pasado. Pero, comparado con lo que sentía por Hudson, me parecía un detalle sin importancia.

Extendí la mano hacia David.

—¿Te conformas con un apretón de manos?

Asintió y me estrechó la mano. La sostuvo mucho más tiempo del debido y su pulgar me acarició la piel provocando que unos escalofríos indeseados me recorrieran los brazos.

Me aparté con la esperanza de que no lo notara. Aunque yo no sentía nada por David, mi cuerpo seguía reaccionando al suyo. Era del montón, pero atractivo, con unos ojos de color azul apagado y el pelo rubio oscuro y rizado. Hacía ejercicio, y tenía un cuerpo fornido. Nunca había sido mi tipo y mi reacción se debió probablemente a la fuerza de la costumbre. Pero fue suficiente para hacerme sentir el peso de una repentina culpabilidad. No debería ocultarle a Hudson mi pasado con David. Me había apresurado a acusarle a él de tener secretos en nuestra relación y ahí estaba yo haciendo exactamente lo mismo. Estaba mal y lo sabía.

También sabía que no se lo iba a contar. No creía que él me permitiera seguir trabajando con David si sabía que compartíamos un pasado y, si lo descubría por sí mismo, mi silencio podría servirme de defensa. Le explicaría a Hudson que no le había contado nada porque no había nada que contar. Lo comprendería.

Quizá, si seguía diciéndome eso a mí misma, finalmente me lo creería.

Capítulo
CUATRO

Hudson estaba ya en casa, sin la chaqueta, cuando volví al ático esa tarde. Se acercó a mí cuando salí del ascensor y me saludó con un beso exuberante que hizo que me volviera loca.

—Vaya, hola a ti también.

—Llegas tarde —dijo con sus labios sobre los míos.

—¿Y?

—Estaba preocupado.

Su boca recorrió mi mejilla y se detuvo en el lóbulo de mi oreja.

Abrí los ojos tanto por la sorpresa como por lo delicioso de lo que me estaba haciendo en ese punto sensible.

—¿Te preocupaba que me hubiese pasado algo?

—Que no vinieras.

Le empujé hacia atrás para mirarle a los ojos.

—Hudson Alexander Pierce, ¿por qué te preocupaba que te dejara plantado? —Era una estupidez simplemente pensarlo—. ¿No te das cuenta de que soy del tipo de chicas que se aferran a su hombre?

Él volvió a inclinarse hacia delante para acariciarme la nariz con la suya.

—Si te comportaras como la chica lista que eres, ya me habrías dejado plantado hace semanas.

—Qué bien no comportarme como una chica lista.

—Qué bien para mí, sí.

Me soltó y me quitó el bolso del hombro para guardarlo en el armario. Después, entrelazando sus dedos con los míos, tiró de mí para que le siguiera por el recibidor en dirección a la sala de estar.

—¿Sabes una cosa?

Admiré su espalda mientras le seguía, sus firmes músculos visibles a través de la camisa.

—Que no tienes que trabajar esta noche.

Me detuve en seco y mi mano se soltó de la suya.

—¿Cómo es que siempre lo sabes todo?

—No siempre. —Se giró para mirarme con una sonrisa juguetona en sus labios perfectos—. Pero, en lo que a ti concierne, hago un esfuerzo. David me ha llamado esta tarde y me ha preguntado si me parecía bien que te organizaras tus propios horarios.

—Y tú has contestado: «Sí, porque así adaptaré mi agenda a la de Alayna para que podamos follar lo máximo posible». —Me reí por mi terrible imitación de la voz de Hudson.

—Le he dicho que me parecía una buena idea. —Inmediatamente, volví a estar entre sus brazos—. Pero estaba pensando lo que has dicho tú.

Su boca daba vueltas alrededor de la mía, provocándome.

—Te quiero.

Él me apretó más.

—Espero que poder cambiar tus horarios no sea la única razón de tu cariño por mí.

—No lo es, créeme.

Esta vez fui yo quien le besó, lamiéndole el labio superior. Cuando se apartó, tenía los ojos nublados por el deseo.

—La cena está lista, preciosa.

Me llevó al comedor, donde la mesa estaba preparada con un centro de orquídeas blancas, dos candelabros con velas encendidas, una botella de vino abierta y dos servicios preparados en un extremo.

Con un gesto, señaló las velas.

—Quedarían mejor si no hubiese tanta luz aquí.

—Sí, es horrible que tu ático tenga ventanales desde el suelo hasta el techo y que dejen entrar tanta luz del sol —bromeé—. Ahora en serio, es precioso.

Nos quedamos mirándonos a los ojos un momento, atrapados el uno en el otro. Dios mío, si seguíamos mirándonos así, la comida iba a tener que esperar. Yo ya sentía las bragas húmedas.

Al notar el olor a hierbas, dejé de mirarlo para dirigir los ojos hacia la silenciosa cocina.

—¿Dónde está la cocinera? ¿Te ha abandonado?

—No. Ha hecho la comida y después se ha ido. Nuestros platos están en el horno. —Retiró una silla e hizo un gesto para que me sentara—. Supongo que puedo encargarme de servirlos sin su ayuda.

Mantuve los ojos fijos en él mientras me sentaba.

—Cariño, tú no necesitas que nadie te ayude en el servicio.

—Oye. —Me dio un toque en la nariz con el dedo mientras me reprendía—: Primero a comer. Necesito energías para seguirte el ritmo. Pero cuando terminemos de cenar quizá haya postre.

—Un postre picante, espero.

—No hace falta que esperes nada.

Hudson sirvió vino blanco en mi copa antes de llenar la suya. Después, desapareció en la cocina y regresó un momento después con dos platos de comida. Los colocó delante de cada uno de nosotros y, a continuación, se sentó. Cenamos el uno junto al otro en un extremo de la mesa, entrelazando las piernas por debajo. Charlamos sobre cómo nos había ido el día y cuando le conté mis ideas de las despedidas de soltera para el club, él se mostró favorablemente impresionado.

—¿Quieres que te ponga en contacto con mis organizadores de eventos de empresa? Aunque no servirán de mucha ayuda en el terreno de las fiestas prenupciales.

—No, ya tengo algunas cosas programadas.

Dio un sorbo a su vino y supuse que resultaría difícil dejar que yo llevara las riendas de mi proyecto. Pero cuando soltó la copa parecía resignado.

—Si cambias de idea, dímelo.

La comida estaba deliciosa: pechuga rellena de tomates secos y alcachofas. Unos calabacines salteados y un arroz jazmín acompañaban al pollo. Yo me había quedado toda la tarde en el trabajo concertando reuniones para esa semana y me había saltado el almuerzo. Hasta que empecé a comer no me di cuenta de lo hambrienta que estaba.

—Esto está muy bueno, Hudson —dije cuando mi plato estaba medio vacío—. ¿Dónde has encontrado a esta cocinera?

—Antes era ayudante del chef de uno de mis restaurantes. Las cosas no funcionaban entre ella y otros miembros del equipo, así que ahora trabaja personalmente para mí.

Me quedé pensando un momento en la cartera de negocios de Hudson que conocía.

—¿El Fierce?

—El mismo.

El Fierce era uno de los restaurantes más conocidos de la ciudad. El chef principal tenía fama de ser un hombre realmente duro de pelar. No necesité preguntar si ese había sido el motivo por el que la cocinera se había ido.

Mi mente, que esa tarde estaba centrada en el trabajo, se adueñó de la conversación.

—¿Estaría dispuesta a trabajar en el Sky Launch?

—Y, entonces, ¿quién cocinaría para nosotros?

No hice caso de la oleada que sentí por la forma en que Hudson se refería a nosotros con un «nosotros» e insistí:

—Bueno, pues para eventos privados. No tiene por qué ser a jornada completa.

—Me gusta la forma en que funciona tu mente para los negocios, Alayna, pero ¿por qué no nos olvidamos del trabajo por esta noche? Me gustaría pasar este rato con las otras facetas tan sensuales de mi novia.

Aquello hizo que me callara. Era la primera vez que me llamaba así: novia. Y menudas sensaciones me provocaba. El pecho se me calentó con lo que me parecía un nivel de calor radiactivo que se extendía por mis miembros y me subía hasta las mejillas. «Novia». Yo era la novia de Hudson Pierce.

Fingiendo no saber lo que aquella palabra había causado en mí —y lo sabía, vaya si lo sabía—, continuó con la típica conversación que tenían un novio y una novia tras un día separados.

—Aparte del trabajo, ¿qué tal te ha ido la tarde? He visto que han llegado los libros. ¿Todo bien con los transportistas?

Asentí, me tragué la comida de la boca y después bebí un sorbo de vino antes de responder:

—Sí, han llegado. Y sí, todo bien. Celia vino con los transportistas.

Aunque su mirada permaneció inalterada, dejó de masticar durante medio segundo.

—Ah.

Ya suponía yo que a Hudson no le iba a alegrar que Celia se hubiese pasado por el ático. Desde que se había ido de la lengua con respecto a su pasado manipulador, parecía temer lo que ella me pudiera contar. Por mucho que se lo dijera, Hudson no entendía que no había nada que ella pudiera contarme que cambiara lo que yo sentía por él. Quizá debía haberle ocultado lo de aquella visita, pero no me pareció bien. Ya me estaba guardando para mí mi pasado con David. No quería tener más secretos.

Lo único que podía hacer era convencerle de que podía fiarse de nosotras cuando estuviésemos juntas.

—Me sorprendió. Supongo que estaba en la ducha cuando llamó, así que entró directamente.

Hudson frunció el ceño.

—Tengo que quitarle la llave.

—Sí, es verdad. —No quería preocuparme de que pudiera pasarse siempre que quisiera—. Pero no ha estado mal. De hecho hemos tenido una charla agradable.

Toda la parte superior del cuerpo de Hudson se puso en tensión.

—Eso no me gusta. Nada.

Yo antes solo había visto ese afán suyo de posesión en un par de ocasiones. Era aterrador y excitante; lanzaba relámpagos de hormonas a mis partes bajas, elevando mi excitación a niveles de alerta total.

También era innecesario.

—No te asustes tanto. Ha estado bien.

—No quiero que vosotras dos estéis juntas. Recuerda que según mi guion vosotras no sois amigas —dijo mientras clavaba el tenedor en el aire.

Di un chasquido con la lengua.

—Vamos, eso no es justo. Yo solo quiero sentir que estoy cerca de ti y ella es tu mejor amiga.

Negó con la cabeza una vez.

—Es mi única amiga. Eso es muy distinto.

Le acaricié la pantorrilla con mi pie, esperando suavizar el mal humor que se le había puesto con aquella conversación.

—No me ha revelado ninguno de los profundos y oscuros secretos de Hudson.

—Sí, seguro.

—Solo ha dicho que se alegra de que me hayas encontrado. —Hice una pausa para dejar que asimilara mis palabras—. Cree que mereces estar con alguien.

En lugar de suavizarse, su expresión se endureció.

—Ahí tienes un profundo y oscuro secreto de Hudson. —Se inclinó hacia mí y habló en voz baja—: Tan profundo y oscuro que es mentira. Ni te merezco ni te mereceré nunca.

—Cállate. —Puse los ojos en blanco y, después, le acaricié la mano—. Tú te mereces a alguien mucho mejor que yo. No estoy a tu altura y todo el mundo lo sabe.

—Alayna... —Su tono era de advertencia.

Yo entrecerré los ojos.

—¿Y si en lugar de discutir sobre quién merece a quién acordamos que nos ajustamos perfectamente bien el uno al otro y lo dejamos así?

—No quiero que veas a Celia.

Maldita sea, hablaba en serio. Y todo por conseguir información privilegiada tomando un café. Además, ¿quién era él para decirme que no podía ver a alguien?

Pero estábamos tratando de hacer que aquella relación funcionara. Si eso era importante para él...

—De acuerdo, no la veré. Pero yo tampoco quiero que tú la veas.

—Podré soportarlo.

—¿Sí? —Intenté no parecer sorprendida.

—Sí. De todos modos, apenas la veo. A partir de ahora, si tengo que verla, será contigo.

—De acuerdo.

No era tanto sacrificio para mí como para él. No era mi amiga.

—Bien. —Entonces, un brillo malicioso inundó sus ojos—. Sí que nos ajustamos perfectamente bien el uno al otro.

—¿Ahora te estás poniendo travieso?

Dejó el tenedor y miró nuestros platos casi vacíos.

—Es la hora del postre.

—Mantén ese pensamiento en tu cabeza. Ahora mismo vuelvo.

Me limpié la boca con la servilleta y me levanté de la mesa. El baño del vestíbulo no se veía desde el comedor, así que esperaba que Hudson pensara que era allí adonde había ido. Sin embargo, fui al dormitorio principal, a mi vestidor. Cogí el conjunto de lencería del cajón y me cambié lo más deprisa que pude.

Me detuve delante del espejo del dormitorio para ahuecarme el pelo y alborotármelo de la forma más sensual que mis mechones lisos me permitían; vaya, presentaba buen aspecto. El picardías tenía un camisón suelto que elevaba mis tetas, ya de por sí firmes, a una altura desorbitada. Se abría por la mitad y dejaba ver mi vientre plano y el tanga de encaje a juego. Joder, me follaría a mí misma.

Volví al comedor con andares provocativos y encontré la mesa vacía y a Hudson en la barra preparando una copa de espaldas a mí. Torpemente, traté de adoptar una pose de estríper, pero cuando se giró hacia mí solo conseguí ladear la cadera y ponerme una mano en la cintura.

Casi se le cayó la copa, con los ojos abiertos de par en par.

—Joder, Alayna, estás increíblemente buena. Has pasado de la picardía para ir directa a lo pecaminoso.

—Bueno, gracias.

Me acerqué a él con un bamboleo mientras sus ojos lujuriosos no se apartaban de mi cuerpo. Cuando estuve lo suficientemente cerca, le tiré de la corbata para atraerlo hacia mí. Puso expresión de sorpresa, pero dejó que le llevara de vuelta a su silla y le empujara para que se sentara.

Me eché hacia delante para que lo único que pudiera ver fueran mis tetas y le subí las manos por los muslos hasta llegar a su cintura, donde le desabroché el cinturón y empecé a abrirle la cremallera.

—¿Qué estás haciendo? —Su voz era áspera y sus ojos estaban clavados en mi escote.

—Tú me has servido la cena. He pensado que yo debería servirte el postre.

No estaba segura de que me fuera a dejar llevar la voz cantante. Rara vez lo hacía en lo referente al sexo...; ni en lo referente a nada. Pero en lugar de esperar a que me diera permiso, simplemente asumí el mando.

Tiré del talle de su pantalón y esperé a ver si me seguía la corriente. Tras vacilar un momento, se entregó, elevando la cadera hacia mí para que le bajara los pantalones y los calzoncillos. Se los bajé lo suficiente para que quedara a la vista su polla, dura como una piedra.

—Joder, Hudson —repetí su expresión anterior mientras le agarraba la polla—, quién fue a hablar de pecaminoso.

Sujetándole aún con la mano, me arrodillé ante él y le abrí más las piernas para poder meterme entre ellas. Me incliné hacia delante y le acaricié la polla con mis pechos.

Él dejó escapar un fuerte suspiro y yo volví a hacerlo, recorriendo su pecho con mis uñas, clavándolas por encima de su camisa. Tenía los ojos fijos en mis tetas mientras yo acariciaba su pene con ellas.

—Joder, Alayna, eres increíblemente hermosa. —Resopló, como si estuviese perdiendo el control—. Increíblemente hermosa.

—Tú también. —Esta vez le metí las manos bajo la camisa para agarrarme a su piel mientras acariciaba su polla palpitante con mis tetas—. ¿Te gusta follarme las tetas?

—Me encanta cualquier cosa que me hagas.

—Ah, ¿sí? —Me senté en cuclillas y me eché hacia delante para pasar la lengua a lo largo de todo su miembro.

Él lanzó un gruñido, un gruñido de verdad, y yo me estremecí al oírlo. A pesar de que sus sonidos y reacciones me dejaban absolutamente débil y atolondrada, de repente me sentí poderosa. No podía imaginarme nada en el mundo que fuera lo suficientemente fuerte como para hacer que Hudson Pierce renunciara a su autoridad, nada en el universo que pudiera conseguir que se rindiera ante nadie.

Pero ahí estaba entregándose a mí.

Sí, me sentí muy poderosa.

Volví a lamerle el miembro por el otro lado y después di vueltas con mi lengua alrededor de su capullo mientras le bombeaba con la mano.

Él se sacudió en la silla y sus dedos se aferraron a mis brazos.

—Dios, sí.

Yo deseaba sus manos sobre mi cuerpo, que me agarrara el pelo. Pero sabía que, tal y como lo hacía, si me tocaba, él tomaría el mando. Dirigiría el espectáculo. No tocarme era un regalo y yo lo acepté cortésmente. Golosa.

Moví una mano para acariciarle los huevos, puse los labios encima de su capullo y deslicé la boca sobre su suave y dura polla mientras mi mano agarraba la parte que no me cabía dentro. La bombeé arriba y abajo, chupándola con una pasión insaciable.

Sentí que sus muslos se tensaban a mi alrededor y supe que estaba a punto.

—Alayna, más despacio —me suplicó entre sus dientes apretados.

Yo no hice caso de su petición y seguí tocándole y chupándole para llevarle al orgasmo.

—¡Alayna! —Sus manos volaron hasta mis hombros.

Lo siguiente que supe es que estaba en el suelo y Hudson encima de mí rompiéndome el tanga, arrancándome aquella prenda tan delicada.

Entonces se metió dentro de mí, llenándome, estirándome, embistiendo con tal fuerza que creí que me iba a romper.

Dios, aquello me gustaba. Me gustaba mucho.

—Estás impresionante, Alayna —dijo mientras entraba en mí con su rostro sudoroso y contraído por el esfuerzo—. He estado a punto de correrme en tu boca.

—Eso habría estado bien.

Le habría dejado seco y le habría lamido hasta dejarlo bien limpio.

—Pero prefiero con mucho correrme en tu coño apretado. —Sus embestidas disminuyeron el ritmo cuando me agarré a él limitándole el movimiento—. Joder, me voy a correr.

Yo gemí con él cuando su orgasmo hizo que se metiera más dentro de mí mientras mi excitación aumentaba y me llevaba a una suave liberación debajo de él. No fue el tipo de orgasmo que hace temblar la tierra y que me había acostumbrado a tener con Hudson y, en cierto modo, eso hacía que fuera aún más dulce, más delicioso.

Cuando se hubo vaciado por completo, Hudson cayó de espaldas a mi lado y respiró hondo varias veces.

—Perdóname.

Yo me incorporé sobre los codos y le lancé una mirada interrogante. Podía recordar muy pocas veces en las que se hubiese disculpado por nada ante nadie. Y desde luego no por el sexo.

—Me he dejado llevar. No te he prestado la atención que merecías.

Me reí y me di la vuelta para tumbarme sobre su pecho.

—Me encanta que te dejes llevar así. Rara vez lo haces. Es un buen cambio. Por no mencionar lo excitante que resulta.

El pecho de Hudson se elevó con una risa de satisfacción, otro sonido que pocas veces le había oído, y me rodeó la espalda con un brazo.

Yo me levanté apoyándome en el codo.

—Un día me vas a dejar que te la chupe hasta que te corras.

—Sabes que me encanta meterme dentro de ti.

—Dios, a mí también —contesté sonriendo débilmente—. Pero también me gustaría que te corrieras en mi boca. Lo cierto es que lo estoy deseando.

Apretó el brazo alrededor de mi cuerpo.

—Quédate esta noche.

No fue una pregunta, ni siquiera una invitación. Afirmaba que me quedaría y, por supuesto, lo iba a hacer. Pero de todos modos respondí:

—De acuerdo.

¿En qué otro sitio iba a querer estar?

Hudson se había saltado sus habituales ejercicios matutinos, pues nos habíamos quedado dormidos por la mañana. Aunque estaba convencida de que ya habíamos hecho suficiente ejercicio en el dormitorio —y en la cocina y en el comedor—, él decidió meterse en el gimnasio del ático. Como quería tenerlo cerca, fui con él.

El gimnasio se encontraba en la parte de atrás del apartamento, junto al dormitorio principal, y estaba equipado con una cinta de correr, una elíptica, una máquina de remo y otra de pesas. Me puse un sujetador deportivo y unos pantalones cortos que saqué de mi vestidor y fui a la cinta. Hudson empezó en la elíptica y pasó a las pesas para hacer la mayoría de sus ejercicios.

Yo siempre había sido una buena corredora. Normalmente me recorría Central Park o las manzanas que había entre el club y mi apartamento, pero correr con la visión de los gemelos y los brazos de Hudson flexionándose mientras hacía ejercicio en la elíptica suponía toda una proeza, incluso para mí. Reconozco que tropecé un par de veces.

Después de la gimnasia, nos duchamos y nos instalamos en el dormitorio. Hudson se puso unos calzoncillos y yo cogí una de sus camisetas y unas bragas. Hudson abrió el ordenador portátil para revisar unos correos electrónicos del trabajo y yo me acurruqué con un libro de los que habían llevado ese día. Había varios de los que Hudson había comprado que yo no había leído y que formaban parte de la lista que tenía pendiente de los mejores libros de todos los tiempos.

Cuando llevaba leyendo el tiempo suficiente como para perderme en los primeros capítulos de mi libro, me di cuenta, de repente, del silencio que me rodeaba. Hudson ya no estaba escribiendo. Levanté los ojos y vi que me estaba mirando.

Sentí un escalofrío en los brazos.

—¿Qué?

—Te sienta bien mi camiseta.

—Lo sé.

Sus labios se curvaron con una sonrisa sensual.

—Estás aún mejor sin ella.

Me reí.

Levantó el mentón para señalar mi libro.

—¿Qué has cogido para leer?

Levanté el libro para que viera la cubierta.

—*El talento de Mr. Ripley.* Interesante. Un libro sobre un sociópata de verdad.

Un inesperado frío me recorrió el cuerpo. La madre de Hudson me había dicho que él era un sociópata, incapaz de sentir empatía ni amor, distante y ensimismado. Le había mostrado mi disconformidad con vehemencia. Yo había visto lo contrario. Hudson me quería y se preocupaba por mí como nadie en mi vida lo había hecho.

Aunque no le había contado a Hudson nada de aquella conversación, estaba segura de que «sociópata» era un término que Sophia habría usado abiertamente delante de él. Me pregunté si él creía que esa era una descripción exacta de sí mismo. Era difícil sacar ese tema y hablar con él de ello cuando yo sabía tan poco sobre lo que había hecho realmente en el pasado. Solo conocía los hechos en términos generales: que manipulaba a las personas, que jugaba con ellas.

Si era sincera conmigo misma, sabía cuándo un terapeuta podría calificar de sociópata a alguien con ese tipo de hábitos.

Yo no tenía suficiente información. Aunque confiaba en Hudson y en lo que sentía por mí, había aún muchas cosas que desconocía.

Dejé el libro abierto sobre la mesilla y me giré para mirarle.

—Hudson, ¿puedo preguntarte una cosa?

Cerró su portátil, lo dejó en la mesilla de su lado de la cama y encendió la lámpara.

—Sí, le haré cosas endiabladas a tu cuerpo, pero solo si prometes hacerle cosas endiabladas al mío.

Yo me reí entre dientes.

—Te estoy hablando en serio.

—Yo también. —Sus ojos resplandecieron mientras recorría con ellos mis piernas desnudas y volvía a mirarme a la cara—. Pero tanta maldad puede esperar. Pregúntame.

—Estaba pensando... —Me pasé los dientes por encima del labio inferior mientras pensaba cómo abordar el tema—. Celia me dijo que manipulabas a las mujeres, como si hubiera más aparte de ella. ¿A qué se refería exactamente? ¿Qué hiciste?

Apretó la mandíbula.

—Creía que habías dicho que simplemente habíais charlado de cosas sin importancia.

—Eso hemos hecho. —Me apresuré a corregir su error—: Hoy no lo ha mencionado en ningún momento. Ni nada parecido. Te lo prometo. —Respiré hondo—. Fue antes, en el desfile benéfico de tu madre, y he estado pensando en ello. Debería saberlo, ¿no crees? Si vamos a ser abiertos y sinceros el uno con el otro, tengo que saberlo.

—No, no tienes por qué. —Se puso de pie y, por un momento, creí que iba a salir de la habitación, pero simplemente apagó la luz del techo y volvió a la cama.

—Sí que tengo que saberlo.

—Ni hablar —respondió con rotundidad. Caso cerrado.

Pero yo no estaba dispuesta a aceptarlo. Me pasé las piernas por debajo hasta quedar de rodillas.

—Hudson, lo entiendo. De verdad. Tú quieres ignorarlo y dejar esos temas en el pasado. Pero siempre temerás que yo no pueda quererte pese a todo si no me das la oportunidad de demostrarte que sí.

Se quedó de pie al borde de la cama con los ojos entrecerrados.

—Pero ¿qué pasa si no es así? ¿Se te ha pasado por la cabeza que quizá haya hecho cosas que jamás podrías perdonar?

—No hay nada que...

Me interrumpió.

—Eso no lo sabes.

Cambié de táctica:

—¿Hay algo que yo haya podido hacer que consiga que... —«dejes de amarme» es lo que pensé, pero se me hacía raro decirlo en voz alta sin más cuando él mismo aún no me había dicho nada— tus sentimientos hacia mí cambien?

—No es lo mismo.

—Eso tampoco lo sabes tú.

Para ser justos, él sabía muy poco sobre lo que yo había hecho antes. No había querido contárselas, no quería que él conociera el modo tan terrible en que había invadido las vidas de otras personas. Comprendía absolutamente que no quisiera remover el pasado.

—Entonces, cuéntame tú.

Tragué saliva, pero no dejé que mi rostro reflejara mi inquietud.

—¿Lo que sea?

Él se sentó en la cama enfrente de mí.

—La orden de alejamiento contra ti la presentó Paul Kresh. ¿Quién era?

Cerré los ojos durante medio segundo. Hudson había leído los informes policiales. Por supuesto, recordaría los detalles.

Mi vacilación le sirvió de estímulo.

—¿Ves? No puedes contármelo.

—Fue un tío sin más —espeté. No era estúpida. Si quería que él me contara algo, yo tendría que hacer lo mismo—. Solo un tío que se fijó en mí en una discoteca.

—Te lo follaste.

Otra vez respiré hondo.

—Sí.

El ojo de Hudson se movió con un tic.

—Continúa. —Su voz era tensa.

—Me llevó a su casa. Y después de…, en fin, después, quería que me fuera. Pero yo me hice la borracha y me quedé toda la noche.

—Y luego ¿qué?

—Luego, registré sus cosas mientras él dormía y encontré unas invitaciones de boda. Tenía una prometida. Ella había salido de la ciudad el fin de semana o algo así y yo era solo un ligue. Pero él no sabía que yo llevaba semanas colada por él. Le había visto con ella y no me había importado. Cuando le vi solo esa noche, le mostré que estaba disponible.

Las manos me sudaban. Me las había estado agarrando formando una bola. Me las sequé con la sábana mientras seguía hablando.

—Por supuesto, quería que me fuera, aparentar que no había pasado nada. Quería que me olvidara de dónde vivía. No me dio su número de teléfono, pero yo lo conseguí también mientras dormía. Me envié a mí misma un mensaje desde su teléfono para así tenerlo.

Me detuve tratando de recordar qué había sentido, lo desesperada que había estado para que Paul formara parte de mi vida.

—No podía dejarle escapar. Creía que... —Mi voz se fue apagando al recordar—. No sé lo que creía.

Hudson se giró de forma que su espalda se quedó apoyada en el cabecero.

—Sí que lo sabes. Dímelo.

Yo me senté a su lado y estiré las piernas delante de mí.

—Creía que era mi alma gemela. Que yo estaba destinada a estar con él o algo así. Sin ni siquiera haber hablado con él. Lo sé, una locura. Fue una locura. —Me quedé mirándome los dedos de los pies—. Estaba loca.

—No lo estabas. Solo deseabas que te quisieran.

El tono dulce de Hudson hizo que le mirara a los ojos.

—Sí —contesté, pero quería decir muchas más cosas que «sí, deseaba que me quisieran».

Lo que quería decir era: «Sí, nos entendemos el uno al otro. Sí, nos comprendemos. Sí, no éramos locos ni sociópatas ni personas horribles». Solo deseábamos que nos quisieran.

—En fin. —Me alisé el pelo por detrás de la oreja—. Yo no tenía trabajo. Vivía de mi herencia, que ya ha desaparecido, así que disponía de mucho tiempo para esperar en la puerta de su apartamento y seguirle al trabajo. Todos los días. Durante meses. ¿Dos? ¿Tres? No recuerdo exactamente. Un día le dije al guardia de seguridad que era mi novio. Le convencí para que me dejara entrar en su despacho a la hora del almuerzo. Cuando Paul volvió, yo le estaba esperando. —Bajé la mirada—. Desnuda.

El tic de Hudson en el ojo regresó.

—Me echó, H. Llamó a seguridad sin darme la oportunidad de ponerme algo de ropa. —La garganta se me cerró ante aquel recuerdo tan humillante—. Después de aquello, solicitó la orden de alejamiento.

Me quedé mirando su rostro tratando de buscar el más ligero cambio en su expresión con la esperanza de captar sus pensamientos. Pero no lo conseguí. Sus facciones estaban petrificadas.

¿Me dejaría entrar alguna vez?

Hudson se llevó el dedo índice a la cara y se rascó la punta del mentón.

—Pero eso no es todo, ¿verdad? Tu informe dice que incumpliste la orden.

Sentí que mi cara se sonrojaba.

—Yo..., eh..., sí. —Dios, hablar de aquello era vergonzoso. Solo con pensarlo ya deseaba esconderme en un agujero. De todas las cosas estúpidas, idiotas y locas que había hecho, esa había sido una de las peores—. Me hice amiga de Melissa.

Él asintió comprendiendo de inmediato.

—Su prometida.

—Sí. Me apunté a su clase de pilates y me hice amiga de ella. Así que empezó a invitarme a salir con ella y sus amigas. Al final terminé en una fiesta en la que también estaba Paul. Se quedó lívido. Y tuvo que decidir si no hacerme caso o denunciarme. Si me denunciaba, Melissa se enteraría de lo de aquella noche. Yo no iba a dejar la situación tal cual, así que me denunció. Y ella rompió con él.

—Se lo merecía.

—Puede ser.

Yo no estaba tan segura. Sí, había engañado a su prometida, pero eso no justificaba mi comportamiento.

—En mi opinión, se merecía algo peor. —Aunque Hudson estaba ocultando su reacción ante lo que le había contado, sus pequeñas muestras de apoyo me ayudaron a sentirme más cómoda—. ¿Y Paul fue el único con el que te pasó esto?

«No. Ni mucho menos».

—Fue el único que acudió a la policía.

—Entiendo. —Hudson se quedó en silencio durante unos segundos, asimilándolo todo. Por fin, frunció el ceño y me miró directamente a los ojos—. ¿Por qué piensas que esto iba a cambiar lo que siento por ti?

—¿Estás de broma? ¿No te preocupa que me quede colgada de ti de la misma forma?

—Espero que sí te quedes igual de colgada de mí. —Me pasó el brazo por encima del hombro—. Paul era un puto gilipollas que no se dio cuenta de lo que tenía delante. Yo sí. Quiero que estés colada por mí.

—¡Estoy colada por ti! —Me giré para darle un beso en el hombro—. Pero ten cuidado con lo que deseas. Si me vuelvo loca por ti, querrás que me vaya.

Movió la cabeza y me acarició con la mejilla la parte superior de la cabeza.

—Yo nunca te echaría. No a propósito.

Aquello era agradable, que me abrazara y me dijera que me quería a su lado. No podía pedir más.

Sin embargo, seguía sintiendo que Hudson no comprendía la gravedad de mis actos.

Me eché hacia delante y giré todo mi cuerpo para ponerme enfrente de él escondiendo las piernas debajo de mí.

—Pero ¿qué pasa si empiezo a dudar de ti? Eso ya ha pasado también antes. A veces no me fiaba de nada de lo que me decía mi novio, aunque fueran cosas sin importancia. Entonces me ponía a fisgonear y a invadir su intimidad y les hacía daño a los demás.

—Entonces, simplemente tendré que asegurarme de que no tengas motivos para dudar de mí. —Levantó una mano delante de él—. Fisgonea. Aquí no hay nada que tenga que ocultarte.

Ahí estaba mi billete de vuelta a donde habíamos empezado la conversación.

—Me estás ocultando tu pasado.

Soltó un gruñido.

—No estoy ocultando mi pasado. Sencillamente no hay nada de lo que merezca la pena hablar. Es desagradable. ¿Por qué quieres hacer hincapié en las cosas malas?

—No es hacer hincapié, sino compartir y, después, seguir avanzando.

Él negó con la cabeza.

—Yo te he contado el mío. No es justo.

Esta vez le fulminé con la mirada durante un rato.

—Vamos. Lo que sea. Una sola cosa.

Estaba desesperada. Abrirme a él había sido duro y no estaba recibiendo la recompensa con la que había contado.

Le miré con ojos suplicantes y muy abiertos.

—¿Una cosa y me dejas en paz?

Asentí con entusiasmo.

—Vale, una cosa. —Suspiró—. Se trataba de un juego. Siempre era un juego. Y mi favorito era el mismo que jugué con Celia. Intentaba que una mujer se enamorara de mí y, cuando lo conseguía, terminaba.

Se quedó callado y durante medio segundo temí que no fuera a contar más.

Sin embargo, continuó y los ojos le brillaban al recordar:

—Pero una vez quise comprobar si podía conseguir que una persona se enamorara de otra, de alguien que no le interesara. Conocía a un tío, Owen, que era un verdadero gilipollas. Un verdadero gigoló. Y a una mujer, Andrea. Una chica, en realidad. Estaba en mi club de tenis el segundo año de facultad. Muy tímida, sencilla, poco atractiva. Descubrí que sentía algo por mí. Sentir algo por mí era algo muy peligroso. —Me miró fijamente—. Sigue siéndolo.

Puse los ojos en blanco.

—No lo es. Sigue.

—La lie con Owen. No solo organizándoles una cita, sino más. Hice de casamentero silencioso. Los junté. Convencí a Owen de que me estaba haciendo un favor si la sacaba por ahí unas cuantas veces. Mientras tanto, le conté historias de lo increíble que era Andrea, de que su verdadera belleza estaba en el interior. Y ocurrió... Se enamoraron el uno del otro. Completamente. Sinceramente.

Pestañeé. Dos veces.

—Es una bonita historia.

—Después me la follé y le enseñé a Owen las fotografías.

—¡Dios mío!

Me llevé instintivamente la mano a la boca. No estaba preparada para aquello e inmediatamente sentí vergüenza. Había tratado de ser comprensiva. Él había intentado sorprenderme. Ganó él.

Hudson continuó como si yo no hubiese reaccionado de ninguna manera:

—Andrea intentó decirle a Owen que había sido un error, que yo la había engañado; lo cual era cierto. No la violé. Nunca he violado a nadie. Pero él no la escuchó. Estaban los dos... destrozados. Ese es el mejor modo de describirlo. Andrea dejó la facultad en mitad del semestre. Nunca más volví a saber nada de ella.

—¿Y Owen? —Mi voz sonó mucho más débil de lo que me hubiese gustado.

—Empezó otra vez a acostarse con cualquiera que tuviese dos piernas. Lo último que supe es que tenía VIH. No sé. Le perdí la pista.

Se quedó mirándome, del mismo modo que yo le había observado antes, y supe que estaba averiguando lo que pensaba. Se dio cuenta de lo que sentía. No pude permanecer tan impasible como él se había mostrado. No pude ocultar mis emociones.

Sus facciones se oscurecieron.

—Te advertí que no te iba a gustar escucharlo. Te he dicho que…

—Solo dame un segundo para asimilarlo —tartamudeé, avergonzada por tener que necesitar ese tiempo.

Le había dicho que su pasado no iba a cambiar lo que sentía por él. ¿Lo había cambiado? Dejé a un lado lo horrible de aquella historia y me concentré en Hudson, el hombre que había cometido ese horror. ¿Saber eso cambiaba lo que yo sentía por él?

Mi pausa fue demasiado larga para él.

—¿Lo ves, Alayna? ¿Ves por qué tu pasado no significa nada para mí? Comparada conmigo, tú fuiste un ángel. Hiciste daño a otros porque querías demasiado. Yo hice daño a otros porque podía.

Le miré rápidamente a los ojos. No, mis sentimientos por él no habían cambiado. Si acaso se habían vuelto más profundos. ¡Qué solo, triste y destrozado debía sentirse un hombre que se ve empujado a destruir a la gente que le rodea! ¡Y cuánta fuerza y valor debía tener ese mismo hombre para tratar de ser después una persona distinta!

Me coloqué en su regazo antes de que hubiese pasado un segundo, subida a horcajadas sobre él, con las manos apoyadas a ambos lados de su cuello.

—No. —Posé mis ojos sobre los suyos y lo repetí—: No. Has hecho daño a otras personas porque no tenías ni idea de lo que era el amor de verdad. Estabas tratando de comprenderlo del único modo que sabías. Perdono mil cosas peores que hayas podido hacer. Puedo perdonártelo todo. —Le acaricié la mejilla con la palma de la mano—. Porque te quiero. Te quiero demasiado, como siempre te he querido, pero esta vez no me arrepiento ni deseo retractarme, porque tú lo necesitas. Así que tómalo, H. Acéptalo de mi parte.

Enterró la cabeza en mi cuello y suspiró, un profundo suspiro que sonó tan atormentado como liberador. Le rodeé con los brazos y le acaricié el pelo mientras le susurraba su nombre al oído.

Enseguida, buscó mis labios y desaparecimos en un beso muy dulce y lánguido que no acababa, sin perder su ímpetu ni volverse desenfrenado.

Fue un buen rato después cuando nos deshicimos de la ropa y nos deslizamos hasta quedar tumbados aunque Hudson me puso encima de su cuerpo. Y lo mismo que el beso no había tenido fin, hicimos el amor despacio, sin prisas, tomándonos y entregándonos el uno al otro hasta altas horas de la madrugada, cuando estuvimos seguros de que el recuerdo de nuestros cuerpos juntos ardía con más fuerza y más luz que los terribles recuerdos que habíamos compartido de nuestro pasado.

Capítulo
CINCO

Repíteme cómo llamáis a estas habitaciones. ¡Son increíbles! —Julia Swaggert, socia fundadora de Party Planning Plus, apoyó la frente en el cristal del reservado y miró hacia la vacía pista de baile del Sky Launch.

—Burbujas —respondí desde detrás de ella, encantada de que Julia pareciera tan impresionada por el Sky Launch.

Nuestra reunión había comenzado a las once y ahora, cuarenta y cinco minutos después, seguía atenta e interesada en mi propuesta de asociarnos.

—Cuando están ocupadas… —Encendí la luz que indicaba que la habitación estaba ocupada.

El rostro de Julia se iluminó cuando la habitación resplandeció con un color rojo.

—Ja, ja. Increíble. ¿La gente puede ver el interior?

—Por desgracia sí. Tendríamos muchos problemas legales si instaláramos vidrios polarizados. Pero cuando la sala está a oscuras no se puede ver mucho del interior. Siluetas, principalmente.

—Genial.

Me gustó Julia. De inmediato. Se mostraba divertida y entusiasta, pero también tenía la cabeza sobre los hombros y era inteligente. Entendí por qué la recomendaban tanto en el mundo de la planificación de eventos. Definitivamente, era una persona que podría levantar el negocio del Sky Launch y yo estaba cada vez más emocionada ante las posibilidades que le había mostrado con relación al club.

—Es absolutamente perfecto para despedidas de soltera, tal y como has sugerido. —Escribió un par de notas en su tableta con el lápiz electrónico y se dio la vuelta para mirarme—. Lo cierto es que se me ocurren varios tipos de eventos en los que podría ser interesante utilizar este lugar. Si pudieras elaborar algunos paquetes de tarifas... —Se dio golpecitos en la mejilla con el lápiz dejando que yo terminara la frase.

—Claro.

Maldita sea, ¿había contestado con demasiado entusiasmo? La verdad era que yo quería firmar ese acuerdo, demostrar que podía llevar a cabo todo lo que había dicho cuando solicité el ascenso. Y, para ser sincera, quería que Hudson estuviese orgulloso de mí.

Yo no estaba tomando notas en ningún papel, pero sí mentalmente.

—¿Hay algo en particular que quieras que incluya en esos paquetes?

Ella asintió enérgicamente mientras su rizos castaños sin brillo se deslizaban por encima de sus hombros.

—Es fundamental que incluyas el precio de las bebidas. Puede que algún aperitivo. Pocas novias esperan que haya cena cuando están de fiesta en una discoteca, así que poca comida y mucha bebida.

Eso se parecía bastante a lo que yo había pensado.

—¿Sería interesante algún extra, como camareros hombres o tartas con forma de pene?

Se rio.

—Creo que sabes muy bien lo que haces.

Un pitido salió del bolso de Julia.

—Ah, es mi socio —dijo mientras rebuscaba en su interior—. Estaba supervisando los preparativos de un evento que tenemos más tarde y ha dicho que vendría si acababa pronto. —Sacó el teléfono y leyó la pantalla—. Sí, está aquí. ¿Te importa que suba?

—En absoluto. Pero las puertas de la calle están cerradas con llave, porque no abrimos de día. Tendré que bajar a abrirle.

—Voy contigo. —Salimos juntas de la burbuja—. Quiero observar su reacción desde el momento en que entre para ver si le gusta tanto como a mí. ¡No me puedo creer que no supiera que este lugar existía!

Volvimos a bajar las escaleras y atravesamos el club. Julia iba comentando los diferentes elementos de la sala.

Señaló con la cabeza la barra de la planta de abajo cuando pasamos junto a ella.

—Me encanta que haya una barra en cada planta.

—Hay dos en esta planta: la principal y otra más pequeña que solo abrimos los fines de semana. La comida solamente se sirve arriba. Así que la primera planta está destinada a beber y bailar mientras que la de arriba, con las burbujas y las zonas de sillones, está pensada para alternar.

—Qué bien. ¿Y se puede alquilar todo el club para eventos?

—Por supuesto.

—¿Puedes ofrecer un paquete para ese caso? Conozco algunas empresas a las que podría gustarles esto para realizar sus fiestas de fin de año y cosas así. —Señaló un mostrador que estaba cerca de la puerta del club—. ¿Y esto qué es? ¿Un mostrador de información?

—Es el guardarropa. —«O un lugar estupendo para echar un polvo», pensé al recordar el rato que habíamos compartido Hudson y yo ahí dentro una noche antes de que empezara mi turno—. ¡Huy! Se supone que esto no debería estar aquí. Cogí una bandeja que habían dejado sobre el mostrador del guardarropa.

—Voy a guardarla mientras tú abres.

Volví a bajar la rampa que llevaba a la barra de delante para dejar la bandeja tras el mostrador.

Mientras volvía, oí que Julia le hablaba entusiasmada del Sky Launch a su socio, que estaba de espaldas a mí.

—Es un club increíble, cariño. Toda una joya.

Así que «cariño», ¿eh? No debían ser socios solo en el trabajo.

—Además, así estableceremos una conexión con Industrias Pierce y eso para nosotros supone una gran ventaja. Tenemos que conseguir este trato. Ya se me han ocurrido algunos a los que les gustaría este lugar. —El tono de Julia reflejaba la misma emoción que yo sentía ante nuestra inminente aventura empresarial—. Los Frederick, por ejemplo.

Julia vio que me acercaba a ellos.

—Aquí está. Alayna Withers. Quiero presentarte a mi novio y socio de Party Planners Plus...

Su socio se dio la vuelta para mirarme y casi me quedé sin respiración mientras Julia terminaba su presentación:

—Paul Kresh.

El corazón se me paró. Literalmente, dejó de latir durante unos segundos. Paul Kresh, el hombre al que yo había acosado y aterrorizado. ¡Ay, Dios mío! Tenía una orden de alejamiento. No podía acercarme a menos de treinta metros de él. Se quedó petrificado por la impresión, igual que debía estar yo.

«Joder».

Ahí se iba mi colaboración empresarial con Party Planners Plus.

Julia continuó hablando sin darse cuenta de que pasaba algo raro entre su novio —así era como ella le había llamado— y yo.

—Paul, esta es Alayna, la... Espera.

Se interrumpió y temí que hubiera notado algo, que hubiese atado cabos al ver su expresión cuando mencionó mi nombre. Si sabía de mi existencia, pronto lo iba a demostrar.

Pero cuando volvió a hablar sus palabras fueron inofensivas:

—Perdona, ni siquiera sé cuál es tu cargo.

Se rio y yo parpadeé extrañada al oírla en contraste con el pánico que me estaba recorriendo las venas.

David y yo habíamos decidido el nombre oficial de mi puesto tan solo un día antes, pero yo me había quedado tan estupefacta por la llegada de Paul y la falta de información de Julia que tardé un momento en responder.

—Directora de eventos y promociones.

No sabía si debía estrecharle la mano o salir corriendo. Si debía actuar como una vieja amiga o como si no nos conociéramos.

Paul tomó la decisión por mí. Con una fría sonrisa extendió su mano.

—Encantado de conocerte.

Su tono era serio. No sabía si dominante y firme como el de Hudson, pero impasible de todas formas.

Estreché su mano y mis dedos rodearon los suyos sin apretarlos.

—No, el placer es mío.

Eso es lo que se dice a unos nuevos socios cuando se les conoce, ¿no? Porque nada de lo que se me ocurría parecía más correcto e inofensivo. ¿Había sonado como si estuviera flirteando? Porque no lo estaba. En absoluto. Mi cuerpo no experimentaba ningún interés por él aparte del de estar muy lejos.

Yo aparté la mano primero, pues no estaba dispuesta a tocarle más tiempo del necesario.

—Paul, tienes que ver este lugar. ¿Podemos repetir la visita? —Ella me miró con los ojos abiertos de par en par, expectante.

«Joder, no». Eso es lo que quería contestar. Lo que debía decir. Pero estaba bloqueada y no se me ocurrió ninguna respuesta.

Una vez más, Paul vino a rescatarme.

—Cariño, la verdad es que deberíamos irnos ya.

Ella le agarró de la muñeca y la giró para mirar su reloj.

—Sí, tienes razón. Los detalles de última hora y todo lo demás. ¿Te importa si voy al baño un momento antes de salir?

Pestañeó dos veces mirándome antes de que me diera cuenta de que la pregunta iba dirigida a mí.

—En absoluto, está al subir la rampa, a la...

—Lo recuerdo —me interrumpió.

Vi cómo Julia subía la rampa y desaparecía por la esquina. En ese momento, recuperé la voz. Las palabras cayeron como las gotas de sudor que bajaban por la parte posterior de mi cuello.

—Paul, no tenía ni idea, lo juro. No sabía que Julia fuera tu socia, que tú trabajabas en Party Planners Plus ni que vendrías aquí hoy ni nunca. Habría anulado la reunión si hubiese aparecido tu nombre en algún lugar de la página web de vuestra empresa. ¿Cómo narices iba a saber que te ibas a convertir en organizador de eventos? Porque cuando te conocí eras contable de aquella estúpida empresa de la calle Cuarenta y Siete...

—Calla, Alayna. —Dejó escapar un suspiro mientras se pasaba las manos por el pelo—. Sé que no has planeado esto. No hay modo alguno de que lo hubieses sabido. —No estaba segura de si estaba reconociendo mi inocencia en cuanto a aquella reunión o si estaba tratando de tranquilizarse—. Sigo sin ser socio oficialmente. He estado llevando la contabilidad de Julia y recientemente hemos decidido... —Dejó caer la mano a un lado—. De todos modos, eso no es lo importante, sino...

—Que no podemos trabajar juntos bajo ningún concepto, lo sé. —Nada más decirlo, se me cayó el alma a los pies, porque veía que mis planes de formar equipo con Julia explotaban como un globo—. La orden de alejamiento era de cinco años y creo que aún quedan dos.

—Algo menos de dos años —me corrigió—. Pero eso no importa. Tenemos que trabajar juntos en cualquier caso.

—¿Qué? —Creo que di literalmente un salto por la sorpresa.

Se volvió a pasar la mano por su pelo rubio oscuro, como siempre hacía cuando estaba estresado o exasperado.

—No puedo echar a perder este negocio, por Julia. Ha contratado recientemente a trabajadores nuevos y está tratando de ampliar su negocio. Es un buen momento para ella, pero necesita contactos como este club. Contactos con gente como Hudson Pierce.

—Pero yo no puedo estar cerca de ti y mucho menos trabajar contigo.

Que saliera a relucir el nombre de Hudson me hacía aún más incómodo estar a solas con Paul Kresh. No me gustaba que Hudson estuviese relacionado con mis errores del pasado. Estaba incumpliendo gravemente la orden de alejamiento y ya la había quebrantado una vez. Apreté las manos a ambos lados del cuerpo y clavé las uñas en mi piel al pensar lo que ocurriría si la policía se enteraba.

—No voy a denunciarte —dijo Paul, como si me estuviese leyendo la mente—. No lo sabías. Y no voy a decir nada. —Entrecerró los ojos—. A menos que aparezcas en mi casa o en mi oficina…

—¡Eso no va a ocurrir! —Junté las manos y me las llevé a los labios, calmándome antes de volver a hablar. Conté hasta diez a una velocidad de vértigo—. Ya no soy así. Estoy mejor. Pasé por una terapia. Ni siquiera he pensado en ti desde... —Desde la noche anterior, cuando le hablé de él a Hudson—. En fin, estoy mejor. Y estoy con alguien.

Estaba mucho mejor. Hubo un tiempo en el que me habría sentido aturdida y destrozada al pensar lo más mínimo en Paul Kresh. Ahora no era nada más que un error. Un problema que estaba deseando quitarme de en medio.

—Bien. Es una buena noticia. Me alegra saber que estás mejor. —Paul me miró de arriba abajo—. Te creo. Tienes mejor aspecto. No sé..., como más sano.

—Gracias.

El hecho de haberme recuperado emocional y físicamente había mejorado mi forma física. Había ganado peso, sobre todo músculo, y el tono de mi piel había mejorado.

Paul parecía estar apreciando esos cambios y el estómago se me retorció y me entraron ganas de vomitar.

Debió de sorprenderle darse cuenta de que me estaba mirando fijamente, porque de repente apartó la mirada para dirigirla hacia la rampa por donde Julia había desaparecido.

—Oye, Julia no sabe nada de ti ni de Melissa, ni que estuve prometido antes.

—Bien. Las relaciones con secretos son las mejores —comenté sarcástica.

No hizo caso a mi comentario.

—Tendremos que limitarnos a dejar el pasado enterrado. No decir nada de que nos conocíamos antes de hoy. Podemos hacerlo. Sé que puedes. —Su tono era ácido, como si tuviera un mal sabor de boca—. Siempre se te dio bien actuar como si todo marchara perfectamente.

Contuve el deseo de darle una patada en la espinilla.

—Paul, esto no es una buena solución. De hecho, me parece muy mala idea.

Dio un paso hacia mí y me apuntó con un dedo.

—Me lo debes. Al menos me debes esto. ¿No crees?

Joder. Así me convenció. ¿No le debía mucho más? Desde luego, se había comportado como un cretino en cada oportunidad que tuvo, pero eso no justificaba el modo en que invadí su vida. Y poder compensarle, hacer borrón y cuenta nueva... sonaba tremendamente apetecible.

En contra de todas las alarmas que se encendieron en mi mente, pronuncié unas palabras que esperaba no tener que lamentar nunca:

—De acuerdo. —Tragué saliva y lo repetí—: De acuerdo. Fingiré que nos acabamos de conocer.

—Bien. De todos modos, vas a trabajar sobre todo con Julia. No nos vamos a ver. No debe suponer ningún problema.

Me puse la mano sobre el estómago revuelto y asentí débilmente.

—¡Hola, Alayna! —Esta voz femenina procedía de la dirección contraria a la que había tomado Julia.

Miré de reojo y vi a Celia dirigiéndose hacia nosotros. ¿De verdad podía complicarse aún más ese día? ¿Podía aparecer más gente con la que se suponía que no debía estar?

—¿Qué..., qué haces aquí? —Mi voz sonó aturdida.

—No me llamaste para tomar café y, como no tenía tu número, me he pasado por aquí.

No la había llamado porque Hudson y yo habíamos acordado que no la veríamos sin que estuviese el otro delante. Desde luego, no me esperaba que apareciera de pronto. Además, ¿cómo había entrado? Fruncí el ceño. La puerta estaba cerrada con llave y así debería haber seguido después de que Julia dejara entrar a Paul. Quizá no habían cerrado bien la puerta.

—¿Cómo sabías que estaba aquí?

¿Tenía la cabeza hecha un lío o su aparición era tan incomprensible como la de Paul?

—Me lo ha dicho Jordan.

Claro, sus infinitas conexiones con la vida de Hudson. ¿Por qué me seguía sorprendiendo?

—¿Pasa algo? —La pregunta de Celia mostraba preocupación.

—No..., yo..., bueno... —Me dolía la cabeza, me dolía el estómago, tenía la boca seca y sentía que estaba temblando—. No pasa nada.

Seguí la mirada inquisitiva de Celia a Paul. Ah, sí. El jodido Paul.

—Celia, este es mi futuro socio, Paul Kresh. —Me giré hacia Paul sin poder mirarle a los ojos—. Esta es una amiga de mi novio, Celia Werner.

Paul la miró sorprendido.

—Werner, ¿como Warren Werner?

—Ajá. —Celia se enderezó al oír el nombre de su padre, dispuesta a ser el centro de atención, que era para lo que la habían educado.

Paul sonrió.

—Una vez organizamos un evento para tu madre. La verdad es que no llegamos a hablar, pero te vi por allí.

—¿Para qué empresa dices que trabajas?

—Party Planners Plus. Mi novia es la propietaria y yo me he unido como socio hace poco. —Los ojos de Paul se movieron hacia la rampa—. Aquí viene. —Dirigió su atención hacia su novia—. Julia, esta es Celia Werner. ¿Recuerdas aquel evento que realizamos para Madge Werner?

Los ojos de Julia se iluminaron.

—Claro. Fue en el MoMA la primavera pasada.

—Ah, fuisteis vosotros. Qué bien conoceros. Fue precioso, aunque mi madre no diga lo mismo.

Julia y Paul intercambiaron una mirada que mostraba que debía de haber alguna historia oculta. Sinceramente, aunque en condiciones normales yo tendría curiosidad por aquel cotilleo relativo a la madre de Celia, en ese momento no había nada que me importara menos. Había demasiadas facetas conflictivas de mi vida concentradas en un mismo lugar: Celia y Paul intentando echar por tierra mi primer gran negocio para el club. De nuevo sentí deseos de vomitar.

—Espero que no os importe, pero, como ha dicho Paul, tenemos que irnos. —Julia lanzó una sonrisa luminosa—. Ha sido estupendo conoceros.

Me esforcé en recobrar mi entusiasmo anterior, de cuando estábamos Julia y yo solas.

—Lo mismo digo. Prepararé algunas ofertas de tarifas y me pondré en contacto contigo mañana.

—¡Perfecto!

Paul parecía dispuesto a marcharse sin decirme nada hasta que Julia le lanzó una mirada severa.

—Sí, estamos deseando trabajar contigo. Un negocio conjunto sería beneficioso para ambas partes.

Leí lo que subyacía bajo sus palabras, una advertencia de que debía seguir su ridículo plan y fingir que no nos conocíamos.

—Desde luego, eso espero —respondí con mi rostro adornado por una sonrisa profesional.

Contuve la respiración hasta que la puerta se cerró después de que hubieran salido Julia y el inoportuno fantasma de mi pasado. Entonces dejé escapar una lenta exhalación.

—¿Qué demonios es todo esto?

Uno de los factores estresantes había desaparecido, el otro permanecía a mi lado. Al menos no me podían arrestar por hablar con Celia.

Subí la rampa en dirección a la zona principal del club con la esperanza de poder escapar de algún modo de mi ataque de ansiedad.

—Laynie... —insistió Celia siguiéndome los pasos.

Me encogí de hombros.

—No sé de qué me hablas.

—Podía cortarse el aire con un cuchillo.

Abrí la boca para negarlo, pero ¿qué sentido tenía?

—¿Tanto se notaba?

—Sí. Mucho. ¿Quieres que hablemos de ello?

Me detuve.

—Ah, has dudado. —Sus ojos parpadearon ante la expectativa de un cotilleo—. Vamos a hablarlo. Pero no aquí. Con un café.

Me pasé los dedos por las cejas tratando de aliviar la vibración que sentía bajo los ojos.

—De acuerdo.

No tenía fuerzas para discutir ni para inventarme una excusa. Además, necesitaba tomar algo y, como era demasiado pronto para una copa, el café serviría como buen sustituto.

—¡Estupendo! Seguro que tendrás que cerrar todo. Voy a la cafetería de al lado para conseguir una mesa.

Quince minutos después, Celia y yo estábamos sentadas en mi cafetería preferida de Columbus Circle. Yo ya me había bebido la tercera parte de mi expreso doble con hielo. Me estaba dando cuenta de que quizá la cafeína fuera exactamente lo contrario de lo que necesitaba ahora que mi temblor había aumentado hasta convertirse en verdadero canguelo.

Hasta ese momento, Celia había copado la conversación con temas sencillos sobre los que fui capaz de responder con frases de una o dos palabras. Mientras tanto, mi cabeza daba vueltas incapaz de concentrarse en nada durante mucho rato. De lo único que estaba segura era de que no debía estar tomando café con Celia Werner. Ni hablar.

—¿Y quién era ese tío?

Me balanceé adelante y atrás en mi silla.

—Nadie. Un cliente.

—Eso es mentira y lo sabes. He notado todas esas extrañas vibraciones.

Posó los ojos en mí, pero yo no estaba dispuesta a responder nada más que con un encogimiento de hombros. Además, ¿qué le iba a decir? Hudson ni siquiera quería que hablara con ella y mucho menos que le contara cosas importantes. Si le explicaba lo de Paul, ¿qué pasaría si se lo contaba a Hudson?

«Mierda, mierda, mierda». Hudson.

Estaba segura de que no aprobaría que yo trabajara con Paul Kresh. Y no se trataba precisamente de algo que yo pudiera ocultar. Al fin y al cabo, Hudson era el propietario del club. Joder, joder, joder.

Ajena a la confusión que había en mi mente, Celia probó con otro método para sacarme lo que quería.

—Lo entiendo, en serio. Está muy bueno y no me importaría meterlo en mi cama una noche o doce.

Sofoqué una risa.

—Pues buena suerte. Su socia es también su novia. —Pero Paul también estaba prometido cuando había ligado conmigo—. Aunque, pensándolo bien, quizá tengas alguna posibilidad.

—Está claro que hablas con conocimiento de causa.

«Ni que lo digas». Sabía todo lo que se pudiera imaginar en lo referente a Paul Kresh. Conocía sus costumbres, sus comportamientos, la hora a la que salía a hacer ejercicio... Detalles de su vida que me había esforzado con tanto tesón en memorizar que era imposible olvidarlos. Tener todo aquello guardado en mi interior no ayudaba. Había aprendido a soportarlo hablando de ello. Necesitaba hablar.

—Cuéntamelo. Sabes que estás deseando hacerlo.

Celia tenía razón. Sí que quería contárselo. Así que lo hice.

Hudson le había comentado a Celia algunos aspectos de mi pasado, pero yo no sabía qué, así que le conté todo. Cuando terminé, se quedó en silencio con los ojos abiertos de par en par durante varios segundos.

—¡Joder! —exclamó al fin.

—¿Qué?

—Puf. No sé qué decir. —Respiró hondo y se incorporó en su asiento—. ¿Hudson lo sabe?

—Sabe lo de la orden de alejamiento, claro. Te lo había contado él, ¿no?

Asintió.

—Mencionó algo de eso.

Traté de no sentirme avergonzada por habérselo contado a Celia. Había supuesto que ya lo sabía. Era lógico que él se lo hubiese dicho. Ella había participado en la farsa que habíamos intentado montar para engañar a Sophia y supuse que era importante que Celia conociese todos los detalles.

En fin. No importaba qué hubiese dicho Hudson ni por qué, pues ahora se lo había contado todo a Celia yo misma.

—Pero no sabe que he visto hoy a Paul. Yo no sabía que iba a reunirme con él hasta que ha aparecido. Ahora no sé qué hacer.

Le di un sorbo a la pajita de mi café con hielo, que ya era casi agua.

—La solución más obvia es no trabajar con él. Eso es lo que tengo que hacer. Y Paul puede decir lo que quiera, pero no debo ponerme a mí misma ni al Sky Launch en esa situación tan arriesgada.

—¡Ahí lo tienes! Lo has solucionado. —Los ojos de Celia se entrecerraron como si se lo estuviese pensando—. Pero...

Yo tenía una enorme cantidad de «peros» que me atravesaban la mente. Pero trabajar con Paul sería bueno para el club. Pero yo se lo debía. Pero él se podría enfadar y meterme en líos si no aceptaba sus planes. Pero yo quería que Hudson pensara que podía hacer algo bueno por su club…

Me pregunté cuál sería el «pero» de Celia.

—Pero ¿qué?

—Party Planners Plus está adquiriendo importancia en la ciudad. Es imposible agradar a mi madre y estaba casi feliz por lo que habían organizado en el MoMA. Eso es decir mucho. Harían cosas estupendas en el club. —Le dio un sorbo a su café con leche desnatada—. Y Hudson estaría orgulloso.

—¿Me estás leyendo la mente?

—Simplemente estoy siendo lógica —respondió con una sonrisa. Dejó su vaso en la mesa y pareció adoptar una actitud conspiradora—. ¿Tendrías que trabajar con Paul codo con codo?

—No. Creo que podría entenderme únicamente con Julia.

—Podrías incluir esa cláusula en el contrato que firmaras con ellos.

—Pero ¡Hudson se pondría como un loco! ¡Mi hermano se pondría como un loco! —exclamé antes de recordar que había echado a Brian de mi vida—. En realidad ya no me hablo con mi hermano, pero se desvivió por sacarme de todo aquel desastre con Paul.

Celia no parpadeó.

—No se lo digas. No se lo cuentes a ninguno de los dos.

—¿Cómo voy a ocultarle a Hudson lo de Paul? ¡Es el dueño del club!

—Tu contacto va a ser su novia, ¿no? Si Hudson acaba viendo los papeles, lo cual es poco probable, figurará Party Planners Plus. Si recuerdo bien, Paul ni siquiera es realmente propietario. Legalmente está todo a nombre de Julia.

—Sí, sí. Es verdad. —Estaba impresionada. A Celia se le daba muy bien diseñar estrategias—. Pero, por si acaso, quizá debería contárselo a Hudson.

—Puedes decírselo. Pero si conozco a Hudson, y lo conozco, no habrá modo de que te deje firmar ese contrato. Es demasiado protector con todas las cosas que considera suyas. Y en este caso no solo se trata del Sky Launch, sino de ti.

Mi lado feminista quería cabrearse por ser considerada como el objeto de un hombre, pero mi lado enamorado, el que más dominaba en ese momento, se ruborizó.

—Lo sé. Pero vale la pena intentarlo.

—Pues tienes dos opciones: olvidarte del contrato u olvidarte de contárselo a Hudson.

No me gustaba ninguna de las dos opciones. Pero quería aquel contrato. Con todas mis fuerzas. Tanto que casi podía saborearlo. Y creía que era una forma de compensar a Paul, lo que hacía que la decisión fuera aún más apetecible.

—No se lo diré. Trabajaré con Party Planners y Hudson no se enterará.

—Entonces yo tampoco se lo diré. —Levantó el dedo meñique extendido—. Lo juro.

Su promesa me hizo sentirme mejor. Sentí que tenía a alguien de mi parte, que era menos probable que aquella mentira fuese a estallarme en la cara.

—Gracias. Hablar contigo me ayuda a verlo más claro.

—Claro que sí. —Sonrió como si supiera que era adorable sin tener que disculparse por ello—. Oye, ¿por qué no me has llamado por la mañana?

Di otro sorbo a mi café aguado mientras pensaba si debía contarle la verdad o inventarme alguna excusa. Después de haberme sincerado en todo lo demás, me decidí por la verdad.

—Pensaba que no era una buena idea verte. Hudson no se mostró muy feliz cuando supo que habíamos estado charlando ayer.

—Ya me lo imaginaba. —Se frotó los labios entre sí y me pregunté cómo conseguía mantener su brillo tan fresco en todo momento—. Pues te digo una cosa —continuó un momento después—: tampoco tenemos que contarle esto. Yo no le dije a Jordan que iba a venir a verte, así que estoy segura de que no le dirá nada. Tú también puedes hacer lo mismo.

Esa idea se me había pasado por la mente, pero solo fugazmente.

—No estoy segura de que me parezca bien ocultárselo.

La lista de cosas que no le iba a contar a Hudson se estaba volviendo mucho más larga de lo que me parecía aceptable. Mi pasado con David, trabajar con Paul y ahora verme con Celia a sus espaldas. Miré el reloj. Era poco después de la una. ¿Demasiado pronto para una cerveza?

—Claro, lo entiendo. No te estoy animando a que tengas secretos con él ni nada de eso, pero es tan raro en lo que tiene que ver contigo... Protector o algo parecido. La última vez que hablé contigo estuvo enfadado varios días. Cree que te voy a poner en su contra o algo así. —Puso los ojos en blanco—. Pero es decisión tuya. Simplemente, comunícamelo para que las dos hagamos lo mismo.

—Vale.

Pero decidí contarle a Hudson lo de Celia. Se suponía que estábamos esforzándonos por ser sinceros y dos secretos ya eran demasiado pesados sin tener que añadir un tercero.

Capítulo
SEIS

Preciosa.

Eran las dos y cuarto cuando respondí al teléfono y oí la voz de Hudson. No nos habíamos visto esa mañana. Cuando se levantó yo me quedé durmiendo en su cama, pero dejó mi teléfono junto a mi cabeza y me llegó un mensaje de texto en el que me decía que me sintiera como en casa y que me llamaría después.

Ahora, al escucharle al otro lado de la línea, me daba cuenta de lo mucho que le había echado de menos durante las pocas horas que habíamos estado separados.

—Hola —susurré al auricular—. Me alegra que me llames.

—Te dije que lo haría.

Habíamos tenido tan pocas conversaciones telefónicas que aún me sorprendían y seguía disfrutando enormemente con ellas.

—Me alegran las dos cosas: que lo dijeras y que lo hayas hecho.

—Eres fácil de complacer. —Adiviné la sonrisa en su rostro al otro lado del teléfono—. ¿Qué tal te ha ido el día?

—Espantoso hasta este mismo momento.

Después de que Celia y yo nos despidiéramos, me había enfrascado en la elaboración de paquetes de tarifas para Julia. Aquel trabajo había sido entretenido y me había mantenido la mente ocupada por completo. Aun así, el horror de aquella mañana seguía aferrado a mí como una sombra.

—¿Sí? ¿Por qué? ¿Qué ha pasado? —Hudson se puso en guardia al instante, dispuesto a librar cualquier batalla a la que yo me estuviese enfrentando.

Su reacción me animó a contarle que había visto a Paul, pero inmediatamente me recordé por qué eso sería una mala idea.

—Nada. No pasa nada. Solo que todo es un espanto en comparación con estar contigo.

—Yo siento lo mismo.

Así, sin más, Hudson podía hacer que me temblaran las piernas.

—No sabes lo que provoca en mí oírte decir eso.

—Me lo imagino.

El tono ronco de sus palabras me sugirió que estaba imaginándose cosas mucho más obscenas que las que decía en voz alta.

—¿Qué tal han ido tus reuniones?

Su cambio de tema fue repentino y entonces estuve segura de que había estado pensando en esas cosas más obscenas y que ahora necesitaba un tema de conversación más seguro.

Aunque me encantó la evidente excitación de Hudson, sentí el frío de una sombra cuando mencionó mi reunión anterior.

—Solo me he reunido hasta ahora con una empresa. Y ha ido bien. Tengo que estudiarlo, pero estoy convencida de que vamos a llegar a un acuerdo.

—Por supuesto que sí. ¿Quién no querría trabajar contigo?

—¿Te hago una lista?

Antes de esa mañana, en esa lista habría incluido a Paul Kresh. Era curioso con qué rapidez cambiaban las cosas.

—Sí, hazla. Mandaré que les peguen un tiro a los que figuren en ella. —Algo me decía que solo bromeaba a medias. Quizá menos que eso—. ¿Tienes planes para esta noche?

Abrí el navegador en mi ordenador y cargué una imagen de Hudson para mirarla mientras hablaba.

—Había pensado dejarme adorar por un hombre atractivo y viril. —Pasé el dedo por la fuerte mandíbula de la fotografía que tenía en la pantalla—. Pero puedo cancelarlo si se te ocurre algo mejor.

—Te estás burlando de mí.

—¿Sí?

—Sí y no me gusta. —Su gruñido celoso me excitó—. Una gente que conozco celebra un evento en el Jardín Botánico de Brooklyn y me gustaría ir. Contigo.

—Soy toda tuya, H. Siempre.

—Bien. Te recogeré en el club sobre las seis.

Me miré la ropa que llevaba: un vestido acampanado verde oscuro con unos calados entrecruzados en el abdomen. Tenía cierto toque elegante, pero quizá fuese un poco subido de tono.

—No. Recógeme en mi apartamento. Tengo que cambiarme antes.

—Lo que llevas es perfecto.

—¿Cómo sabes qué es lo que llevo? —Miré a mi alrededor y casi me sorprendió no verle en la puerta del despacho—. ¿Tienes cámaras de seguridad en el club o algo parecido? —No me extrañaría en él. Sentí un escalofrío al pensar qué otras cosas podría haber grabado una cámara. Como mi encuentro con Paul.

—Claro que tengo cámaras. Pero no veo lo que graban. Jordan me ha dicho cómo ibas vestida.

—Ah, sí, Jordan.

Era la segunda vez que le revelaba lo que yo hacía. Si Hudson había hablado hoy con mi chófer, ¿le habría contado que Celia había preguntado por mí? ¿Cuánto esperaba Hudson que le contara Jordan?

Me puse en tensión. El estrés de tener secretos con él empezaba a exasperarme y a aumentar mi nivel de paranoia.

—Dime una cosa: ¿Jordan es algo más que simplemente mi chófer?

—No querías un guardaespaldas, así que tuve que buscar un término medio.

La naturalidad de Hudson era casi tan desconcertante como lo que estaba admitiendo.

—¿Así que Jordan me espía?

—Espiar no es una descripción exacta de lo que hace. Te lleva a sitios, se asegura de que estés bien y me informa.

En un primer momento pensé en protestar. Pero después dejé que la idea se asentara y me di cuenta de que no era tan malo que un novio excesivamente cauteloso se preocupara por mí.

Exhalé y dejé que mi ansiedad desapareciera.

—He oído ese suspiro. Dime, ¿qué es lo que te molesta de esto?

—Nada, la verdad. Solo que no le habría tirado los tejos a Jordan tan a las claras si hubiese sabido que después te lo iba a contar. —Era una broma evidente, teniendo en cuenta que había contratado a Jordan para que me llevara en coche porque era homosexual.

—Los dos sabemos que eso no es verdad —me reprendió—. Es la segunda vez que intentas sacarme de quicio. Exactamente, ¿cuál es la razón?

—No la hay. Solo que me divierte oír cómo te vuelves tan posesivo y tan macho alfa.

—Si quieres un macho alfa posesivo, puedo serlo.

Sonreí y me recosté en el respaldo.

—Quiero que seas tú, que ya eres un verdadero macho alfa posesivo, pero, si hay algo más que te estés guardando para ti, dámelo.

—He cambiado de idea. Te recogeré a las cinco y media.

—Vale. ¿Has pensado en hacer alguna parada?

—No. Necesito tiempo para follarte mientras vamos de camino en la limusina sin tener que preocuparnos de llegar tarde.

Me alegré de estar ya sentada. De lo contrario, quizá me habría caído al suelo.

—¿Tienes que marcar tu territorio?

—Tengo que estar dentro de ti. Si no, será incómodo estar empalmado y no poder concentrarme en el trabajo.

Cerré los ojos y dejé que mi mente se llenara de sus planes sucios.

—Entonces, te estaré esperando a las cinco y media.

—Prepárate para mí.

—Lo estaré. —Tenía una cita con otro organizador de eventos, pero era a las cuatro. Había tiempo suficiente—. Habré terminado mi reunión a las cinco.

—Cuando digo que te prepares me refiero a que quiero que estés húmeda.

—Ah. Bueno, estoy segura de que eso no será ningún problema. —Nunca lo era con Hudson, sobre todo cuando mostraba su faceta de macho alfa—. Pero quizá puedas enviarme algunos mensajes sucios cuando estés de camino para que me ayuden a animarme.

—Estoy seguro de que podré hacerlo.

—Genial.

Diez minutos antes de la hora a la que se suponía que iba a llegar Hudson, me envió su primer mensaje y, sinceramente, para entonces ya se me había olvidado. Así que cuando cogí el teléfono lo leí sin estar preparada. Lo cual fue un error.

«Estoy ansioso por saborear tu coño en mis labios».

—¿Va todo bien?

David, que había llegado unos minutos antes, debió de leer en mi rostro la impresión que me había causado el mensaje de Hudson.

—Sí…, estoy bien. Yo… solo…

Sonó un segundo mensaje antes de que pudiera acabar la frase.

«Llevo todo el día pensando en ello. Tu coño. Cómo lo siento, cómo huele, cómo sabe».

Seguido por un tercero:

«Y los sonidos que haces cuando te estoy acariciando y te estoy comiendo».

Mi cuerpo empezó a calentarse.

—Eh... Hudson viene de camino —conseguí decir—. No me había dado cuenta de que ya era tan tarde.

—Entonces ve terminando. No querrás hacer esperar al jefe.

Me encogí por dentro cuando David se refirió a Hudson como «el jefe». Hudson odiaba que lo hiciera. A continuación, envié un rápido mensaje de respuesta:

«Ya estoy húmeda». Nunca había dicho nada más sincero.

Solo pude cerrar el portátil y levantarme del sofá donde había estado trabajando antes de que apareciera su siguiente mensaje:

«A mí también me la has puesto dura. Tanto que duele».

Di la espalda a David, temerosa de que pudiera adivinar el contenido de los mensajes que estábamos intercambiando si no ocultaba mi rostro.

«¿Qué me vas a hacer cuando estés conmigo?».

La respuesta de Hudson llegó enseguida, pero guardé el portátil en el bolso del ordenador antes de leer lo que decía.

«Primero te voy a dar un azote por haberte burlado de mí hablando de otros hombres».

«¿Y después?».

«Sal y lo verás».

«¿Estás aquí? Qué rápido».

Gracias a Dios, ya había terminado de trabajar. De repente, estaba desesperada por ver a Hudson, encantada de poder marcharme de inmediato.

—Que pases una buena noche, David —dije casi sin prestar atención a su respuesta y salí del despacho leyendo el siguiente mensaje de Hudson mientras caminaba.

«No. Joder, la tengo dura como una piedra por tu culpa, pero no voy a ser rápido». Su siguiente mensaje llegó antes de que tuviese oportunidad de responder. «Sal».

Con el macuto del ordenador en el hombro y el bolso guardado dentro de él, prácticamente me eché a correr. Solo me detuve un instante para enviarle una palabra:

«Corriendo».

Esperé hasta estar a punto de salir del club para leer su última respuesta:

«Sí, te vas a correr».

Me protegí los ojos cuando salí a la luz del sol y vi a Jordan de pie con la puerta del coche abierta. No cualquier coche..., una limusina.

Sorprendida, levanté una ceja y me acerqué.

—¡Cuánto lujo!

Quizá debería haber insistido en ir a casa para cambiarme. Estaba claro que no iba vestida de etiqueta.

Jordan me saludó con un gesto, pero no dijo nada.

Metí la cabeza en la parte posterior del coche y di un grito cuando los fuertes brazos de Hudson tiraron de mí y caí boca abajo sobre su regazo. Sus manos estaban debajo de mi falda acariciándome el trasero antes de que Jordan hubiese cerrado la puerta.

—Bueno, hola a ti también —ronroneé con su caricia.

Me subió la tela del vestido hasta la cintura, dejando al aire mis nalgas cubiertas con un tanga.

—Todo este lujo es simplemente para tener intimidad. Nadie debe ver las cosas que tengo la intención de hacerte de camino a nuestra fiesta.

Estiré el cuello para verle la cara.

—¿Y puedo preguntar qué piensas hacerme?

—Primero esto. —Bajó la mano con fuerza sobre mi trasero y yo ahogué un grito. Hudson ya me había dado antes, pero lo de aquel azote... era nuevo. Y excitante.

Apenas era consciente de que el coche no se había movido aún cuando su mano volvió a bajar, esta vez todavía con más fuerza.

—Uno por cada vez que te has burlado hablándome de otros hombres —explicó.

De repente aquello me pareció típico de dominante y sumisa, como algo que había leído en una novela romántica mala, donde el héroe alfa millonario se pirraba por los látigos y las cadenas. Aunque claramente Hudson era dominante y lo de los azotes era placentero, estaba bastante convencida de que no era un estilo de vida que ninguno de los dos planeara explorar en mayor profundidad. Para Hudson aquella era una forma de control demasiado simple. Él prefería su dominación con una fuerte dosis de manipulación.

Al menos era lo que yo creía por lo que sabía de su pasado.

Pero el juego de rol era algo completamente diferente, probablemente más del gusto de Hudson. Decidí probar.

—Gracias, señor. Gracias por vuestros azotes —dije con una voz afectada y sumisa.

Hudson se rio.

—¿Quieres otro más por burlarte de mí?

O no lo estaba entendiendo o no había entrado en el juego. Volví a probar con el tono sumiso.

—No me burlo, señor. Disfruto de mi castigo, si a usted le complace.

—Ah, así que estamos jugando a eso, ¿no? —«Se le ha encendido la lucecita»—. En ese caso, otro más porque me complace. —Volvió a darme otro azote y su sonido me excitó tanto que me retorcí en su regazo—. Y otro por el secreto que te has estado guardando.

Me quedé sin respiración. Estábamos jugando. No podía hablar en serio. Aun así, el miedo se apoderó de mi vientre al pensar en las cosas que podría haber descubierto.

—¿Qué secreto, señor?

—Que te gusta que te den azotes. Puedo oler desde aquí lo húmeda que te has puesto.

Una mezcla de alivio y excitación me recorrió todo el cuerpo.

—Sí, señor. Me gusta.

Su dedo se deslizó bajo el tejido del pequeño triángulo de mi entrepierna y se metió en mi coño.

—Ya lo creo que sí. Estás empapada.

Retiró la mano, me azotó una vez más y me acarició la zona para calmarme el picor antes de sentarme a su lado. A continuación, extendió la mano para coger el cinturón de seguridad y lo puso por delante de mí.

—Insisto en que te lo pongas cuando vamos en coche. Tengo que proteger lo que es mío.

Sonreí. En realidad, era yo la que insistía en que nos pusiéramos el cinturón en el coche. El hecho de que mis padres hubieran muerto en un accidente automovilístico me había dejado clara la importancia de la seguridad. Pero fue un buen detalle por su parte. Menudo personaje. No era la primera vez que atisbaba en él que le gustaban los juegos. Quizá ese pequeño juego de rol fuera un modo de representar el papel que durante tanto tiempo había interpretado con otras mujeres.

Como Hudson parecía estar disfrutando de aquella broma, continué con mi representación:

—Pero, señor, ¿cómo voy a poder complacerle si me tiene sujeta?

—¿Estás cuestionando mi decisión? —Sus ojos centellearon con un brillo de malicia—. Porque soy capaz de volver a ponerte sobre mis rodillas.

—Estoy segura de ello, señor.

Él había disfrutado con los azotes tanto como yo.

Sus ojos se entrecerraron, pero me dejó en donde estaba. Después de que los dos nos hubiésemos puesto el cinturón, Hudson apretó el botón del intercomunicador.

—Jordan, estamos listos.

Cuando el coche se incorporó al tráfico, Hudson me miró con párpados pesados.

—Gírate todo lo que puedas en tu asiento para mirarme.

Hice lo que me ordenó y me giré todo lo que me permitía el cinturón de seguridad. No tenía ni idea de lo que había planeado, adónde iría con ese juego, y la incertidumbre hizo que mi cuerpo se estremeciera.

Con una mano alrededor de mi nuca, me acercó a él para besarme con brusquedad. Oí cómo su otra mano abría la cremallera de sus pantalones mientras acariciaba el interior de mi boca con largos lametones de su lengua. Continuó con su asalto varios minutos, y me dejó los labios hinchados e irritados cuando me apartó de sí tirando de mi pelo.

Como si se tratase de una fuerza magnética, mi atención se vio atraída por su increíble polla, desnuda y preparada.

Me tiró del pelo hasta que mis ojos volvieron a los suyos.

—Mírame.

Mi parte de sabelotodo quería contestar que mi mirada ya estaba fija en él, en una parte deliciosamente excitante de él. Pero sabía a qué se refería y mi parte de sabelotodo no entraba en el papel que estaba representando, así que mantuve la boca cerrada.

—Buena chica. —Su mano seguía enredada en mis mechones—. Ese beso ha sido para marcar la pauta. Ahora me la vas a chupar. Y quiero sentirlo igual que ese beso.

—Vale. ¿Ahora mismo? —Dios, qué mal se me daba ser sumisa.

—Sí, ahora.

Inhalé su olor tan característico y me incliné hacia delante, deseosa como siempre de metérmela en la boca. Mi acostumbrado ritual cuando le chupaba la polla incluía muchos lametones y provocaciones, pero si la pauta era imitar su beso, tenía que suponer que quería que me saltara los preliminares. En lugar de lamer, que es como normalmente habría empezado, rodeé su pene con las dos manos y le chupé el capullo.

Interpreté su leve siseo como una señal de aprobación.

Apretándole la base con una mano, cubrí mis dientes con los labios, ahuequé las mejillas y le bombeé con la otra mano y la boca a la vez. Su voz sonó tensa mientras me animaba:

—Así, Alayna. Justo…, ah, Dios…, justo así.

Me encantaba darle placer, me encantaba complacerle. Se le fue poniendo más gruesa mientras yo aumentaba el ritmo, chupando ávidamente, pasando la lengua por la gruesa rugosidad de su miembro mientras subía y bajaba.

—Sí, Alayna. Cómo me gusta.

Pero él seguía teniendo el control. Y yo quería volverlo loco.

Moví mi mano libre para cogerle las pelotas y se las amasé suavemente con la palma de la mano, en absoluto contraste con el modo frenético en que le trabajaba el miembro con mis labios y mi lengua.

—Dios... Alayna...

Fue entonces cuando tomó los mandos. Metió los dedos entre mi pelo y dirigió mi cabeza para que me moviera a su ritmo, empujándome hacia abajo para que me la metiera cada vez más dentro y embistiendo con su cadera hacia arriba mientras me follaba la boca.

Yo apreté la mano sobre la base de su polla, ansiosa y ávida por que se corriera. Estaba muy dura y a punto, y solo pensar que me pudiera parar antes de que llegara al final logró que deseara con más desesperación su orgasmo. Me retorcía del deseo, excitada por su necesidad tan primaria. Lancé un gemido grave y profundo y la vibración del tono dio vueltas en mi cabeza y sobre su miembro.

Hudson apretó los dedos sobre mi pelo.

—¡Joder! —exclamó—. Me voy a correr. Tómalo, Alayna. Tómalo todo.

Volví a gemir, en parte porque no podía contener la excitación y en parte para llevarlo a él más al límite.

Y funcionó.

Se vació dentro de mí con un largo gruñido de placer mientras sus caderas se elevaban con fuerza. Mi puño bombeó mientras él no dejaba de correrse. Y me lo tragué todo. Justo como él había pedido, como yo había querido, aunque estuve a punto de atragantarme y apenas podía respirar. Tragué hasta la última gota y le limpié con lametones mientras él se estremecía debajo de mí.

Cuando terminó, su mano se relajó sobre mi nuca y yo me incorporé para mirarle. Al instante me atrajo para volver a besarme, esta vez con más dulzura que antes, y el sabor de su boca se mezcló con el de su semen hasta que lo único que pude reconocer fue un sabor que era único y nuevo, pero todo Hudson.

—Gracias —murmuré sobre sus labios. Él había estado jugando al señor y maestro, pero había sabido complacerme. Yo había querido saborearle, había anhelado que terminara dentro de mi boca. No porque me gustara especialmente hacer mamadas, sino porque quería sentir cada experiencia con Hudson: las buenas, las malas y, sobre todo, las carnales. Se lo agradecí por el regalo que suponía y eso hizo que aquel episodio fuese aún más maravilloso.

Se recostó en su asiento y acarició mi pelo con su cara.

—Alayna...

Adoraba cómo pronunciaba mi nombre, siempre me parecía que decía muchas más cosas con aquellas únicas tres sílabas. Como una oración, como una piedra angular. Me hacía darme cuenta de que era hermosa. ¿A quién quería engañar? Era precisamente eso lo que me hacía ser hermosa.

Sus ojos grises se clavaron en los míos durante largos segundos.

—¿Qué se siente al pertenecerme?

No sabía si seguía jugando o no. Para mí el juego había terminado. Respondí con sinceridad:

—Estoy perfectamente.

Capítulo
SIETE

Hudson no estaba dispuesto a dejarme insatisfecha. Cuando llegamos al Jardín Botánico de Brooklyn, yo me sentía agotada y adormilada. Hudson, en cambio, parecía recuperado completamente y exhibía una vanidosa sonrisa en la cara mientras me cogía de la mano para ayudarme a salir de la limusina.

Una atractiva rubia con las uñas pintadas de rosa de los ochenta estaba en la puerta principal comprobando las invitaciones de los asistentes que llegaban al jardín. Dejó entrar a Hudson sin mirar siquiera sus credenciales.

—Pareces tremendamente pagado de ti mismo —susurré mientras entrábamos al recinto.

Él no hizo caso de mi comentario.

—Todo el mundo sabe quién soy.

—No es por eso por lo que pareces encantado.

Me lanzó una sonrisa traviesa.

—Creo que me lo merezco. He hecho muchas cosas en un tiempo relativamente corto.

—Si por «muchas cosas» te refieres a que apenas puedo caminar, sí, tienes razón.

Antes nunca había echado un polvo en un vehículo en movimiento y, teniendo en cuenta mi rígida política en lo concerniente al cinturón de seguridad, no se me había ocurrido que fuera algo que deseara hacer. Sin embargo, Hudson parecía capaz de conseguir que yo deseara cualquier cosa, al menos cuando él formaba parte de ella. Además, las dotes de aquel hombre en un dormitorio también servían en el asiento trasero de un coche y sus técnicas y posturas expertas conseguían que me corriera sin tener que desabrocharme el cinturón en ningún momento.

Recorrimos un sendero hasta el patio donde se estaba sirviendo una cena estilo bufé. Alrededor de nosotros, los agradables olores y aromas del aire fresco me invadieron, consiguiendo relajarme de un modo que era imposible alcanzar en medio del ajetreo de la ciudad. Era increíble que hubiera un lugar así tan cerca del caos de la ciudad de Nueva York.

—¿Y para qué es este evento?

—Está patrocinado por Niños del Futuro —respondió—. Es una fundación que suministra recursos para la acogida de niños. Esta fiesta es en agradecimiento a los que han hecho donaciones.

—¿Cuánto has donado tú? —Me interesaba de verdad saber cuáles eran las causas a las que contribuía Hudson.

—No es cuánto, sino qué.

Le miré de manera inquisitiva.

—He donado un colegio.

Joder. Todo un colegio. Claro que sí.

—Y además varias becas. He venido esta noche para conocer al nuevo director. Quiero que la junta directiva de la fundación sepa que, aunque no participe activamente en el programa, lo sigo de cerca.

Me estremecí ante aquella muestra de omnipotencia. Me empezaba a dar cuenta de que dirigía sus negocios de la misma forma. Dejaba los asuntos en manos de personas competentes, pero nunca se alejaba demasiado y seguía al tanto de la situación. Yo esperaba que confiara en mí lo suficiente como para no estar al tanto de todo lo que pasaba en el Sky Launch. Como, por ejemplo, con quién llegaba a acuerdos para celebrar los eventos.

Dios mío, tenía que dejar de obsesionarme con ese tema. Hudson no se iba a enterar. Todo iría bien.

Cogí una copa de vino de la bandeja de un camarero que pasaba y me la bebí hasta la mitad; agradecí la instantánea sensación de placer.

Hudson mantenía su brazo alrededor de mí mientras saludábamos a la gente del bufé. Me había dicho una vez que nunca comía en esos eventos y ahora entendía por qué. Era demasiado popular para entretenerse comiendo. Decidí esperar a comer con él más tarde y me dediqué a saludar con movimientos de cabeza y sonrisas según él me presentaba. También charlábamos un poco. Sin embargo, como nunca había estado en el Jardín Botánico de Brooklyn, estaba deseando explorarlo. Así que, cuando llegó otro conocido para saludarlo, me excusé educadamente.

—Un momento. —Hudson levantó un dedo ante el hombre calvo con el que estaba hablando—. Alayna, puedes quedarte —me dijo.

El corazón me latía con tanta fuerza que temí que él lo escuchara. Había sido difícil para Hudson dejarme entrar en sus asuntos de trabajo e invitarme a participar en ellos era un gran paso.

—Gracias, pero quería ver esto un poco antes de que se ponga el sol. —Le apreté la mano—. A menos que me necesites...

—No —contestó, aunque había un atisbo de necesidad en su tono. Necesidad como la que yo sentía por él a cada minuto todos los días, el deseo insaciable de estar siempre a su lado—. Solo quería que te sintieras cómoda. Deja que te presente antes de irte. Alayna, este es Aaron Trent. Aaron, esta es mi novia, Alayna Withers. Quizá te resulte más interesante saber que también es la encargada de promociones del Sky Launch.

Di un paso adelante para estrechar la mano de Aaron.

Aaron la estrechó con fuerza, aunque no era nada comparado con la de Hudson.

—Encantado de conocerte. —Su saludo fue desdeñoso y rápidamente me soltó la mano para dirigir su atención a Hudson—. ¿El Sky Launch? He oído que estabas haciendo cambios en él.

—Yo no. Alayna.

—Estupendo —dijo Aaron, pero su atención seguía fija en Hudson—. Me gustaría hablar en algún momento contigo de lo que mi equipo podría hacer para ti.

Hudson me señaló con un gesto.

—Alayna es la persona indicada. Estoy seguro de que estará encantada de reunirse contigo. Alayna, Aaron es dueño de una empresa de publicidad. Es muy buena. Hemos utilizado sus servicios en muchas ocasiones.

Sentí cierto vértigo cuando me di cuenta de por qué me había pedido Hudson que me quedara.

—Ah, Trent Advertising. No me había dado cuenta de que era usted ese Trent.

Se trataba de una compañía con la que resultaba difícil poder trabajar. Que Hudson me hubiese presentado podría suponer para mí una gran ventaja. Si hubiésemos estado a solas, le habría demostrado a Hudson lo mucho que agradecía aquel contacto.

Por fin Aaron se dirigió a mí.

—Señorita...

—Withers —completó la frase Hudson.

—Sí, señorita Withers. Perdone, nunca se me han dado bien los nombres.

«No, sencillamente no estabas interesado en mí hasta que te has dado cuenta de que podías conseguir algo».

Decidí ponerle las cosas fáciles a aquel hombre.

—Señor Trent, estaré encantada de reunirme con usted. ¿Quiere que llame a su despacho para concertar una cita?

—Me gustaría pasarme por el club cuando esté abierto y estudiarlo a fondo para ver qué ideas se me ocurren para una campaña.

—¿Qué te parece mañana por la noche? —preguntó Hudson.

En un primer momento me desanimó la idea de pasar un viernes por la noche lejos de Hudson. Pero tenía razón al proponer el viernes, porque era una noche perfecta para ver el club en su mejor momento.

Me pareció que a Aaron tampoco le gustaba perderse un viernes por la noche, pero ¿quién le iba a decir que no a Hudson Pierce?

—Por supuesto.

—Abrimos a las nueve, pero, si puede venir, por ejemplo, a las ocho y media, podríamos hablar antes de que haya demasiado jaleo.

Me alegré de tener ya diseñado mi plan de negocio. De lo contrario, tendría que pasarme toda la noche preparándolo.

Aaron se mostró de acuerdo con la hora y a continuación empezó a hablar de algunas ideas de campañas para Hudson. Al ver que allí sobraba, me disculpé de nuevo y me fui a dar una vuelta.

Primero me dirigí al Jardín de Shakespeare con una segunda copa de champán en la mano. Me detuve aquí y allí para admirar las extraordinarias plantas, sus fragancias mezclándose e invadiendo aquel sofocante aire de junio. Desde allí atravesé el jardín japonés del estanque y la colina. Admirada por la tranquila belleza de aquel paisaje ondulante, encontré un banco donde sentarme y disfrutar de la vista durante el crepúsculo mientras daba sorbos a mi copa.

De vez en cuando pasaban otros invitados y, finalmente, apareció un hombre con un traje azul marino acompañado por otro señor mayor de cabello entrecano a juego con su traje plateado de tres piezas. Se detuvieron junto al estanque rodeados por el silencio de los jardines y pude entreoír su conversación.

—¿El trato se cerró el lunes? —preguntó el del traje azul marino—. Joder, es increíble. Eres un cabrón con suerte, ¿sabes?

Cerré los ojos intentando desconectar de aquella conversación que tanto contrastaba con la serenidad del entorno. Pero entonces llegó a mis oídos una palabra familiar:

—Plexis no era algo que él quisiera dejar escapar. Tuve que hacerle frente con uñas y dientes.

Ahora era el hombre mayor el que hablaba. Se refería a la empresa que Hudson tanto quería, la que había intentado evitar que vendieran los accionistas; pero había perdido.

—Por suerte, el resto de la junta no apoyó a Pierce.

«Este tipo debe trabajar para la compañía que ha comprado Plexis y se la ha quitado a Hudson».

—¿Y qué planeas hacer ahora? —preguntó el más joven repitiendo la misma pregunta que yo me estaba haciendo.

—¿Con Plexis? Pues podemos conseguir mucho dinero si la dividimos y vendemos las piezas.

Sentí un nudo en el estómago ante el comentario del hombre del pelo entrecano. Aquello era exactamente lo que Hudson había temido que pasara. Significaría la pérdida de muchos puestos de trabajo.

—Pero no descartamos volver a venderla en su totalidad. —El hombre mayor miró al más joven con una ceja levantada—. Si es que recibimos una buena oferta.

—Ah, ¿esperas que yo haga una oferta? —El tipo del traje azul marino dio un paso atrás—. No me malinterpretes. Me gustaría meter la mano en Plexis, pero no tengo ahora mismo ese dinero.

—Simplemente quería tentarte. Por si acaso.

Los dos hombres retomaron su paseo por el sendero y el más viejo me sonrió al pasar.

Esperé a que se alejaran varios metros antes de levantarme de un salto del banco y marcharme en la dirección contraria para volver con Hudson. Aquella era su oportunidad de recuperar Plexis, de convertirla en la empresa que él había imaginado que podría ser. Yo incluso le había ayudado a elaborar algunas ideas preliminares para hacerla rentable. Estaba tan emocionada como esperaba que Hudson lo estuviera, como sabía que estaría.

Tardé un poco antes de encontrarlo en la explanada de los cerezos. Estaba conversando con una llamativa mujer de cabello rojizo, quizá algo mayor que yo. Sentí en el vientre un inesperado nudo de celos y tuve que contenerme para no ir corriendo hasta él.

Me vio acercándome y sus ojos se iluminaron con un cariño que hicieron que aquel nudo desapareciera.

—Alayna.

El modo en que mi nombre salía de su lengua... siempre conseguía volverme loca.

Hudson se giró hacia la mujer y ahora pude ver que definitivamente era mayor que yo, quizá diez años.

—Mira, esta es mi novia, Alayna Withers. Se encarga del departamento de promociones de uno de mis clubes nocturnos.

La mujer se presentó antes de que Hudson tuviese oportunidad de hacerlo.

—Hola. Soy Norma Anders. —Volvió rápidamente su atención hacia Hudson—. No sabía que estuvieses saliendo con nadie, Hudson.

—Lo hemos estado ocultando. Por deseo de ella, no mío. —Su mentira hizo que sintiera un cosquilleo—. Pero por fin la he convencido de que podíamos decírselo a todos.

Norma apretó la boca mientras sus ojos me recorrían de la cabeza a los pies.

—En ese caso, enhorabuena. De verdad, me alegra que hayas dejado a la hija de los Werner. Era demasiado alegre para ti, si quieres saber mi opinión. Además, nunca me he fiado de ella. Tramaba algo, Hudson.

Yo me puse en tensión. Aunque claramente aquella mujer tenía suficiente familiaridad con mi chico como para darle consejos sobre amoríos, había pensado que Celia y Hudson estaban juntos. Yo había creído que aquello solamente lo habían imaginado sus padres. ¿Me estaba perdiendo algo?

Hudson se puso tenso también al oír el nombre de Celia y sentí su impaciencia por alejarse de Norma, por alejarme de Norma.

—Me alegra haberte visto esta noche, Norma. Esos informes…

Ella le acarició el brazo como si lo hiciera de forma automática.

—Te los envío el lunes.

—Gracias, Norma.

Me alegré de que Hudson me atrajera hacia él y me alejara de allí, porque de lo contrario le habría metido a esa mujer un dedo en sus ojos color avellana. O le habría dado un puñetazo.

—La llamas por su nombre de pila, ¿eh? Eso es... nuevo. —Hudson rara vez llamaba a nadie por su nombre de pila, a menos que se tratara de alguien importante para él.

Se quedó perplejo ante mi irritación.

—Nos conocemos desde hace años. Es inevitable tutearla después de tanto tiempo.

—¿Por qué cree que estabas saliendo con Celia?

Parecía que la conversación Celia-Hudson se repetía una y otra vez, pero no dejaba de aparecer nueva información, y ahí estaba yo sacando el tema de nuevo.

—Celia me acompañaba a menudo a fiestas benéficas a las que también iba Norma. Ya lo sabes.

Sentí cómo el rubor me iba subiendo por la parte de atrás del cuello. Yo nunca le había dicho que le había estado acechando por Internet. Es ahí donde había visto sus docenas de fotografías con Celia. Me conocía demasiado bien.

Soltó su mano de mi cadera.

—Norma debió de suponer que éramos pareja. Nunca se me ha ocurrido sacarla de su error.

Sentí un sabor amargo en la boca.

—Porque te gustaba que la gente creyera que estabas con Celia.

—Porque me gustaba que Norma pensara que estaba fuera de su alcance.

—Ah.

Quizá sí pudiera dejar el tema de Celia durante un tiempo. Pero ahora tenía un montón de preguntas sobre Norma.

Pero antes de poder preguntar, él se explicó:

—Norma dirige el departamento financiero de una de mis empresas.

—Entonces, trabajáis juntos.

Me pregunté cómo habría conseguido ella un puesto tan importante. ¿Se habría acostado con alguien para ir ascendiendo? La familiaridad que mostraba con él me perturbaba.

Su boca se retorció tratando de contener una sonrisa.

—Vaya, Alayna, este atisbo de celos te sienta muy bien.

Yo apreté la mandíbula.

—Esa respuesta no es muy reconfortante.

—Compañeros de trabajo no. Jefe y empleada.

Aunque agradecí que se tomara en serio mi mal humor, su respuesta me molestó. Al fin y al cabo, Hudson era prácticamente mi jefe.

—Esa situación me resulta familiar.

De repente, se detuvo y se giró para mirarme fijamente con sus ojos encendidos con decidida insistencia.

—Yo nunca he sido tu jefe, Alayna. Si acaso, soy yo quien te pertenece a ti.

¡Toma ya!

Independientemente de lo que Norma tuviese con Hudson, ella no tenía lo mismo que yo. Me conmovió ser consciente de eso.

Incapaz de sostener su mirada intensa, dirigí la vista hacia aquella explanada en la que aún no me había fijado. La extensión de exuberante césped estaba flanqueada por enormes cerezos llenos de verdes hojas.

Hudson siguió mis ojos.

—¿Has visto fotografías de estos cerezos cuando están en flor?

—No.

Había visto fotografías del festival de los cerezos de Washington D. C. e imaginé que aquella explanada debía de ser casi igual de bonita.

—Es impresionante. Todos los árboles se llenan de palomitas de maíz rosas. El olor es absolutamente increíble. —Me pasó el dedo pulgar por la mejilla—. Vendremos aquí en primavera.

—Suena muy bien.

Lo decía de verdad. Al mismo tiempo, sentí que el estómago se me retorcía, tanto por la perspectiva de seguir con Hudson en primavera como por la idea de que me pertenecía. Ambas ideas eran absolutamente maravillosas y, también, completamente precipitadas. ¿Podría mantener una relación con él durante tanto tiempo? ¿Podría llegar a estar a la altura de la mujer que claramente él veía en mí?

En lugar de darle más vueltas, mi mente volvió a centrarse en la noticia que al principio me había hecho ir en su busca.

—Oye, tengo que contarte una cosa que podría interesarte.

Hudson colocó su brazo en la parte inferior de mi espalda y me llevó fuera de la explanada.

—No tiene por qué ser ahora —dije al darme cuenta de su intención de que le pasara mi información en ese mismo momento—. Puedes terminar de saludar.

Sentí su boca caliente junto a mi oído.

—El único saludo que me interesa en este momento es el de nuestros genitales.

—Eres insaciable. Ya me has echado un polvo en el coche.

Pero su sugerencia hizo que sintiera un hormigueo en mi piel por el deseo y las expectativas.

—No ha sido suficiente. —Me sacó del sendero a través de un hueco de los setos, hacia un lugar al que seguro que no se permitía la entrada, y me empujó contra un árbol alto, sujetándome allí con la fuerza de su cadera—. Nunca tengo suficiente contigo.

La respiración se me cortó durante un momento de absoluta adoración por el hombre que tenía delante. Ese hombre que se había enfrentado a sus propios demonios para dejarme entrar en su vida, que había rechazado su inclinación innata por mantenerse encerrado y que, en lugar de ello, estaba tratando con todas sus fuerzas de estar conmigo dc la forma que los dos queríamos.

Clavé mis ojos en los suyos.

—Te quiero.

Él se inclinó hacia a mí y su nariz acarició la piel de mi mejilla.

—¿Para decirme eso es para lo que me has traído? No me quejo, si es así.

Me reí.

—Has sido tú quien me ha traído y no al revés, tonto. Y no es eso lo que tenía que contarte. Pero me alegra poder aprovechar cada oportunidad para decírtelo.

La boca de Hudson se curvó con una lenta sonrisa, pero un movimiento en el sendero cercano llamó mi atención. Giré la cabeza hacia el pequeño grupo que subía y vi pasar al hombre del pelo entrecano.

—La verdad es que has escogido el lugar perfecto. ¿Ves a aquel hombre de allí?

Hudson miró adonde apuntaban mis ojos.

—¿El de piel bronceada?

—El de al lado. —Le concedí un momento para asegurarme de que lo veía bien—. ¿Le conoces?

—No, que yo recuerde. ¿Debería?

Me encogí de hombros.

—No necesariamente. Pero le he oído por casualidad hablar con otro hombre... —giré el cuello para buscar al otro— al que ahora no veo. En fin, eso no importa. El hombre del pelo entrecano trabaja para la empresa que ha comprado…, adivina qué…, Plexis.

Hudson dejó de agarrarme y observó al hombre una vez más antes de que pasara.

—¿Cómo lo sabes?

—Le he oído. Antes, cuando estaba paseando. Él se estaba jactando de la suerte que tenía de haber arrancado una empresa tan estupenda de las manos de Hudson Pierce.

Hudson se puso rígido.

—Continúa.

Me mordí el labio.

—Tenías razón. Están pensando en desmantelar la empresa.

—Maldita sea.

Hudson no manifestaba a menudo emoción alguna, pero había adivinado que se mostraría enardecido al oír hablar de la empresa que había perdido. Ahora estaba segura. Por ese motivo le di la siguiente noticia de una forma mucho más dulce:

—Pero ha mencionado que podría interesarles venderla si recibían una buena oferta. —Esperé a ver cómo se ponían en marcha los engranajes de su cabeza—. ¿Sabes lo que significa eso? Que lo único que tienes que hacer es aparecer con una buena oferta.

Rápidamente volvió a inmovilizarme, apretando pesadamente su cuerpo contra el mío.

—¿Y qué tal si entro en ti con una buena oferta?

—¡Hudson! —Le empujé suavemente el pecho—. Estoy hablando en serio.

—Y yo también. —Acarició mi mejilla con su nariz.

Nunca podía resistirme cuando se acercaba y mi cuerpo ya estaba ansioso, derritiéndose bajo el suyo, palpitando por la necesidad de estar más cerca. Aun así, mi cerebro seguía buscando respuestas.

—Creía que Plexis era importante para ti.

—Lo es. —Sonrió mientras se inclinaba sobre mis labios.

Yo giré bruscamente la cabeza a un lado y lo miré a los ojos.

—Entonces, ¿por qué lo único que se te ocurre es follarme? ¿Es eso lo único que soy para ti?

Sabía que yo no era para él solamente eso y mis palabras eran más que nada en broma, pero me decepcionaba haberme equivocado respecto al compromiso que Hudson sentía con Plexis.

Me agarró con más fuerza y se volvió a apretar contra mí mientras movía sus labios junto a mi oído.

—No. Ya sabes que tu mente para los negocios me excita muchísimo, sobre todo cuando esa mente tuya está pendiente de mis intereses. Y, como no se me da bien expresar con palabras lo que siento, estoy deseando poder demostrarte exactamente todo lo que me gustas.

Me derretí. Por completo.

Pero mi cerebro seguía buscando más reconocimiento y mi voz sonó suave y llena de deseo:

—Entonces, ¿me agradeces la información?

—Mucho.

Embistió contra mí y su bulto duro me demostró exactamente lo agradecido que estaba.

Yo me retorcí en un intento por tocarle tantas partes del cuerpo con el mío como me fuera posible.

—¿Y te sientes atraído por mí más allá del aspecto físico? —Mis palabras sonaron pastosas.

Pero debí ser lo suficientemente coherente como para hacerme entender, pues él respondió entre besos y lametones a mi cuello.

—Me atrae todo lo tuyo. Tu cuerpo, tu mente, tu descaro... Incluso tu «locura», como sueles decir.

—Tú también estás loco, suponiendo que hayas dicho en serio esto último.

Levantó la cabeza para que pudiera ver la sinceridad en sus ojos.

—Nunca he hablado más en serio, Alayna. Eres la primera persona que conozco que me hace creer que no estoy loco. Esto es lo mejor que me ha pasado nunca. Tú eres lo mejor que me ha pasado nunca.

El mundo se detuvo a mi alrededor y lo único que podía ver, oír y sentir era a Hudson delante de mí, sobre mí, dentro de mi piel, en mis huesos.

—Deberías volver a plantearte eso de que no se te da bien expresarte con palabras, porque lo que acabas de decir ha sido perfecto.

Restregó mi nariz con la suya una vez.

—Ahora no hables más y deja que ocupe tu boca con otros menesteres.

—¿Qué ha pasado con esa buena oferta que tenías? —Encorvé la cadera hacia delante en busca de algo con lo que rozarse para aliviar el deseo que crecía entre mis piernas.

—Paciencia, preciosa. Paciencia.

Sus labios tomaron los míos y los acariciaron, al principio suavemente y después con vehemencia mientras su lengua lamía el interior de mi boca ávidamente. Colocó las manos a ambos lados de mi cara para controlar mis movimientos, provocando dulces suspiros procedentes de mi garganta que él tragaba con su profundo beso. Presioné mis manos contra el árbol y la corteza se me clavaba en la piel en completo contraste con el dulce éxtasis de la boca de Hudson sobre la mía.

Me olvidé de todo menos de él y de su beso arrebatador.

—Disculpen. Disculpen —Oí vagamente a la mujer que hablaba y apenas me di cuenta de que se aclaraba la garganta—. ¡Disculpen!

Nos separamos cuando por fin nos dimos cuenta de que había alguien hablándonos.

—Disculpen, pero el césped es una zona vedada excepto para… —La voz de la mujer se interrumpió—. Ah, señor Pierce. No me había dado cuenta de que… ¿Alayna?

Aún un poco aturdida, me giré hacia la voz.

—¿Julia? ¿Qué estás…? —Julia había dicho que tenía un evento ese mismo día—. ¿Tu empresa es la que se encarga de esto hoy?

—Sí.

Las buenas sensaciones que se habían extendido por mi cuerpo durante el dominante beso de Hudson desaparecieron de repente. Aquel era el evento de Julia. Julia estaba allí mismo. Y si Julia estaba allí, Paul también debía de estar.

Tragué saliva con esfuerzo.

—Eh..., vaya. Qué coincidencia.

¿Yo parecía distraída? ¿Nerviosa? ¿Aterrada?

Hice un gesto hacia Julia.

—Hudson, esta es Julia Swaggert. Es la dueña de Party Planners Plus. Me he reunido hoy con ella. —«Y con el antiguo objeto de mi acoso, Paul Kresh, que más vale que no esté por aquí cerca o me moriré»—. Julia, este es Hudson Pierce.

La normalmente segura y confiada Julia parecía alterada.

—Yo... Señor Pierce, es un honor conocerle. Estoy muy emocionada con la posibilidad de que nuestras empresas trabajen juntas.

Su rostro se iluminó de placer y me di cuenta de lo mucho que aquel trato significaba para ella. Comprendí por qué Paul estaba tan dispuesto a correr el riesgo de que yo estuviese cerca de él.

Como había hecho antes con Aaron, Hudson desvió la atención hacia mí.

—Está en buenas manos con Alayna. Ella se ocupa de todos los negocios con el club. Yo no soy más que un nombre que figura en los papeles. —Me acarició suavemente el brazo—. Si me perdonáis las dos, he visto a alguien con quien debo ir a hablar.

No había nadie cerca de nuestro escondite e interpreté las palabras de Hudson como una excusa para dejarme trabajar. Nunca me había sentido más agradecida. No solo porque me dejara completamente al mando de mis negocios, sino porque, después de irse, la posibilidad de que Paul apareciera en la conversación o en la vida real no era tan amenazadora.

Julia se quedó mirando a Hudson mientras se alejaba. No la culpé. Estaba bueno por delante y por detrás.

—Así que tú y Hudson Pierce... —Movió las cejas—. ¿Es simplemente un calentón bajo la luz de la luna o el paquete completo?

—Pues las dos cosas. Estamos juntos, si te refieres a eso con lo del paquete completo. —Pero no quería hablar de mi novio. Quería saber del suyo—. Hablando de estar juntos, ¿dónde se encuentra Paul?

Frunció los labios.

—Estará por ahí. Normalmente se queda entre bambalinas en este tipo de acontecimientos.

—Ah, claro. —Pero se encontraba allí. Lo cual significaba que yo tenía que irme—. Bueno, creo que Hudson estaba a punto de despedirse...

—Si, eso parecía. Qué suerte tienes.

Su suspiro hizo que me preguntara cuánto tiempo hacía desde que ella y Paul no se ponían juguetones. No le presté demasiada atención. Pensar en Paul y en sus relaciones era lo último que deseaba. Lo más opuesto al modo en que me comporté cuando le conocí.

—Bueno, yo también debería volver —dijo con desgana.

Pero yo ya había salido por el hueco del seto. Me di la vuelta para despedirme de nuevo.

—¡Qué bien haberte visto trabajando! Se te da bien.

—Gracias.

Rebosaba de ansiedad mientras buscaba a Hudson. Paul Kresh estaba por allí. Teníamos que irnos. Teníamos que irnos antes de que Hudson descubriera que mi mayor error había vuelto a entrar en mi vida.

Solo había recorrido unos cuantos metros del sendero cuando Hudson salió de un arbusto cercano y me agarró de la mano para llevarme hacia la puerta del jardín.

—Tenemos que irnos. Ahora. —Su tono era enérgico, impaciente.

«Joder». Lo había descubierto. ¿Nos había oído hablar? ¿Habría supuesto que cualquier Paul del que hablara sería Paul Kresh?

Yo fingí no saber nada por si acaso me equivocaba, esperando equivocarme.

—¿Por qué? ¿Qué pasa?

El corazón se me detuvo mientras aguardaba su respuesta.

En lugar de contestar, me cogió la mano y la colocó sobre su polla todavía dura.

—¡Dios mío!

Confiaba en que mi exclamación hubiera parecido más de asombro que de alivio. Sobre todo porque en parte era de asombro. Siempre me sentía impresionada ante el pene de Hudson. Incluso en medio de una crisis personal.

Puse mi flirteo a pleno rendimiento, porque sabía que era la forma más fácil de salir de allí.

—También me puedes follar aquí, en el jardín.

—No me tientes. Estoy a punto de tumbarte sobre ese banco de allí, pero puede que no sea de muy buen gusto. Y no me gustaría empañar tu reputación. —Clavó los ojos en mí—. Además, lo que tengo guardado para ti va a mantenernos ocupados la mayor parte de la noche y estoy seguro de que la Sociedad Botánica de Brooklyn preferirá cerrar antes de que yo haya acabado.

Al instante necesitaba cambiarme de bragas.

—Ah, vale.

—¿Supone algún problema?

—Ninguno en absoluto.

Casi estábamos en la entrada del jardín cuando Hudson lanzó una maldición.

—¿Qué pasa?

—Estoy viendo a alguien con quien debería hablar. ¿Te importa?

Yo estaba caliente, necesitada y desesperada por que saltara sobre mí, así que sí, me importaba. Pero al mirar a Hudson supe que a él le importaba más.

—Teniendo en cuenta cómo estás andando, creo que es a ti a quien más le afecta.

Me lanzó una mirada dolorida y empezó a acercarme hacia un grupo de caballeros que estaban charlando cerca.

Entonces lo vi por el rabillo del ojo. Giré la cabeza para asegurarme de que era él. Lo era. Paul Kresh en carne y hueso. Dos veces en un mismo día, ¿quién lo iba a decir? Por suerte no estaba con los hombres con los que Hudson tenía que hablar, pero sí cerca de la oficina de información hablando con un camarero que sujetaba una bandeja de copas de champán vacías.

Me dispuse a mirar a otro lado, pero no fui lo suficientemente rápida. Nuestros ojos se cruzaron desde lejos.

—Hudson, te dejo hablar con tus colegas. Voy a buscar el servicio de mujeres.

Me atrajo hacia él.

—Quizá vaya a buscarte cuando haya terminado aquí —me susurró antes de darme un beso en la frente.

Sentí cómo el rubor se extendía por mi cuello, pese a que sus palabras habían sido bastante inocentes comparadas con su habitual forma de hablar. Pero yo estaba ya tan excitada que cualquier cosa que él hiciera o dijera suponía un detonante. También era algo inadecuado. No quería estar alterada ni cachonda cuando hablara con Paul. Seguramente supondría que era por él.

Respiré hondo varias veces para calmarme mientras me acercaba a Paul. Él esperó a que yo estuviera a dos metros de distancia antes de hablar.

—¿Debería preocuparme de que me estés acosando? ¿Otra vez?

Puse los ojos en blanco.

—No te molestes en explicármelo. —Hizo un gesto señalando al hombre que yo acababa de dejar atrás—. Ese es Hudson Pierce, ¿verdad? Si estás con él, ya entiendo por qué has venido aquí.

Intenté que no me molestara que él tuviera tanta información personal sobre mí. De todos modos, Julia habría terminado contándoselo.

—Sí, es Hudson. Estamos saliendo.

—Ajá.

Vi cómo su cerebro se ponía en marcha. Me había pasado meses memorizando cada detalle de él, así que me daba cuenta de lo que estaba pensando.

—Oye, no hay nada que puedas conseguir con esta información, Paul. Él sabe de ti y de mi pasado, sabe lo de la orden de alejamiento y si tienes intención de...

—¿Qué mierda de intención voy a tener? Estás actuando como si te estuviese chantajeando o algo parecido. Lo cual es bastante osado viniendo de alguien que se esposó desnuda a mi mesa.

—Yo diría que es una suposición bastante justa teniendo en cuenta que me acabas de chantajear esta misma tarde.

—Eso... no ha sido un chantaje... exactamente. —Se rascó la nariz, como Pinocho ocultando una mentira—. Ha sido una severa persuasión.

—Independientemente de cómo lo llames, se trata de una presión y no me ha gustado.

—Oye, Laynie...

—Lo sé, lo sé. —No necesitaba que tratara de convencerme, presionarme ni como demonios quisiera calificarlo. Yo ya lo había entendido—. Quieres este trato por Julia y como, en realidad, yo también quiero trabajar con ella, lo he aceptado. Pero no quiero ningún tipo de interacción contigo. Punto. Nada. No quiero tropezarme contigo en ningún evento, ni que aparezcas por mi club ni que me llames. Ninguna de esas cosas. Quiero que se cumplan los términos de la orden de alejamiento. Esto no puede volver a arruinarme la vida, ¿de acuerdo?

—Bien. Lo que tú digas. —Pero se veía un brillo de victoria en sus ojos—. No volveré a fastidiarte. Esto solo nos afecta a ti y a mí.

—Dile eso a Hudson. No le gustaría descubrir que he firmado un contrato donde estés tú implicado ni siquiera de lejos.

De repente me di cuenta de que si no quería que Hudson se enterara de lo de Paul no podía decirle tampoco que me había visto con Celia. Esto abriría la puerta a que se enterara de las cosas de las que ella y yo habíamos hablado. Por ejemplo, Paul. Y no había forma de que Hudson aceptara algo así sin protestar.

—¿Por qué le iba a importar? Mientras nos ciñamos al terreno profesional y mantengamos las distancias que has dicho, esto no tiene nada que ver con él.

—Porque aunque tanto tú como yo sabemos que casi todo lo que pasó entre nosotros fue culpa mía...

—¿Casi todo? ¿Qué tal si dices todo?

Le lancé una mirada severa.

—Engañaste a tu prometida.

Paul se encogió de hombros.

«Menudo gilipollas».

—En cualquier caso, Hudson no te considera inocente. Y no es porque yo haya dicho nada en tu contra, sino simplemente porque... —No pude terminar la frase, no tenía la respuesta—. No sé por qué. Por alguna razón, él ve la parte buena que hay en mí. —Una parte buena que empezaba a dudar de que existiera realmente.

Paul se rio.

—Qué raro, teniendo en cuenta su fama de psicópata.

Di un paso adelante, invadiendo su espacio personal.

—¿Sabes qué? Tienes que cerrar la puta boca. No es ningún psicópata. Y yo tampoco. Sin embargo, tú sí que eres un gilipollas. Aún puedo echarme atrás con respecto a esta mierda. Adelante, di lo que quieras de mí, tengo a Hudson Pierce de mi parte.

—¿Y estaría encantado de que todo el mundo conociese el pasado delictivo de su novia? Sería el hazmerreír. Sobre todo cuando yo les cuente a todos que te pusiste en contacto con Party Planners Plus para poder volver a trabajar conmigo.

El corazón se me desplomó como si hubiese caído desde una tercera planta.

—Pero eso no es cierto.

Volvió a encogerse de hombros con la actitud despreocupada de quien tiene las mejores cartas.

—A la gente no le va a importar si es verdad. Le encantan los cotilleos, especialmente si son sobre la élite.

Sentí un sabor agrio en la boca.

—Creía que esto no era un chantaje.

—Todavía no lo es. —Me miró a los ojos—. ¿Tendría que serlo?

Un escalofrío me recorrió la espalda. Estaba atrapada, tal y como había intuido antes, pero ahora lo sabía con certeza.

—Muy bien, Paul. Aceptaré el trato, pero con las condiciones que he dicho. —Por detrás de él vi a Hudson acercarse a nosotros—. Ahora me voy. Sonríe y vete en la otra dirección.

No supe si hizo lo que le dije, porque le dejé para dirigirme hacia Hudson antes de que él se acercara más.

—Hola. —Sentí que la voz no me salía del cuerpo y que estaba aturdida, y no en el buen sentido.

—¿Encontraste el baño?

—Pues no. —Por suerte no había necesitado ir de verdad—. No pasa nada, puedo esperar a que lleguemos a casa.

Traté de ir con él hacia la salida, pero Hudson miró inquisitivo en la dirección en que iba Paul.

Pensé algo rápidamente y le conté una historia antes de darle la oportunidad de que preguntara.

—Es uno de los trabajadores de la organización de eventos. Estaba tratando de sacarle algo malo de Party Planners.

Me miró extrañado.

—Parecía una conversación bastante acalorada.

—Sí, se ha mostrado muy apasionado con lo que me decía. —Entonces me di cuenta de que probablemente era yo la que parecía acalorada—. Supongo que me ha contagiado. Dice que es una empresa estupenda. Estoy deseando más que nunca trabajar con ellos.

Sentí el peso de aquella mentira en la lengua y mi vientre se retorció por el ácido que provocaba. Aquello hizo que me preguntara cómo había pasado tantos años mintiendo y manipulando a la gente para poder acercarme a hombres que no me querían. Había resultado muy fácil en aquel entonces. Ahora, con el hombre que sí quería estar conmigo, me parecía algo repugnante y desagradable.

Hudson me creyó, lo cual hizo que me sintiera aún peor.

—Eso es estupendo. —Me atrajo hacia sí—. ¿Quieres saber lo que yo deseo más que nunca? Llegar a casa. Para ser más exactos, llevarte a casa. Por lo menos al coche.

—Yo también.

Lo que fuera que tenía pensado hacerme me haría olvidarme de todo lo demás. Haría que me olvidara de mis secretos, del chantaje y de las promesas que había incumplido. Al menos esperaba que así fuera.

Capítulo
OCHO

Seguíamos acurrucados juntos cuando la alarma de Hudson nos despertó a la mañana siguiente. Me besó hasta dejarme sin aliento antes de sacarme de la cama con él.

—Prepara la ducha —me ordenó—. Yo haré el café.

Sonriendo, me dispuse a hacer lo que había ordenado. Antes fui caminando torpemente al baño para hacer un pis. Después abrí el grifo de la ducha y esperé a que el agua estuviese caliente y agradable antes de meterme.

Aquello… era… increíble.

No solo la ducha gigante de la que caía el agua sobre mi cuerpo, relajando mis músculos doloridos por el sexo, sino toda aquella rutina. Hacer el amor en mitad de la noche, despertarme con mi amante, preparar la ducha para él, para nosotros... Podría hacer aquello todos los días.

Suspiré suavemente ante aquella idea y me dejé llevar por un brevísimo momento por la precipitada fantasía de vivir con Hudson.

—Bueno, por la expresión de tu cara parece que ya no me necesitas para sentir placer.

Hudson se metió en la ducha y de inmediato me envolvió entre sus brazos, como si quisiera estar constantemente en contacto conmigo, igual que yo.

—Esta ducha es guay —dije desviando al instante mis ojos hacia la semierección que nos separaba. ¿Me hartaría alguna vez de verle desnudo?

—¿Guay?

—Pero no se puede comparar con lo que tú me haces.

Rodeé con mi mano su pene divino y la boca se me hizo agua como siempre al notar su tamaño y su forma.

Él soltó un gemido y se puso más duro dentro de mi mano.

—¿Qué tal si te hago cosas guays mientras estamos en esta ducha tan guay?

Era difícil no reírse viéndole usar un lenguaje coloquial. Resultaba extraño, muy poco propio de él. Y absolutamente irresistible.

—No existe una palabra que describa lo guay que sería eso.

Después de la ducha, nos preparamos para encarar el día. Hudson me adjudicó uno de los lavabos y, mientras yo me maquillé él se afeitó, cada uno tapado solamente por una toalla. De nuevo pensé en lo fácil que sería acostumbrarme a aquella vida. Lo natural que resultaría. Él terminó primero en el baño y cuando salí ya estaba vestido con un traje negro que hizo que las piernas me flaquearan. Dios, aquel hombre era el más delicioso del planeta.

—¿Tienes ganas?

¿Me podía leer la mente?

—Ah, ¿de desayunar?

—Sí, de desayunar. Tienes una mente calenturienta, preciosa. Ya te he dedicado esta mañana más tiempo del que te toca.

Sentí un escalofrío al recordar que había estado apretada contra la pared de la ducha con su polla dentro de mí.

—Bueno, me alegra saber que me tocaba una parte.

—Así es. —Pasó a mi lado en dirección a la puerta del dormitorio y pude oler el aroma de su loción para después del afeitado—. ¿Te apetece tostada y pomelo?

—Perfecto —contesté inhalando su increíble olor—. Te veo ahí fuera.

Me puse el único vestido que quedaba colgado en el vestidor y deseé haber dispuesto de una ropa más profesional para mis reuniones de ese día. Lo cual me obligó a pensar en el asunto que estaba evitando: mi apartamento. Tenía que pasar por allí. También debía decidir qué iba a hacer con respecto al lugar donde vivir. Mi alquiler llegaba a su fin y, como mi hermano ya no me pagaba el alquiler, tendría que buscar algo que me pudiera permitir.

La verdad es que lo más fácil sería irme a vivir con Hudson.

Pero me recordé a mí misma que eso sería una mala idea. «Demasiado pronto, demasiado pronto, demasiado pronto». Además, él ni siquiera me lo había ofrecido.

Una vez vestida y con el pelo recogido en la nuca, me reuní con Hudson en la mesa de la cocina. Él ya me había preparado el desayuno en una taza de café con tapadera.

—No sabía cuándo pensabas salir de aquí, así que te la he puesto en eso —dijo señalando con la cabeza hacia la taza.

—Pronto. Tengo una cita a las diez y media con un diseñador gráfico para revisar los nuevos menús y antes de eso quiero asegurarme de tener lista mi presentación para la reunión de esta noche con Aaron Trent, porque tengo una tonelada más de cosas que hacer esta tarde. —Estaba divagando, un poco nerviosa por mi lista de tareas para ese día.

Hudson levantó una ceja.

—¿Una tonelada de cosas?

—Sí. Seguro que Trent quiere un plan de *marketing* formal y tengo que concertar algunas entrevistas para buscar otro cocinero. —Di un sorbo a mi café—. Y la verdad es que debería ir a mi casa.

—Mi casa.

Aquello no era una pregunta, simplemente repetía mis palabras, pero su tono era más oscuro, de sorpresa. Puede que de decepción.

—A mi apartamento.

—Ya lo había entendido. ¿Para qué?

—Ataqué el pomelo con mi cuchara.

—No sé. Tengo que recoger el correo y comprobar algunas cosas. Asegurarme de que la casa está bien. Ya sabes, todas mis cosas están allí.

Sabía que aquella conversación sería incómoda desde que comenzó. Aunque necesitaba ir a mi casa, no deseaba que Hudson pensara que no quería estar con él, que no quería que me volviese a invitar. El mejor modo de afrontarlo era hablar directamente de ello.

—Debo buscar otra muda de ropa si me vas a invitar otra vez a pasar la noche.

Hudson dejó caer su cuchara con un fuerte ruido metálico.

—¿Invitarte a pasar la noche? ¿Qué estás diciendo? Te he dado una llave. Puedes entrar y salir cuando te apetezca.

Me incliné hacia delante con una gran sonrisa en la cara.

—Entonces, definitivamente necesito cambiarme de ropa. Porque a mí me apetece pasar la noche contigo.

—Y a mí también me apetece que pases la noche conmigo. —Se limpió la boca con la servilleta y la dejó sobre su plato—. Y, ya que hablamos de ello, me apetecería que pasaras todas las noches aquí y que todas tus cosas estuvieran también aquí.

Me quedé pasmada. Ahí estaba. Al menos pensé que ahí estaba. Necesitaba que me lo aclarara antes de empezar a alucinar.

—¿Qué estás…? No sé qué quieres decir.

—Sí que lo sabes. Pero lo diré con todas las letras, si así te sientes mejor.

Se puso de pie y llevó su plato al fregadero mientras hablaba. Cuando regresó, permaneció de pie y se apoyó sobre la encimera que estaba detrás de él. Probablemente no era consciente del impacto de su imponente presencia. O puede que sí. Quizá lo hiciera a propósito. Sabía cómo moldear una situación a su favor.

—Sí, explícate. —Mi voz vacilaba, no sabía si emocionarme o aterrorizarme.

—¿Para qué necesitas tu apartamento? Tu alquiler casi ha terminado. Múdate aquí.

Ni siquiera me molesté en preguntar cómo sabía lo de mi alquiler. Si lo pensaba mucho, me preocuparía por la seguridad de mis demás secretos. Además, estaba demasiado estupefacta por lo que había dicho como para pensar en algo que no fueran esas dos palabras: «Múdate aquí».

—Me encanta saber que aún puedo sorprenderte. —Hudson inclinó la cabeza y me miró desde un nuevo ángulo—. Pero preferiría que esta no fuera una de esas veces en que lo hago. ¿Qué hay en este plan que te sorprenda tanto?

Temblando, dejé la cuchara en la mesa. Aunque solo me había tomado la mitad de la fruta, no podía seguir comiendo. Apenas podía formular ningún pensamiento, mucho menos pensar, masticar y tragar.

—Bueno… Eh… Simplemente, es demasiado pronto.

Frunció el ceño.

—Lo es. Qué pena necesitar que pase un largo periodo de tiempo para los momentos más trascendentales de las relaciones. No debería ser tan importante.

—¿No? —Me moví en mi silla para mirarle de frente.

—Yo no lo creo. Como ya te he dicho, cuando tengo un plan me comprometo con él. Mi plan es estar contigo el mayor tiempo posible. Y no solo en el sentido carnal. Mudarte aquí es la forma más lógica de hacerlo realidad.

Me puse de pie y recogí los platos para llevarlos al fregadero. Tuve que acercármelos al cuerpo para que Hudson no oyera cómo tintineaban entre mis manos temblorosas.

—Ese es un motivo más por el que quizá no sea una buena idea. Parece más bien un plan de negocios. Como si fuera el siguiente paso de una lista. No resulta muy romántico ni nada parecido.

Su voz se volvió más tensa:

—No sabía que necesitaras romanticismo. Sabes que no es propio de mí.

—Oye. —Esperé a que se girara para mirarme con la encimera entre los dos—. Eso es una tontería. Dices que no eres romántico, pero lo cierto es que sí que lo eres, y mucho. —Las cosas que me había dicho la noche anterior, por ejemplo—. No me estaba quejando de tus proposiciones románticas.

—Entonces, ¿de qué te quejas? —Parecía realmente confundido.

—¡De nada! No me estoy quejando de nada.

—Te estabas quejando del modo en que te he pedido que te mudes a vivir conmigo.

—No. —Volví a mirarle fijamente—. Vale, sí. Me estaba quejando. Un poco. Pero no es por eso por lo que te digo que no.

Aquello le pilló por sorpresa.

—¿Estás diciendo que no?

—No. —«Espera»—. Es decir, sí. —Sin embargo, en realidad no quería decir que no. Quería estar con Hudson todo el tiempo, lo mismo que él había dicho que quería estar conmigo. Aun así, el tiempo que llevábamos juntos…—. Es decir, no lo sé.

Hudson rodeó la encimera y colocó una mano en cada uno de mis brazos.

—Alayna, ¿sabes lo que sientes por mí?

—Sí. Te quiero. Lo sabes.

—Entonces, vente a vivir conmigo.

Me mordí el labio y le agarré la corbata de color lavanda.

—Tengo que pensarlo.

Me puso un dedo en el mentón y me levantó la cara, de modo que me vi obligada a mirarlo a los ojos.

—¿Por qué?

—Porque sí.

Me aparté, incapaz de concentrarme con sus manos sobre mí. Incapaz de defender mi postura con la electricidad que surgía entre nosotros, como pasaba siempre que nos tocábamos.

Volví a mirar el fregadero en busca de distracción, eché las cáscaras de la fruta en la basura y agua sobre los platos.

—Esto es muy importante y, sí, nos facilitaría mucho las cosas. No puedo negar que quiero...

—Entonces hazlo.

—Pero no sé si es lo correcto. —Cerré el grifo y sacudí las manos sobre el fregadero. Sin mirarle, admití el motivo esencial de mi vacilación—: Me estoy enamorando demasiado de ti, Hudson. Tan rápido que me asusta.

—¿Te estás enamorando o te has enamorado?

Las dos cosas. Cada vez que estaba segura de que había llegado a mi capacidad máxima de amor por él, de que me había enamorado todo lo que podía, él llegaba y hacía o decía algo espectacular y yo descubría que le quería aún más.

—Las dos cosas. ¿Importa eso?

—Si ya estás enamorada, ¿por qué te preocupa que sea demasiado fuerte o demasiado rápido? Ya ha ocurrido. Así es como me lo planteo yo.

Ahí estaba otra vez: una alusión a lo que sentía por mí sin decirlo de verdad. Eso mismo era un problema, ¿no? ¿Cómo podía vivir con un hombre que ni siquiera podía decir que me amaba?

Respiré hondo y me di la vuelta para mirarlo de nuevo.

—¿Puedes darme un poco de tiempo para pensarlo cuando no esté contigo?

Él se puso rígido.

—¿Estás sugiriendo que te estoy presionando?

—Estoy sugiriendo que me distraes. Y sí, es una presión, lo hagas a propósito o no. Sinceramente, hay aquí cierta manipulación. Y con tu pasado, se me viene a la mente que quizá quieras controlarme y que este es el modo más fácil de conseguirlo.

Su expresión se endureció y yo corrí hacia él y rodeé su cuello con mis brazos.

—Ahora no te enfades, H. No estoy diciendo que me estés manipulando ni que quieras controlarme. Solo digo que necesito tiempo para pensar. Para estar segura. Concédeme eso, por favor.

—Si es eso lo que necesitas… —Su tono de voz era frío y sus brazos permanecían a ambos lados de su cuerpo pese a que yo le estaba abrazando.

Enrosqué los dedos en el pelo de la parte posterior de su cuello.

—¡Hudson!

—¿Qué?

—No te pongas así.

Él permaneció quieto.

—No me estoy poniendo de ningún modo.

—Entonces, ¿estamos bien? —Le besé varias veces por debajo de la mandíbula deseando…, no, necesitando que cediera ante mí, que se entregara a mi abrazo.

Exhaló y por fin me envolvió entre sus brazos.

—Claro que sí. —Me besó en la cabeza—. Siempre.

El chófer de Hudson lo recogió a la vez que Jordan llegaba a buscarme. En el momento en que me quedé sola en el asiento de atrás de mi Maybach, saqué mi teléfono para llamar a Liesl. Tenía que hablar con alguien sobre la propuesta de Hudson de que me fuera a vivir con él y ella era la persona a la que acudía cuando las cosas se ponían difíciles. Sin embargo, me detuve antes de llamarla. Liesl había hecho mi turno la noche anterior.

Probablemente seguiría durmiendo. Además, aunque me conocía, no conocía a Hudson. No de verdad. Conocer a Hudson era una parte fundamental para ayudarme a tomar una decisión sensata.

Pero había alguien que sí conocía a Hudson, que le conocía muy bien. Y yo tenía su número de teléfono.

Como Celia no contestó, colgué y volví a llamar, tal y como ella me había dicho que hiciera. Hasta la tercera llamada no pude hablar con ella. Pensé en darle la noticia por teléfono, pero creía que quizá necesitaríamos algo más personal, así que acordamos vernos para comer a la una.

Celia ya estaba sentada cuando llegué al restaurante A Voce. Esperé a que la camarera tomara nota de mi pedido —un té helado y ensalada de pollo y berros— antes de iniciar la conversación.

Aunque había pensado hablar directamente de la invitación de Hudson de irme a vivir con él, fue algo completamente distinto lo que salió de mi boca:

—¿Qué sabes de Norma Anders?

Había irrumpido en mis pensamientos varias veces desde que había puesto la mano sobre la de

Hudson y él la había llamado por su nombre de pila.

Celia me miró sorprendida.

—Ah, ya has oído lo de esa zorra.

—¿Quieres decir que Hudson y...?

Se me revolvió el estómago. Quizá no debería haber preguntado.

—Sinceramente, no estoy segura. No es que Hudson hable precisamente conmigo de sus conquistas. Pensándolo bien, diría que no, porque si se la hubiese follado...; perdona, he sido un poco ordinaria, pero ya sabes a lo que me refiero. Si lo hubiese hecho, habría terminado con ella y, desde luego, no seguiría trabajando para él.

Quise aferrarme a las palabras de Celia como a una tabla de salvación y creer que no había forma de que Hudson hubiese estado... intimando... con Norma Anders. Pero había algunas lagunas en su teoría.

—Eso si se acostó con ella cuando todavía..., ya sabes, cuando jugaba con las mujeres. Lleva un tiempo sin hacerlo, ¿no? Unos dos años.

Su frente se arrugó.

—Eh... Sí, claro.

—Así que Hudson podría haberse acostado con ella después de iniciar la terapia y, por tanto, no le habría supuesto un problema mantenerla como empleada.

Celia asintió.

—Te entiendo. Pero sigo sin creerlo. Esa es la cuestión. Norma siempre ha ido detrás de él. Desde mucho antes de que él empezara con la terapia. Y no sabes la cantidad de actos a los que asistí en los que la vi intentando seducirlo. Esa es la razón por la que la llamo zorra. Pero, a pesar de todos sus intentos, él nunca hizo movimiento alguno para jugar con ella.

—Por ese motivo es más probable que él fuera a por ella después de la terapia. Confía en mí, lo sé.

Tenía todo el sentido. La gente con la que yo salí después de la terapia habían sido los seguros, los hombres por los que no sentía nada intenso. Si Hudson no había estado nunca interesado en jugar con Norma, ella habría sido igual de segura.

Por otra parte, Hudson me había dicho más de una vez que nunca había querido jugar conmigo tampoco. ¿Se había abstenido de hacerlo con Norma por similares motivos? ¿Porque sentía algo por ella?

Aquella idea me volvía loca de celos.

Y no me daba ninguna respuesta con respecto a si ella era o no especial para él, ahora o en el pasado. Si de verdad quería saberlo, tendría que vigilar a Norma más de cerca. Me escribí una nota mental para hacer una búsqueda en Google cuando tuviera tiempo libre.

Después borré la nota mental.

¿Qué demonios estaba pensando? Lo de acechar por Internet era cosa de la antigua Alayna Withers. No iba a rebajarme a ese nivel. Hudson me quería con él. Siempre. ¿Qué otra prueba necesitaba para saber que yo era la única mujer importante de su vida?

Detuvimos la conversación para dejar que la camarera nos sirviera. Cuando volvimos a estar a solas, continué como si no hubiésemos parado:

—Probablemente tengas razón. No sé por qué me preocupo, la verdad. Es a mí a la que le ha pedido que se vaya a vivir con él, no a ella.

—Exacto. —Su sonrisa desapareció—. Espera, ¿qué? ¿Te ha pedido que te vayas a vivir con él? ¡Eso es genial!

Era genial. Absolutamente genial. Por primera vez me permití sentirlo en lugar de pensar solo en el miedo. Pero actué con despreocupación, encogiéndome de hombros, como si no fuese para tanto.

—No sé. Es demasiado pronto. ¿No es demasiado pronto?

—Anda ya. ¿Hay normas para estas cosas? —Celia hablaba con el tenedor lleno de ensalada en la mano—. Cuando Hudson sabe lo que quiere, no duda.

Intenté no sentirme molesta porque Celia conociera tan bien a Hudson.

—Él me ha dicho algo muy parecido. —Tragué—. Cuando le he contestado que no.

—¡No le has dicho eso! —Ahogó un grito y su expresión se correspondió con su exclamación de sorpresa.

—Sí. Bueno, le he dicho que me lo pensaría.

Celia estaba más que emocionada.

—Y ya te lo has pensado y vas a decirle que sí. ¿Cómo es que no le has dicho que sí? ¡Se trata de Hudson Pierce!

—Yo no le quiero por eso. —Al menos no porque fuera Hudson Pierce, el multimillonario magnate de los negocios conocido en todo el mundo. Sino porque era quien era: único y especial en muchísimos aspectos.

—Con más razón aún tienes que decirle que sí. Por eso exactamente es por lo que te quiere a ti. No estás inmersa en el espectáculo que le rodea. No puedes imaginar a qué pocas personas les pasa eso. —Se echó su pelo rubio, que llevaba suelto, a un lado de la cabeza—. Dios mío, Alayna, eres perfecta para él. Tienes que irte a vivir con él. Le destrozarás si no lo haces. Está claro que te quiere.

¿De verdad estaba tan claro?

—Aún no me lo ha dicho.

—¿No lo ha hecho ya? Te ha pedido que te vayas a vivir con él… Yo creo que eso es muy parecido a decirlo. Es la única forma en que Hudson puede hacerlo.

Del mismo modo que Hudson había necesitado demostrarme la noche anterior lo que sentía por mí con su cuerpo, porque no podía decirlo con palabras.

Vale. Puede ser que Celia tuviera razón.

O simplemente conocía a mi novio mucho mejor que yo.

—Maldita sea. —Yo había querido comportarme esta vez de una forma responsable. Quería manejar aquella relación con cuidado, no joderlo todo como hacía normalmente y tanto Hudson como Celia me daban razones convincentes para lanzarme a la piscina—. Necesito una casa nueva donde vivir.

—¡Venga ya! Entonces es perfecto. Como si fuera el destino.

Había sido muy oportuno conocer a Hudson justo cuando Brian había decidido dejar de mantenerme. Nunca había creído en el destino ni en la suerte, pero puede que sí tuviera que reconocer que de alguna manera estábamos hechos el uno para el otro. O, en su defecto, que Hudson tenía un sentido de la oportunidad impecable. Cualquiera que fuera la razón, nos habíamos encontrado y pensar en lo grande que era todo aquello me dejaba sin habla.

—No puedo seguir hablando de esto. Me estoy poniendo nerviosa y sensible.

Celia sonrió con los ojos igual de llorosos.

—Pero vas a decir que sí, ¿verdad?

Le respondí con un movimiento de la cabeza casi imperceptible.

—¡Lo vas a hacer! —Celia juntó las manos—. Me dan ganas de abrazarte. Me gustan los abrazos. Pero estamos comiendo en un restaurante, así que puede que quede un poco raro. Tendré que conformarme con esto. —Puso su mano sobre la mía y la apretó.

Agradecí en el alma que estuviésemos en un restaurante, porque a mí no me gustaban mucho los abrazos. El apretón de manos fue suficiente concesión y, la verdad, bastante agradable. Me gustaba tener una amiga que comprendiera de verdad lo que me estaba pasando. Eso es lo que Celia era ahora para mí: una amiga.

Seguía sonriendo cuando apartó su mano de la mía.

—¿Cuándo se lo vas a decir? ¿Esta noche?

—No. No lo creo. Tengo una reunión a las ocho y media, pero antes él me va a llevar a cenar temprano, a las seis; no quiero decírselo con prisas.

Frunció el ceño.

—¿Tienes una reunión? ¿Esta noche?

—Sí. ¿Por qué te parece tan raro? —¿O no estaba entendiendo su expresión?

—No es raro. Solo que es horrible que tengas que trabajar un viernes por la noche. ¿El hecho de estar acostándote con el jefe no te da ciertos privilegios?

Me reí.

—Eso sería lo lógico. Fue Hudson quien concertó la reunión y a caballo regalado...

—Ah. Interesante. —Se pasó el dedo índice por las cejas, como si se hubiesen salido de su sitio—. ¿Y con quién te reúnes?

—Con Aaron Trent.

—Vaya, menudo tanto, Laynie. —Por un momento pensé que iba a chocarme la mano en el aire—. Entiendo que no te puedas quejar por haber conseguido una reunión con Aaron Trent. Aunque tengas que trabajar el viernes por la noche.

—Ese es el privilegio que consigo por acostarme con el jefe. Buenos contratos. Le debo mucho a Hudson. —Pensé en lo que acababa de decir—. Aunque no le gusta que me refiera a él como mi jefe.

—¿Por qué no me sorprende?

—Así que le diré por la mañana que me voy a vivir con él. No a lo grande. Así puedo pensar algún modo especial de decírselo.

Al menos me aseguraría de que tuviéramos tiempo para celebrarlo después, porque no habría modo de entablar esa conversación sin que me atacara a continuación. No es que me quejara de eso.

—Oye, ¿puedo pedirte el teléfono un segundo? —Celia mantuvo la mano en alto expectante.

—Sí. —Desbloqueé la pantalla y se lo pasé con cierta curiosidad.

—Gracias. El mío está un poco tonto. No suena la mitad de las veces y supongo que esa es la razón por la que nunca contesto al teléfono. —Marcó unos números en mi teléfono y esperó—. ¿Ves? No suena. —Pulsó la rellamada y probó de nuevo—. Nada. Supongo que tendré que hacer algo con él. Gracias.

—No hay de qué. —Recuperé mi teléfono y me lo guardé en el sujetador—. Ah..., al final no le conté a Hudson que nos vimos ayer.

—¿Pensaste que sería una conversación demasiado difícil?

—No surgió. Y después de lo de hoy...

—No vas a contárselo —terminó la frase por mí—. Yo tampoco lo haría. Es decir, no es que te anime a guardar secretos, pero lo cierto es que esto no tiene tanta importancia. Aunque Hudson sí se la daría.

—Mucha. —Sobre todo teniendo en cuenta cuál era el tema de la conversación—. Así que ¿lo mantenemos en secreto?

—No diré una palabra. Juramento de meñique.

—Juramento de meñique. —Levanté el dedo en el aire imitándola.

Esperaba que aquellos juramentos valieran de algo en el mundo rico y exótico de Celia Werner y Hudson Pierce. Porque las cosas me estaban yendo muy bien en la vida y eso quería decir que tenía mucho que perder. Solo hacía falta que una de las dos se fuera un poco de la lengua para echar abajo mi precioso castillo de naipes.

Capítulo
NUEVE

El resto de la tarde se me pasó volando mientras terminaba el plan de *marketing* para mi reunión con Aaron Trent. Después, un correo electrónico con sugerencias para hacer cambios en los paquetes de tarifas me mantuvo ocupada el tiempo suficiente como para que tuviera que posponer mi visita a mi apartamento para otra ocasión. En conjunto, había sido un día productivo. Cuando Hudson me mandó un mensaje para decirme que venía de camino, yo estaba hambrienta y deseosa de ver a mi hombre.

Me detuve en la barra de arriba cuando vi unos pelos púrpura bailando tras el mostrador.

—¡Liesl!

No había pensado en lo mucho que echaría de menos a mi compañera de trabajo cuando cambié mi horario laboral.

—¡Hola, amiga! —Liesl me conocía lo suficientemente bien como para saber que me gustaba mantener libre mi espacio personal. En lugar de abrazarnos, levantó la mano en alto para chocarla—. Tienes muy buen aspecto. —Mascaba chicle mientras me miraba de arriba abajo—. Debe irte muy bien con Hudson Piers.

—Hudson Pierce —la corregí—. Repítelo conmigo.

Hizo un globo con el chicle y lo explotó.

—Sé cómo se llama. Solo te tomaba el pelo —dijo sonriendo—. Cuéntamelo todo sobre ti y ese tío tan enloquecedoramente atractivo. Empieza por el sexo.

—Para eso necesitaría mucho tiempo.

De repente deseé no estar a punto de marcharme y poder sentarme a charlar con mi amiga. Le había mentido a ella como a todos los demás cuando la pareja Hudson-Alayna era una farsa, aunque yo había deseado decirle la verdad. Y al verla volví a desear contarle las cosas tan increíbles que me estaban pasando, pero tendría que ponerla en antecedentes para explicarle por qué las cosas eran distintas a la última vez que le había dicho que todo estaba siendo increíble. Cuando tuviera oportunidad, se lo contaría todo. Pero no tenía tiempo en ese momento y me entristecí al darme cuenta de lo alejadas que habíamos estado la una de la otra durante el último par de semanas.

Me miró fijamente.

—Pero ¿va todo bien?

Supe qué era lo que de verdad me estaba preguntando: ¿seguía teniendo bajo control mis obsesiones?, ¿seguía estando cuerda?

—Todo va muy bien, de verdad. ¿Quieres que comamos juntas un día para ponernos al corriente?

Sus ojos se abrieron de par en par.

—Desde luego. ¡Te echo de menos!

—Yo también te echo de menos.

Aunque tenía a Celia como amiga, no ocupaba el lugar de Liesl. Debería esforzarme más para permanecer en contacto.

—Llevas el bolso al hombro. ¿Significa eso quc te vas? —Apoyó los codos en la barra y el mentón entre sus manos.

—Sí. Pero volveré. Hudson me ha invitado a cenar.

—Sí, a cenar. Así lo llaman ahora —dijo guiñando un ojo—. Pero David me ha dicho que llevas aquí todo el día. ¿Para qué vas a volver? Tu turno de noche está cubierto.

—Lo sé y te lo agradezco mucho. Pero tengo una reunión más tarde.

—Ah. —Se tiró de sus mechones púrpura, que vi que ahora tenían además reflejos azules—. Espera, ¿esa reunión tuya es por casualidad con un tal Trent?

—Sí... —¿Cómo lo sabía...?—. Liesl, ¿hay algo que se te haya olvidado decirme?

Explotó otra pompa de chicle y su olor a sandía llegó hasta mí.

—Sí. Su secretaria ha llamado hace un rato para decir que tiene que aplazar la reunión —dijo encogiéndose de hombros. Yo me llevé la mano a la frente—. Lo siento. Parece que se me ha olvidado decírtelo.

—No, está bien. Lo cierto es que es una noticia estupenda. Vale, puede que no sea precisamente estupenda después de haberme pasado todo el maldito día preparándome para reunirme con ese hombre, pero ahora tengo libre la noche del viernes.

—Y ya no vas a volver. —Entonces Liesl hizo un mohín.

—No. Ahora me toca a mí decir que lo siento. —Mi teléfono sonó al recibir un mensaje. Era de Hudson, que decía que estaba fuera—. Es Hudson. Tengo que irme.

—¿Le eliges a él antes que a mí?

A Liesl le encantaba ponerse dramática.

—Tú no tienes las cualidades de Hudson. —Me subí la correa del bolso por el hombro.

—Yo tengo otras cualidades. Y siguen siendo buenas. ¡Solo tienes que darles una oportunidad!

Me reí mientras me alejaba despidiéndome con la mano. Liesl sentía curiosidad por el sexo femenino y, a menudo, fingía ligar conmigo. O por lo menos yo pensaba que lo fingía. No importaba. A mí no me interesaban las mujeres sexualmente. No me interesaba nadie excepto el hombre que me esperaba en la puerta.

Salí del club y me protegí los ojos del sol esperando ver el Maybach. En lugar de eso, en la acera esperaba una limusina negra. Al verme, Jordan salió del coche y lo rodeó para abrir la puerta de atrás.

—Hola —saludé a Jordan, comiéndomelo con los ojos lo más discretamente que pude. Estaba demasiado bueno como para no hacerlo.

—Buenas tardes, señorita Withers.

Entré en el coche y el corazón se me aceleró al instante al ver a Hudson esperando dentro.

—¿Una limusina dos noches seguidas? ¿Cuál es el motivo hoy?

—Me pareció que ayer tuvimos un trayecto agradable.

La puerta se cerró en cuanto entré. Me estaba acercando a Hudson cuando él extendió los brazos hacia mí para ponerme sobre su regazo.

—¿Un trayecto agradable o una montada agradable?

Empecé a lubricarme al recordar nuestro viaje al Jardín Botánico. No me opondría a repetir la actuación.

—Si no recuerdo mal, tú fuiste la que te montaste.

Su boca buscó la mía y colocó una mano sobre mi cara mientras con la otra me rodeaba la cintura. Chupó mi labio inferior antes de deslizarse por dentro para lamerme los dientes. Yo le acaricié la parte inferior de su lengua con la mía hasta que aceptó la invitación de ponerse a bailar y empezar a envolver la mía mientras nuestros labios de movían y se moldeaban mutuamente.

La sacudida del coche al incorporarse al tráfico me apartó de su abrazo. Yo me desplacé al asiento que había junto a Hudson y me abroché el cinturón. Una parte de mí se sorprendió al ver que no mencionaba de nuevo lo de vivir con él y que no estaba tenso esperando mi respuesta. Ahora que tenía la noche libre, podía animarme a decírselo durante la cena. O mandar a la mierda la cena y decírselo en el coche. Pero quería esperar al momento adecuado.

—Bueno..., ¿qué tal te ha ido el día?

Me pasó el brazo por encima del hombro y me atrajo hacia él todo lo que le permitía el cinturón de seguridad. Sus dedos jugaban con los mechones sueltos de pelo en mi cuello.

—La única parte del día que ha merecido la pena tú estabas presente. Y ha sido fantástica.

Me cogió de la mano, la acarició y su forma de mover los dedos por mi piel hizo que todo el cuerpo me empezara a arder.

—¿Qué tal tu día?

—Igual. —Antes deseaba contarle los detalles del trabajo que había estado realizando en el club. Pero, ahora que estaba con él, el trabajo podía esperar. Ahora mi único interés éramos nosotros.

Los dos juntos. Los dos enamorados—. Aunque tengo una sorpresa para ti.

Sus labios se curvaron con una sonrisa maliciosa.

—¿No llevas ropa interior? —Deslizó la mano entre mis piernas como si estuviera decidido a descubrir la respuesta por sí mismo.

Yo se la aparté con un manotazo, aunque estaba deseando que sus dedos subieran más y me acariciaran el clítoris de esa forma suya tan experta. Pronto llegaríamos a eso. Tenía tiempo para provocarle. Teníamos toda la noche, ahora que mi reunión se había aplazado.

—Sí que llevo ropa interior, pervertido. Si preferías que no la llevara, no deberías haberme comprado bragas.

—Las bragas eran para cuando estuvieras en compañía de otros. Y ahora mismo estamos solos.

Hice un gesto señalando el asiento delantero, plenamente consciente de que Jordan no podía vernos ni oírnos tras la oscura mampara.

—No del todo.

—Lo suficiente. —Soltó mi mano y la colocó en la parte superior de mi pierna. El brillo de sus ojos indicaba que tenía pensado destrozarme allí mismo, en la parte de atrás de la limusina de camino a la cena. Otra vez—. Dime cuál es tu sorpresa.

—Me he pasado la mayor parte del día preparándome para la reunión con Aaron Trent. Pero me acaban de decir que la ha anulado.

—¿La ha anulado? —Hudson se enfureció al instante. Sacó su teléfono y buscó entre sus contactos—. Deja que le llame. Si no puede tomarse la molestia de venir esta noche, no es necesario que se moleste en trabajar en las otras cuentas que tengo con él.

Coloqué mi mano sobre la suya para interrumpir su búsqueda.

—Debe de tener un buen motivo para haberla anulado. Lo llamaré por la mañana. No es para tanto. De todos modos, he tenido un día muy largo y me alegra que la haya aplazado.

—Entonces voy a llamarlo para concertar otra cita.

—No, déjame a mí. Por favor. —No me había dado cuenta de lo importante que era para mí aquello hasta ese mismo momento. Sí, había conseguido ese contacto por Hudson y probablemente llegara a un buen acuerdo también gracias a él. Pero necesitaba una oportunidad para demostrar lo que podía hacer—. Me gustaría llevar esto yo sola.

Hudson lanzó un suspiro y se guardó el teléfono en el bolsillo.

—Si eso es lo que quieres... Pero dímelo si no te muestra el respeto que te mereces.

—Porque la intervención de mi novio rico y poderoso librando mis batallas hará que me gane su estima.

—¿No se supone que es eso lo que los novios tienen que hacer?

—No mi novio. —Me apoyé en la curva de su brazo y le pasé el dedo por la línea de la mandíbula—. Cuando te necesite te lo diré, H. Pero por ahora deja que haga esto yo sola.

—Por supuesto.

Me agarró el dedo entre los dientes y me mordió la yema. Yo me puse húmeda al instante.

Mis ojos no se apartaron de su boca, fijos en lo que le estaba haciendo a mi dedo, promesas para esa misma noche. O antes, tal y como se estaban desarrollando los acontecimientos.

—Ah, y lo mejor de que haya aplazado la reunión es que ahora me tienes toda la noche. ¿Qué vas a hacer conmigo?

Se sacó mi dedo de la boca.

—¿No vas a volver esta noche?

—No. Soy toda tuya. Puedes sacarme por ahí y después yo puedo meterte dentro. —Moví las cejas en plan provocador.

No había tenido muchas oportunidades de jugar con Hudson y estaba disfrutándolo. Nuestra relación se había limitado anteriormente a «hacer teatro» y al «sexo». Esto de ahora era nuevo. E increíblemente divertido.

Hudson se incorporó en su asiento y movió el brazo desde mi hombro hasta el respaldo.

—La verdad es que no puedo. —No me miró a los ojos—. Me había organizado para cenar contigo, pero después tengo otros planes.

—Ah. —Tragué saliva—. Sí, claro. No debería haberlo dado por sentado.

Que mantuviésemos una relación no implicaba que no tuviese una vida propia. Hudson era un hombre ocupado. Tenía asuntos de trabajo, eventos benéficos y todo tipo de cosas que no mc incluían a mí. ¿Por qué lo sentía entonces como un rechazo?

Hudson dejó escapar un suspiro.

—Alayna...

—No, ha estado mal por mi parte. —Sentía la garganta en tensión, pero me obligué a sonreír—. Veré una de mis películas o retomaré mis lecturas. No es para tanto.

—Pero aún tenemos la cena.

—Sí. —Asentí con la cabeza demasiadas veces, como si al hacerlo pudiera borrar todas las sospechas que estaban invadiendo mi mente.

Por ejemplo, ¿cuáles eran sus otros planes? ¿Quién tenía planes un viernes a las ocho de la tarde? ¿Por qué no me decía en qué consistían y así yo no me imaginaría lo peor? Porque estaba imaginándome lo peor. Mucho peor. Me estaba imaginando citas con otras mujeres y..., y..., en fin, sobre todo eso. Citas con otras mujeres. Mujeres como Norma Anders.

Podía preguntarle. Pero sabía que si lo hacía parecería una acusación. O temía que pareciera una acusación. Porque sería una verdadera acusación.

Así que no le pregunté. No lo haría.

Él se quedó allí sentado en silencio durante unos treinta segundos.

Después no pude aguantarlo más.

—Bueno, exactamente ¿en qué consisten tus otros planes? —Le apreté la pierna esperando que eso aliviara cualquier tensión que yo hubiese podido provocar.

—Es... —Negó con la cabeza—. No es nada.

Hasta ahí llegó lo de aliviar la tensión.

—¿En serio? No puedes decir que no es nada y esperar que yo me calle.

Añadí una torpe carcajada para ocultar cualquier estridencia que hubiera en mi tono de voz. Por dentro la paranoia se iba adueñando de mi pecho, una paranoia que me volvía completamente loca y que era casi imposible hacer desaparecer después de que hubiese germinado. Tenía que enfrentarme a ella. No podía dejar que me ganara.

Hudson apretó la mandíbula. Estaba pensando. O tratando de inventarse una buena mentira.

—Voy a cenar con mi madre —dijo por fin.

Sophia. El simple hecho de pensar en ella me deprimía. No me extrañaba que Hudson no quisiera mencionarla.

—Ah. —Me pellizqué el puente de la nariz tratando de esclarecer aquella situación—. Pero vamos a cenar ahora.

Él no pestañeó.

—Tenía pensado comer algo ligero.

—¿Pensabas cenar dos veces? Podemos saltarnos la cena. Yo puedo picar algo después. —Eso sonaba a novia comprensiva, ¿no? Porque eso era lo que quería parecer, a pesar de que sentía cualquier cosa menos comprensión.

—Preferiría comer contigo y saltarme la cena con ella.

—Entonces hazlo.

—No puedo. Es su cumpleaños. Me espera allí.

Ahí estaba el resto de la historia.

—¿Es el cumpleaños de tu madre y no ibas a decírmelo?

Sacó el brazo de detrás de mí y lo dejó caer en su regazo.

—Vosotras dos no estáis precisamente muy unidas.

—¡Pero tú sí! —Me giré todo lo que el cinturón de seguridad me permitía para poder mirarle de frente—. Es tu madre. Tu familia es importante para ti, lo quieras admitir o no. Si yo también soy importante para ti, ¿no deberías contarme lo que te pase con ellos?

Me miró a los ojos y los clavó en mí de tal modo que tuve que prepararme para escuchar sus siguientes palabras.

—Tú eres importante para mí, Alayna, y que no te hable de esto no tiene nada que ver. —Relajó la mirada—. Tú ibas a estar trabajando, no había motivo alguno para mencionarlo.

—Pero ya no voy a trabajar…

—Y ahora sí lo sabes.

Lo sabía porque yo se lo había sonsacado. Lo sabía porque mis circunstancias habían cambiado y le habían obligado a decírmelo. Además, la única razón por la que yo tenía planeado trabajar era porque Hudson lo había preparado oportunamente para que así fuera. Lo había preparado para ocultarme aquella cena. ¿De verdad pensaba que podía elegir en una relación qué cosas contar y cuáles no?

Puede que sí. En su defensa diré que antes nunca había tenido una relación. ¿Y no estaba yo eligiendo qué cosas contarle?

No quería pensar en eso. Mis secretos no tenían relación con la conversación que estábamos manteniendo. Mis secretos seguían a salvo. Los suyos no. Y descubrir que me había ocultado algo no me sentaba bien, no me gustaba. Debería habérmelo dicho. ¡Maldita sea! ¡Debería haberme invitado!

Pestañeé para hacer desaparecer una lágrima que amenazaba con caer.

—¿Vais a estar solos ella y tú?

—No. El resto de mi familia estará también.

Apreté los labios.

—¿Y sigues sin invitarme?

—Sí. No voy a invitarte.

No dije nada. Ahora sí que caían las lágrimas y no podía hablar. Dios, desde que estaba con Hudson me había convertido en una auténtica llorona. Qué vergüenza.

Hudson movió una mano para limpiarme una lágrima, pero yo la aparté, pues no quería que me tocara.

—Es solo la familia, Alayna. No es para tanto.

—Solo la familia. Sí, lo entiendo.

Intenté que aquello no me hiriera. Por supuesto, yo no formaba parte de su familia, pero la mayoría de ellos me habían acogido bien. Mira, su marido —Adam—, Jack —el padre de Hudson—... Y ahora Hudson quería que viviera con él. ¿No me convertía eso automáticamente en una invitada a las celebraciones familiares?

—Solo la familia. Tú no te llevas bien con Sophia. ¿Por qué querrías estar presente?

—Porque tú vas a estar allí. —Me limpié la cara con la palma de la mano—. Y somos una pareja, Hudson. Cuando fingíamos serlo, querías que ella me viera contigo en todo momento. Ahora que somos una pareja de verdad, no quieres. Eso no tiene sentido.

—Ahora me importas tú más que ella y no voy a hacerte pasar por una velada con mi madre.

Su voz era firme. En otras circunstancias, yo podría haber admirado su calma constante, su frialdad y su serenidad, pero en ese momento lo único en lo que podía pensar era: «¿Cómo es que esto no le conmueve? ¿Cómo es que yo no le conmuevo?».

—¿No comprendes que el hecho de que no me dejes ir hace que piense que me estás dejando fuera de tu vida? —La voz se me quebró—. Eso duele.

—No te estoy dejando fuera de mi vida. La estoy dejando a ella fuera de tu vida.

—No es así como debe ser. No puedes protegerme. Además, me parece una excusa. Mc pa rece que sientes vergüenza de mí o que no soy lo suficientemente buena para tu familia.

Empezaba a dudar de mi decisión de irme a vivir con él. Por suerte, aún no le había dicho nada. Si iba a levantar barreras entre nosotros, ¿era una buena idea que viviéramos juntos?

—No seas ridícula. Has estado con mi familia muchas veces.

—Entonces, ¿por qué esta noche no? A eso es a lo que me refería exactamente. Si era lo suficientemente buena para ellos antes, ¿por qué ahora no?

Por su silencio supe que no estaba dispuesto a dar explicaciones.

Si necesitaba estar a solas con su familia, no pasaba nada. Pero no podía evitar sentirme así. Destrozada, así me sentía. Absolutamente destrozada.

Necesitaba estar sola para no ponerme de malas con él. No me fiaba de mí misma.

Busqué en el asiento de atrás y vi un intercomunicador en cada puerta. Me desabroché el cinturón y me acerqué a la puerta que estaba más alejada de Hudson. Apreté el botón.

—Jordan, ¿puedes dejarme en mi apartamento?

Con la velocidad de un rayo, Hudson pulsó el suyo.

—No le hagas caso, Jordan.

—Quiero irme a casa, Hudson. No puedo estar contigo ahora mismo. —Apenas podía ver a través de las lágrimas, pero oí cómo se desabrochaba el cinturón y a continuación noté que se deslizaba sobre el asiento para acercarse a mí—. No quiero que me toques ahora. Por favor.

No me hizo caso y me atrajo hacia sus brazos. Yo me resistí, lo cual no tenía sentido, la verdad. Podía dominarme en un abrir y cerrar de ojos.

Aun así, me eché sobre la puerta y le empujé.

—Basta. Deja de pelear. —Me agarró por los brazos y los mantuvo así, con las manos rodeando mis antebrazos con una fuerza que yo no podía superar—. Déjalo.

—Entonces tú deja de hacerme daño.

Él sabía que no quería decir físicamente. No me estaba apretando tanto.

—De acuerdo. —Me soltó y su voz sonó totalmente resignada—: Puedes venir. Si de verdad quieres formar parte de esta horrible velada, eres bienvenida.

Mis lágrimas se congelaron, sorprendida al ver que había ganado. Nunca había ganado ninguna de aquellas batallas. Normalmente terminaban conmigo arrastrándome y después, cuando el tipo se negaba a retractarse, yo recurría a comportarme como una loca. A acecharlo. A robarle el correo. A aparecer en lugares donde sabía que estaría.

Nunca terminaban siguiendo juntos.

Quizá porque me sentí aliviada o porque estaba sorprendida o, más probablemente, porque de repente tuve una abrumadora sensación de culpa por toda aquella conversación, estallé en un nuevo ataque de lágrimas.

—¿Qué pasa ahora?

Seguí llorando, pero esta vez dejé que me arrastrara a sus brazos.

—Soy una bruja —dije sobre su hombro.

—¿Qué?

Levanté la boca de la tela de su chaqueta.

—Soy una verdadera bruja. No quería obligarte a que me invitaras y lo he hecho. No voy a ir. Me quedaré en casa. —Él me lo había pedido porque le había coaccionado. Me sentía como una mierda.

Hudson me apretó con más fuerza contra su cuerpo y me besó en la cabeza.

—No eres ninguna bruja. Y no me has obligado a nada. Vas a venir conmigo. Va a ser terrible, pero al menos será terrible estando juntos.

Me limpié las lágrimas de la cara y levanté los ojos hacia los suyos.

—¿Estás seguro?

—Estoy completamente seguro de que va a ser terrible.

Me reí entre dientes.

—¿Estás seguro de que puedo ir?

Inclinó la cabeza sobre la mía y colocó una mano sobre mi mejilla.

—Sí. Te quiero allí. Siempre he querido que estés allí. —Bajó la mano por mi cuello—. Pero mi madre es una mujer malvada y horrible y quiere hacerme daño. Sabe que la forma más fácil de conseguirlo es haciéndote daño a ti. —La mano que tenía en mi cintura me apretó con más fuerza—. No puedo soportar verte pasar por eso.

Ahora me tocaba a mí tranquilizarle. Levanté las manos y las puse a ambos lados de su cara obligándole a mirarme.

—Nada de lo que ella diga ni haga significa nada para mí. ¿Me oyes? Yo ya he ganado. Te tengo a ti.

Sus ojos se nublaron, no solo por el deseo que a menudo oscurecía su tono gris cuando me miraba, sino por la emoción que yo solo podía identificar como amor.

Me apretó aún más contra él, como si pudiera meterme dentro de él si lo intentaba lo suficiente.

—Sí que me tienes. Completamente.

No sé si yo me acerqué a él o él a mí, solo que nuestras bocas se juntaron, moviéndose de tal modo que era mucho más que un beso. Era una declaración, la afirmación de una unión entre los dos que no podíamos expresar aún de ningún otro modo que no fuera con nuestros cuerpos.

Cuando se apartó, yo estaba sin aliento y sonrojada.

Bajó la mirada hacia mi ropa.

—Vas a necesitar un vestido. Tenemos tiempo para parar en la boutique. —Pasó un brazo por encima de mí y apretó el botón del intercomunicador—. Jordan, cambio de planes. Llévanos a la tienda de Mirabelle.

Capítulo

DIEZ

Mirabelle era la dueña de una de las tiendas de ropa más de moda en la ciudad de Nueva York. A pesar de que no necesitaba trabajar un solo día de su vida, la hija mediana de los Pierce tenía buen ojo para el diseño de ropa y había decidido aprovecharse de ello. A su tienda solo se podía ir mediante cita previa y yo había estado a punto de perderme en el paraíso del diseño de moda cuando Hudson me había llevado a comprar un montón de ropa casi dos semanas antes.

Después de decir a Jordan que nos llevara a Greenwich Village, donde estaba situada la tienda de Mira, Hudson sacó su teléfono para llamar a su hermana. Yo escuché con poco entusiasmo su corta conversación.

—Gracias, vamos para allá —contestó él antes de colgar—. Ella no estará —me dijo mientras se guardaba el teléfono—. Se está preparando para la fiesta. Pero Stacy se ocupará de ti.

Solté un gruñido para mis adentros ante la idea de tener que vérmelas con Stacy, la ayudante rubia y demasiado delgada de Mira. Sentía algo por Hudson e incluso había salido con él, al menos en una ocasión. No era necesario decir que yo no le gustaba, los puñales que me lanzaba con sus ojos eran lo suficientemente venenosos como para matar a un ejército.

Además, me ponía celosa. Mira insistía en que Stacy no constituía siquiera una señal luminosa en el radar de Hudson. Pero una noche, cuando estuve acechándole por Internet, había visto una foto de Hudson y Stacy juntos. Se les veía bien. Y apuesto a que ella tenía antecedentes de locura igual que los míos.

Si podía evitar ver a Stacy, me sentiría mucho más feliz.

—Si no va a estar Mira, puede que no debamos molestarnos en ir a la tienda. Podríamos volver a mi casa y coger algo de lo que compramos la última vez.

—No. Tiene que ser algo nuevo. Quiero presumir de ti.

Yo no estaba segura de si eso me ponía contenta o me irritaba. Por una parte, a él le gustaba mi aspecto lo suficiente como para querer exhibirme. Por otra parte, ¿yo era solo eso? ¿Un espectáculo que había que admirar? ¿Era aquello un vestigio de nuestro plan de convencer a todos de que estábamos juntos?

Probablemente no se tratara de nada de eso, sino simplemente de un cumplido de un hombre hacia su mujer. Mis emociones seguían aún demasiado confusas por lo sucedido en los últimos quince minutos, en las últimas veinticuatro horas, y ahora todo tenía un toque de pesadumbre. Parecía que yo no podía tomarlo todo al pie de la letra sin más. En cada gesto había distintas capas, en cada comentario, en cada momento, y a mí me costaba entenderlo todo.

El trayecto de casi cuarenta y cinco minutos desde el Uptown hasta el Village no ayudó. Me abracé a Hudson, cerré los ojos e intenté quedarme dormida, pero no lo conseguí. Cuando Jordan se detuvo por fin delante de la boutique, me pareció que había pasado toda una eternidad.

Hudson no esperó a que nuestro chófer abriera la puerta. Salió y extendió la mano. Siguió agarrándome la mano mientras nos dirigíamos a la tienda y no pude evitar recordar la última vez que habíamos estado allí; también me había agarrado de la mano en aquel momento. Sin embargo, entonces había sido una mentira y ahora era real. Era real, ¿no?

Como si pudiera leerme la mente, Hudson me apretó la mano mientras esperábamos a que Stacy respondiera al timbre. Yo le miré y su labio se curvó con media sonrisa.

Me di cuenta de que le había visto sonreír más en las últimas veinticuatro horas que en las tres semanas que habían pasado desde que le conocí. Sí, era real.

Detrás de él vi a unos albañiles en la tienda de al lado terminando su jornada.

—¿Qué estarán haciendo ahí?

Hudson siguió mi mirada.

—Mirabelle se está expandiendo. Creo que ya casi han acabado. Vendremos a la inauguración. Quiere que vengas.

—¡Vaya! Más ropa para poder elegir. ¿Podrá soportarlo tu cartera?

Me hacía gracia pensar que con su cuenta bancaria podría vestir a un pequeño país. Incluso a uno grande.

Nos estábamos riendo cuando la puerta se abrió. Stacy apenas nos miró mientras se echaba a un lado para dejarnos pasar.

—Estoy terminando con una clienta, pero ya he seleccionado algunas prendas para ti. Están en el probador grande.

Ese fue su saludo.

Volvió con su clienta y yo miré a Hudson para calibrar su reacción por un recibimiento tan frío. Su rostro permanecía inalterado. Lo que estuviera pensando de Stacy no lo mostraba. Quizá fuera verdad que ella no significaba absolutamente nada para él. Pero, si ese era el caso, ¿por qué había salido alguna vez con ella? Aunque solo se tratara de una cita, ¿no habría sentido un mínimo de atracción por ella?

Tras mi pequeño berrinche en la limusina, no me pareció un buen momento para hablar sobre su relación con Stacy. Si es que podía siquiera llamarse así. Pero me apunté una nota mental para preguntarle por aquello en el futuro. Y no solo sobre Stacy, sino sobre todas las mujeres del pasado de Hudson. Porque necesitaba saberlo.

Como Stacy había dicho, había dejado varios vestidos en el probador. A pesar de que temía que por despecho hubiera escogido solamente prendas horrorosas para que me las probara, lo cierto es que eran todo lo contrario. Y no es que Mirabelle tuviese nada ni remotamente feo en sus estantes. Pero aquellos vestidos eran especialmente exquisitos. Pese a su expresión con el ceño fruncido, Stacy debía de haber prestado atención a lo que yo había escogido la última vez que había estado allí y se debió de fijar en lo que me quedaba bien, porque se trataba de prendas que casi parecían hechas a medida según mi estilo. Abrí los ojos de par en par al ver aquella selección, pues muchos de ellos parecían llevar mi nombre y estaba ansiosa por probármelos todos.

Por otro lado, Hudson se fijó en un vestido en especial, uno de satén y de color magenta. Era bastante bonito, pero demasiado sencillo y de color muy claro para lo que yo me pondría en una fiesta familiar.

Señaló los tirantes de quita y pon.

—Este —dijo en tono rotundo.

—No me lo he probado. Ni siquiera sabes cómo...

—Sí que lo sé. —Cogió el vestido por la percha y, tras darme la vuelta para que mirara hacia el espejo, lo sostuvo delante de mí mientras él se quedaba detrás—. Es perfecto.

Yo miré al espejo y traté de imaginarme aquel vestido en mi cuerpo, pero lo único en lo que podía pensar era en la última vez que había estado en ese probador con Hudson, de pie delante de ese mismo espejo. Él hizo cosas increíbles con mi cuerpo en aquel momento, me obligó a mirar mientras me corría perdiendo el control por las atenciones que sus manos estaban brindando a mis pechos y entre mis piernas. Después, me penetró y me tomó con tal fuerza y deseo que me volví a correr.

Mi cara se ruborizó al recordarlo y vi sus ojos reflejados en el espejo.

Hudson se inclinó hacia delante para susurrarme al oído:

—Sé lo que estás pensando. Basta. —Se desabrochó la chaqueta y apretó su cuerpo contra el mío para que pudiera sentir el grosor de su excitación sobre mi trasero—. Yo estoy pensando lo mismo. Y no tenemos tiempo para ocuparnos de esos pensamientos como a mí me gustaría.

—¿Estás seguro? —Eché la mano hacia atrás para acariciar su erección.

Respiró hondo.

—Eres una mujer muy distinta a la que traje aquí la última vez. La que quería que nos abstuviéramos del sexo. —Su voz sonaba tensa, la única señal de lo que le estaban provocando mis caricias hechas a medias con el trasero y con la mano.

—Nunca quise que nos abstuviéramos del sexo. Simplemente pensaba que sería mejor para mí que fuera así.

Aquello fue cuando durante medio segundo creí que tenía una oportunidad de mantenerme alejada de él. Cuando pensaba que podría obsesionarme con él si no mantenía las distancias. Cuando no sabía que ya me tenía dominada.

Colocó una mano sobre la mía para controlar la presión de mi caricia.

—¿Sigue siendo eso lo mejor para ti?

Juntos, acariciamos toda su polla por encima de los pantalones y deseé tocarle la piel desnuda, deslizar mis dedos por su capullo, bombearle con mi puño. Eso era lo que él me provocaba, me ponía completamente cachonda, hacía que me humedeciera y que perdiera interés por todo excepto por satisfacer su necesidad de mí mientras él satisfacía mi necesidad de él.

—Eres lo mejor para mí. —Mis palabras estaban llenas de ansia por él—. En todos los sentidos. A mi lado, dentro de mí...

—Joder, Alayna. Me has puesto tan caliente que...

Llamaron una sola vez a la puerta y apenas tuvimos tiempo suficiente de separarnos antes de que Stacy entrara.

Sus ojos pasaron de los míos a los de él y después de nuevo a los míos.

—Tenía que haber esperado a que me invitarais a pasar.

—Sí, tendrías que haber esperado. —Era la primera vez que veía a Hudson dirigirse a Stacy y lo hizo de forma parca y entrecortada. Se giró para colgar el vestido en el perchero y se abotonó la chaqueta del traje antes de darse de nuevo la vuelta hacia nosotras—. Estaré fuera mientras te cambias, Alayna. —Volvió a señalar con la cabeza el vestido magenta—. Ese.

El rostro de Stacy se mantuvo inexpresivo, pero sus ojos parpadearon mostrando repulsión. Casi sentí pena por ella. Yo había estado igual, abatida por hombres a los que creía gustar. Una parte de mí quiso extender los brazos para consolarla.

Pero entonces el rencor regresó a sus ojos.

—¿Es ese el vestido por el que quieres empezar? —dijo con frialdad y cogió el vestido magenta de la percha sin esperar mi respuesta.

Yo eché las manos hacia atrás para abrirme la cremallera del vestido y lo dejé caer al suelo.

—Sí. Ese es el que Hudson quiere. —Utilicé su nombre como un arma, para dejar claro que era mío—. Cree que me va a quedar perfecto.

Lo cierto es que era verdad. Lo supe en cuanto me metí el vestido por la cabeza. El color me iluminaba la piel y resaltaba mi tono aceituna natural. Era lo suficientemente escotado como para presumir de pechos, un valor del que me sentía orgullosa. A Hudson siempre le había gustado mucho mi escote y seguramente ese era uno de los motivos por los que lo había elegido. Era lo suficientemente corto como para mostrar un poco las piernas, pero su forma suelta solo insinuaba mis curvas en lugar de ajustarse a ellas; a diferencia de muchos de mis vestidos, dejaba más a la imaginación. Era un estilo diferente al mío y quizá por eso me había costado verlo más que a Hudson. Pero él conocía bien mi cuerpo, mejor que yo.

—Tiene razón. Te sienta perfecto.

Me había quedado tan fascinada por mi reflejo en el espejo que la voz de Stacy me sorprendió. Me volví hacia ella y vi que su expresión se había suavizado. Se me pasó por la mente que se estaría comparando conmigo, igual que yo me comparaba con Celia, que estaría midiendo sus defectos ante los míos. Eso era suficiente como para sumir a una persona en una oscura depresión. Al menos era lo que ese tipo de pensamientos provocaba en mí. De nuevo me compadecí de ella. O quizá no fuese compasión, sino algo más. Quizá solidaridad.

Stacy levantó las manos para ajustarme un tirante.

—Tiene buen gusto.

Su tono indicaba que no estaba hablando del vestido. Estaba insinuando algo más. La conexión que sentí con ella, aunque parezca raro, hizo que yo insistiera:

—Pero…

—Pero ¿qué? —preguntó arrugando la frente.

—Creía que ibas a decir algo más.

Apartó la mirada mientras se ocupaba de ajustarme el pecho del vestido.

—No es de mi incumbencia.

—Adelante. Podré soportar lo que tengas que decir, sea lo que sea.

¿Había parecido demasiado ansiosa? No sabía qué esperaba conseguir de aquella conversación. Puede que no fuese más que curiosidad.

Era mentira. Estaba obsesionada. Por muy «bien» que yo estuviese, por muy sana que me encontrase, siempre me vería arrastrada a escarbar más, a saber todo lo que pudiera sobre la gente que me atraía. Esta vez no era diferente. Stacy tenía algo que decir sobre Hudson, algo que podría darme nueva información sobre el hombre al que amaba. Tenía que seguir escarbando.

Como no dijo nada más, la animé:

—Sé que saliste con Hudson.

Soltó una carcajada sarcástica.

—¿Eso es lo que te ha contado?

Respiré hondo, esperando elegir las palabras que la animaran a seguir hablando.

—Él no me ha contado nada sobre ti. Os he visto a los dos juntos en una fotografía de un evento o algo así.

—Ya. —Asintió como si supiera exactamente a qué foto me refería—. Fui su acompañante esa noche. Nunca salimos juntos.

—¿Acompañante? —Mi mente saltó rápidamente hacia putas y prostitutas de lujo.

—No de ese tipo de acompañantes. Nunca me he acostado con él.

Un enorme peso desapareció de mi pecho al oír su respuesta. Sabía que Hudson se había acostado con otras mujeres. Por supuesto que lo había hecho. Pero no quería darle vueltas a eso. Porque, si lo hacía, no podría pensar en otra cosa más que en él con quien fuera compartiendo las intimidades que los dos compartíamos ahora. Así que saber que Hudson y Stacy no habían tenido nunca esa relación era un alivio.

Una vez desaparecida esa preocupación, podía concentrarme en lo otro que me inquietaba. Si no habían salido juntos, si no se habían acostado, pero Stacy mostraba tanto desprecio…

Entonces lo entendí.

—Ah, creo que ya lo comprendo.

Ella había sido una de sus víctimas. Una de las mujeres con las que Hudson había jugado. Habría conseguido que se enamorara de él diciendo o haciendo cualquier cosa y después la habría rechazado. Aquello me ponía enferma y odiaba que me pasara eso. No quería sentir repugnancia por lo que Hudson había hecho. Quería amarle lo suficiente como para pasar por alto todo lo demás.

Pero era humana y, aunque le quería por encima de todo, no resultaba agradable pensar en las cosas que había hecho y el dolor que había provocado a gente.

Me aferré a aquella idea. Si yo me sentía así conociendo su pasado maltrecho, Hudson debía sentir un gran dolor por tener que soportar el peso de aquellos errores. Desde luego yo también sufría por el daño que yo misma les había causado a otros: mi tensa relación con mi hermano, lo que había perjudicado a los hombres de mi pasado. Paul...

Descarté de mi mente el nombre de mi antiguo amante y volví a centrarme en Stacy.

—Sí, quizá lo comprendas —dijo—. Y quizá Hudson haya cambiado. Pero debo advertirte...

—No necesito que me adviertas de nada. —Era absolutamente demencial la forma en que pasaba de animarla a hablar a ponerme a la defensiva. Me mordí el labio y cuando volví a hablar traté de adoptar la postura calmada e incitante que tenía antes—. Me refiero a que él ya me lo ha contado todo. —«Espero».

Dando voz a mi temor, Stacy levantó una ceja y preguntó sin rodeos:

—¿Lo ha hecho?

Dejó reposar su pregunta durante un momento, haciéndome dudar. Recogió del suelo el vestido que yo había llevado puesto.

—Créete lo que quieras. Lo único que te digo es que no es quien dice ser. —Colgó el vestido sin dejar de hablar—. Da igual lo que él te diga, es mentira.

Yo ya había pasado por aquello: él me dice que no me va a mentir. Si le creo, podré creer todo lo que diga; pero si eso es ya mentira…

—Sin embargo, no se trata solo de lo que me haya dicho —pensé en voz alta—. Me ha mostrado quién es. Y Celia me ha dicho…

Stacy se quedó inmóvil.

—¿Celia Werner?

Asentí.

Su rostro se volvió serio.

—No te creas tampoco nada de lo que ella te diga. Están juntos.

—Son amigos. —Quise que el tono de mi voz fuera seguro, pero sonó débil y de nuevo a la defensiva.

—Están juntos. —Su tono sí sonó firme—. O lo estaban. Eso también puedo demostrarlo si...

La puerta se abrió interrumpiéndola. Al contrario que Stacy, Hudson no llamó. Simplemente ocupó su lugar en el mundo. Me encantaba eso de él.

—Maravillosa.

Me deseaba y yo lo podía notar en cada parte de él, desde su postura hasta el brillo de sus ojos y la emoción de su voz.

Todo aquello de lo que había estado hablando con Stacy voló de mi mente. Las piernas me temblaron de deseo y cualquier duda que hubiese tenido desapareció. Estaba allí mirándome fijamente. ¿Cómo no iba a estar segura? Segura de él, de mí. De nosotros.

—Gracias —respondí ruborizada. Podía sentir el calor en cada parte de mi cuerpo extendiéndose hacia él—. Es precioso. Has elegido bien.

—Sí. Te elegí a ti.

¿Cómo era posible mantenerme de pie cuando sentía como si cada parte de mí se hubiese caído al suelo de tanto placer?

Él vio lo que estaba provocando en mí y sus labios se curvaron con una sonrisa cómplice.

—Se lo lleva puesto.

Sus ojos no me dejaron ni siquiera mientras le hablaba a Stacy.

«Stacy».

Nuestra conversación volvió a mi cabeza al instante y las dulces sensaciones que Hudson me había provocado perdieron su intensidad. Debía quitármelo de la cabeza, permitirme a mí misma perderme en aquel lugar feliz y cálido.

Pero Stacy había dicho que podía demostrarlo.

—Hudson, estaré en un minuto. Tengo que refrescarme la cara.

Él asintió y yo me di cuenta de que tenía la intención de esperarme mientras me volvía a maquillar. Pero quería que saliese de allí, aunque fuese una mala idea.

Vi los zapatos que llevaba puestos antes sobresaliendo bajo el anaquel donde los había dejado.

—¿Te importa elegirme otros zapatos, H? Esos no pegan mucho.

Siguió mi mirada hacia los zapatos que me había quitado.

—No, no pegan. He visto unos tacones plateados que te van a quedar increíbles.

Al igual que yo, Hudson tenía buen gusto para los zapatos. Era otra de las cosas que adoraba de él.

—¿Me los traes?

No tuve que decirle que le dejaría que me follara luego con los zapatos puestos. Él ya lo sabía. De todos modos, sería él quien lo decidiría. Podía dominarme cuanto quisiera. No suponía ningún problema para mí.

—Claro, cariño.

Me guiñó un ojo y yo sonreí ante su expresión cariñosa. Estaba tan poco acostumbrado a esas palabras de afecto que todas sonaban forzadas en su boca. Excepto cuando me llamaba preciosa. Esta palabra le salía con absoluta naturalidad.

Abrió la puerta y salió a por los zapatos. Stacy se dispuso a ir detrás, pero alargué el brazo para agarrarla.

—Has dicho que podrías demostrarlo. —Deseé que mi susurro no hubiera sonado tan tembloroso como a mí me había parecido. ¿De verdad estaba haciendo aquello? ¿Estaba cediendo a mis dudas sobre Celia y Hudson? Aquella no era una actitud muy sana. Muy bien podía ser el principio de una espiral hacia la pérdida de control. O quizá ya lo había perdido, pues aunque sabía que era un error no pude evitar preguntar—: ¿De verdad puedes demostrarlo?

—Sí. Aquí no, pero…

—Dame tu teléfono.

Se sacó el teléfono del bolsillo y yo introduje mi número antes de devolvérselo.

—Envíame un mensaje.

Era una mala idea alimentar mis dudas con lo que Stacy me tenía que contar, que según ella eran pruebas. Pero por otro lado mi mente imaginaría un montón considerable de cosas terribles que Stacy podría contar para demostrar que la relación entre Celia y Hudson iba más allá de la amistad. Probablemente la prueba verdadera fuera menos dañina.

Al menos eso es lo que no paraba de repetirme a mí misma.

Llegamos al restaurante unos minutos después de las ocho. Esta vez Hudson esperó a que Jordan nos abriera la puerta de la limusina, quizá por las apariencias. Yo nunca había estado en aquel restaurante ni sabía nada de él. Ni siquiera conocía su nombre. Solo sabía que habíamos vuelto al Uptown. Subimos en el ascensor al piso superior cogidos de la mano en silencio. Yo iba callada porque estaba nerviosa. Nerviosa por tener que relacionarme de nuevo con Sophia, sobre todo si ella no sabía que yo iba a aparecer en la fiesta de su cumpleaños.

No sabía por qué Hudson estaba callado. Quizá también estuviese nervioso.

—Señor Pierce —saludó el encargado—, su grupo ya está en la mesa. Por aquí.

Le seguimos al interior del restaurante en dirección a uno de los ventanales con vistas a la ciudad, donde las copas de los árboles eran lo que más llamaba la atención. La familia Pierce estaba dispuesta alrededor de dos mesas juntas. Examiné sus rostros mientras el dueño del restaurante colocaba un servicio más para mí, la invitada inesperada. Chandler, el hermano adolescente de Hudson, y Sophia, con su rostro inexpresivo. Después estaba Jack, el padre de Hudson, un hombre verdaderamente encantador. Me sorprendió que estuviese sentado junto a su mujer, pues la detestaba de una forma descarada. Enfrente de ellos estaban Mira y Adam.

Esos deberían haber sido todos, pero cerca de mí, dándome la espalda y por eso no los identifiqué al principio, estaban Warren y Madge Werner. Y Celia.

Me puse en tensión, con demasiados pensamientos encontrados en mi cabeza, emociones tan fuertes que se extendían por todo mi cuerpo. Hudson no me había invitado, no había querido que acudiese a aquel acontecimiento, pero Celia había figurado en la lista de invitados desde el principio. ¿Era esa la verdadera razón por la que no me había hablado del cumpleaños de Sophia? Los dos habíamos acordado no verla. Sí, yo había incumplido ese acuerdo, pero al menos no iba a tener ninguna oportunidad de encontrármela. Además yo no había estado prácticamente prometida con esa mujer. ¿No me había invitado Hudson a esa cena por aquel estúpido acuerdo o era porque quería estar a solas con ella? Bueno, a solas no, pero sin mí.

Tampoco Celia, en la que yo había confiado y con la que había establecido lazos afectivos esa tarde, me había mencionado lo de la cena.

Mis ojos pasaron desde la rubia hasta el hombre que estaba a mi lado. Su rostro permanecía inalterado. Por eso era por lo que había estado en silencio. Sabía que yo me enfadaría.

Y así fue.

No podía soportarlo. Tenía que huir de allí.

—Creía que habías dicho que estaría solamente la familia —dije con los dientes apretados.

A continuación me di la vuelta y me fui.

Capítulo

ONCE

Aún no me había alejado mucho, porque pude oír que Hudson excusaba mi salida:

—Se ha dejado una cosa en el coche. Perdonad un momento.

Joder, iba a venir detrás de mí.

La forma más segura de perderle era dirigirme al baño. Aunque Hudson era capaz de seguirme dentro y yo no sabía dónde estaba el servicio; además, ya había dejado atrás el mostrador de la recepción. Mis ojos examinaron el vestíbulo. Allí estaban los ascensores, pero tendría que esperar, y una puerta que daba a las escaleras.

Tomé las escaleras y me di cuenta de que bajar cincuenta plantas con tacones quizá no era una buena idea. Subí.

La brisa me dio en la cara cuando llegué a la azotea. La pesada puerta se cerró de golpe cuando salí. Seguí caminando.

La azotea estaba prácticamente desierta, así que supe que el sonido de la puerta cerrándose detrás de mí era Hudson. Aun así, seguí caminando, avanzando a toda prisa entre las jardineras y los bancos distribuidos por la terraza, tratando de buscar algún lugar donde pudiera estar sola, donde pudiera respirar, donde pudiera poner en orden mi paranoia y las razones que la justificaban.

Me detuve en la pared del rincón. Me incliné sobre el borde de aquel espacio acotado de cemento y tomé grandes bocanadas de aire. Respirar hondo era lo único que conseguía que no estallara en sollozos.

Sus pasos sonaron cautelosos detrás de mí, pero los oí, como si fuese hipersensible a sus movimientos. Se detuvo cerca de donde yo estaba y llegó a mí con su voz en lugar de con su cuerpo:

—Los Werner son prácticamente de la familia.

Al menos fue lo suficientemente inteligente como para saber por qué había salido corriendo. Y valiente para no fingir que no se había enterado. Eso había que reconocérselo.

Pero no podía responderle más que con desconfianza.

—Sí. Vale.

No me giré para mirarle. No quería ver su rostro mientras se explicaba. Si su expresión indicaba que me estaba comportando de forma ridícula…, me destrozaría.

—¿Qué? ¿Piensas que no te lo he dicho a propósito? —Su voz sonaba calmada a pesar de sus palabras.

Solté una fuerte carcajada.

—Mejor no quieras saber lo que estoy pensando.

—La verdad es que sí quiero.

Me di la vuelta.

—No, no quieres.

Retrocedí hasta dar con la espalda en la alta pared del rincón. Él no lo entendía. Lo más probable era que mis sentimientos fuesen exagerados. No había forma de saber si estaban justificados cuando me encontraba tan enfadada. La experiencia y la terapia me habían enseñado a no afrontar ese tipo de situaciones antes de calmarme. Necesitaba tiempo para tranquilizarme.

—Créeme cuando te digo que sí quiero saber lo que piensas.

—Hudson, no puedes decir eso si no sabes lo que quiero decir. No es bueno. De hecho debes dejarme sola. O te culparé de algunas cosas. Cosas en las que probablemente esté exagerando y tú vas a sentirte ofendido. Y yo terminaré perdiéndote.

Eso era lo único de lo que estaba segura: que si decía lo que estaba sintiendo, le apartaría de mí. Mis emociones tan intensas siempre habían conseguido ahuyentar a los hombres de mi vida. Incluso mi propio hermano se había hartado de enfrentarse a ellas.

—No vas a perderme. —Dio un paso hacia mí. Sin ninguna cautela, sino con total seguridad. Como si expresara que tenía un control absoluto de la situación. Como si dijera: «Atrévete a hacerme retroceder».

Yo me apreté más contra la pared de cemento que tenía detrás, deseando poder desaparecer en su interior. No quería que me viera así.

—Tú no has visto este lado mío, Hudson. No lo conoces.

—Entonces tengo que quedarme. Necesito ver todos tus lados.

Estaba muy tranquilo. Yo negué con la cabeza y me mordí el labio, tratando de contener las lágrimas que amenazaban con salir. Joder, no podía llorar. Al final tendría que regresar a ese restaurante y no quería tener la cara manchada de lágrimas.

Pero si Hudson se quedaba, si me presionaba, no creía que pudiera mantener la calma.

Quizá podría contárselo. Si íbamos a compartir cosas, ¿esta no debería ser una de ellas? ¿No debería ser él la persona a la que podría acudir en cualquier situación? Él en el pasado siempre me había aportado paz cuando le había contado lo que pasaba en mi cabeza.

—Adelante. Pregúntame.

—No va a consistir en preguntar, sino en acusar. —Seguí conteniéndome, pero mis defensas eran más débiles.

Bajo todas las acusaciones que daban vueltas en mi mente había un pensamiento que no dejaba de repetirse: aquello no era justo. Joder, nada era justo. Que mis padres murieran, que mi padre fuera alcohólico, mis antiguas obsesiones, a lo que me conducía eso ahora, porque mis antecedentes de locura me imposibilitaban determinar si lo que estaba sintiendo en ese momento estaba justificado o no. Si debía arremeter contra Hudson por sus engaños o si debía disculparme por salir corriendo.

—Hazlo. Quiero oírlo. Tengo que saber qué estás pensando. Confía en mí.

«Confía en mí». Siempre terminaba en lo mismo. Confiaba en él o no.

Pues la verdad era que sí: confiaba en él.

Tragué saliva.

—No me has invitado esta noche porque sabías que ella estaría aquí.

Apenas fue un susurró, pero me oyó. Asintió una vez para indicar que me había entendido.

—Eso no es verdad. Ya te he explicado por qué no te había invitado. Aunque al final sí lo he hecho. Por eso estás aquí.

—Pero al principio no querías. —Yo me miraba los zapatos, pero mi voz fue tomando fuerza cuando me dejé arrastrar por las acusaciones que esperaban en mi lengua—. Probablemente esa sea la razón por la que querías que me arreglara. Para mostrarme ante Celia, aunque no sé qué juego te traes con ella. No se trataba de tu madre para nada.

—Tienes razón.

Levanté la cabeza.

—Tienes razón en que no se trataba de mi madre, sino de ti. Quería que todos vieran lo hermosa que eres. Lo hermosa que es la mujer que me quiere.

Sus palabras provocaron mi furia. ¿Estaba convirtiendo mi amor en un trofeo? ¿En un arma contra ella?

Desde luego yo me sentía así.

—Celia —espeté su nombre—. Querrás decir que querías mostrarme ante Celia.

Él volvió a negar con la cabeza.

—¡Está aquí, Hudson! —No me importaba estar gritando. Las pocas personas que se hallaban en la azotea podrían disfrutar del espectáculo. Ni siquiera me fijé en si alguien había girado la cabeza. Estaba completamente enfrascada en mi rabia—. Ha venido con carta blanca y yo he tenido que suplicar para estar aquí. Y me dijiste que no ibas a verla sin mí. ¿Qué significa ella para ti?

—Nada. Una vieja amiga.

—Eso es una gilipollez. —La voz se me quebró, pero de momento las lágrimas se mantenían dentro de mis ojos—. De lo contrario me habrías hablado de esta cena desde el primer momento. No me la habrías ocultado. —Le apunté con un dedo tembloroso—. Porque sabías que ella también estaría aquí.

—No lo sabía. —Cerró los párpados durante un momento mientras tomaba aire—. Me lo imaginaba —admitió—. Pero no está aquí por mí. Su madre es la mejor amiga de mi madre, ya lo sabes.

—Y una mierda. Tiene veintiocho años. Es lo suficientemente mayor como para no asistir a todos los malditos eventos a los que va su madre. Está aquí por ti.

—Y yo estoy aquí contigo. —Su tono era firme, decidido. En absoluto contraste con el mío.

—Sigue enamorada de ti.

—Y yo estoy contigo.

Acortó el espacio que había entre nosotros y yo suspiré aliviada y coloqué las palmas de mis manos sobre la pared para no perder el equilibrio. Puso sus brazos a ambos lados de mi cuerpo, atrapándome.

—Estoy contigo.

Cerré los dedos, tratando de agarrarme a algo. Al no poder hacerlo sobre el cemento, fueron hacia delante y se agarraron a su chaqueta.

Él se lo tomó como una invitación para acercarse más. O simplemente se acercó sin importarle que fuera o no una invitación mía. Apretó su cuerpo contra el mío y no pude evitar responder acercándome a él, empapándome de su calor. Había temido que mis palabras le ahuyentaran, pero, aunque mis dudas se habían calmado, no se había marchado a ningún sitio. Estaba allí.

Estaba allí y me deseaba.

Su erección ejercía presión sobre mi vientre.

Lo miré a los ojos sorprendida. ¿Estaba excitado? ¿Cómo...? ¿Por qué...? ¿Mis dudas habían provocado aquello? ¿Mi desquiciada ansiedad hacía que me deseara más?

—Se me ha puesto dura por ti y solo por ti. —Habló en voz baja y sus palabras sonaban enérgicas por el deseo—. Es a ti a quien adoro. —Bajó la boca para besarme el cuello y yo dejé caer la cabeza a un lado para facilitarle el acceso. Gemí cuando sus labios se juntaron con mi piel.

A continuación, simplemente con aquel contacto, me relajé, me derretí sobre él. Aquello era lo único que necesitaba. Su boca sobre mí, su cuerpo junto al mío. ¿A quién le importaba el porqué? A mí solo me importaba que él estaba allí.

Lancé los brazos sobre su cuello y aplastó su boca sobre la mía, con fuerza. Su lengua se zambulló dentro, tocándome, acariciándome. Yo me puse húmeda por el deseo de que me penetrara de la misma forma.

Tiró de mi labio inferior entre sus dientes y después lo soltó.

—Estoy contigo —repitió mientras sus manos me subían la tela del vestido alrededor de mi cintura y se metían por el borde de mi ropa interior. Y de nuevo volvió a repetirlo mientras sus dedos se deslizaban dentro de mis bragas.

Movió los dedos en círculo sobre mi coño y yo me encorvé hacia delante con un gemido.

—Así. —Continuó con sus caricias expertas, besándome y animándome—. Tranquila. Déjame estar contigo.

Yo me estremecí mientras sus dedos se deslizaban a lo largo de mi abertura y encontraban el centro de mi acaloramiento. Pero en lugar de entrar como yo tanto deseaba y necesitaba, Hudson se puso de rodillas y me bajó las bragas hasta los tobillos.

Antes de que pudiese reprocharle que sus manos abandonaran mi clítoris, él empezó a lamer los labios de mi vagina.

—Es a ti a quien voy a comer —dijo entre largas caricias de su lengua—. Es a ti a la que voy a hacer correrse con mi boca. Así, cuando volvamos a bajar y empieces a sentirte insegura, estarás todavía húmeda y recordarás que mis labios han estado sobre ti y sobre nadie más.

Yo estaba a punto de correrme solamente de oírle hablar, así de excitada estaba por su actitud posesiva, por su deseo de que yo supiera que le pertenecía.

Me sacó un pie de las bragas y se subió una de mis piernas sobre el hombro. Después volvió con toda la fuerza a chuparme el clítoris con la boca. Sus dedos se clavaban en mi agujero; no sé cuántos utilizó, pero los dobló y me acarició hasta que me empecé a retorcer. Me aferré a su pelo para sujetarme mientras el orgasmo estallaba invadiéndome todo el cuerpo, sacudiéndome sobre su mano, sobre su boca.

Hudson no esperó a que me calmara. Se puso de pie y apretó su pelvis contra la mía, incitándome a que prestara atención a su polla. Se la agarré. Dios, qué dura la tenía.

—Sácamela —me ordenó.

Unas carcajadas atrajeron mi atención y vi por la azotea a un grupo de personas que se habían reunido en la zona de los bancos. ¿Cuánto tiempo llevaban allí?

—No estamos solos.

—Sácamela. No hay nada ni nadie que me importe ahora mismo más que estar dentro de ti. Tengo que estar dentro de ti.

Y lo cierto era que a mí tampoco me importaba. Ni lo más mínimo.

Le desabroché el cinturón y le abrí la cremallera. Se bajó los pantalones lo suficiente como para sacarse la polla. Al instante la rodeé con mis manos. La tenía tan dura que las venas sobresalían de la suave piel de su miembro.

No me dejó que le acariciara todo lo que me habría gustado. En lugar de eso, me levantó, con mi espalda aún sobre la pared, y me penetró con fuerza.

—Joder, cómo me gusta tu coño. —Me lanzó fuertes y violentas estocadas—. ¿Me oyes? Tu coño me la pone así de dura. El de nadie más.

Admiraba que pudiera hablar, que pudiera decirme algo tan coherente mientras que yo era un charco debajo de él. Además sus palabras, sus increíbles palabras, me derretían aún más. Las absorbí mientras me apretaba sobre él, mientras él me deshacía una y otra vez.

Su voz se volvió más tensa cuando se fue acercando al orgasmo, pero siguió hablando.

—Cuando volvamos a la cena voy a oler a ti y tú vas a oler a mí. Y vas a recordar que estamos juntos. Estoy contigo.

Nos corrimos a la vez, yo mordiéndole el hombro para contener el grito que amenazaba con salir de mis labios, él con un gruñido.

—Con nadie más que contigo.

«Con nadie más que contigo».

Me envolví en aquella sensación como un niño en su manta preferida. Si pudiera quedarme así, abrazada a la certeza de que yo estaba allí por él, descartaría todas las dudas que se introducían sigilosamente en mi corazón. Podría olvidarme de Stacy y de sus locas afirmaciones de que tenía pruebas. Podría creer que Celia no era más que una amiga.

Si pudiera creer aquello, Hudson y yo estaríamos bien.

Capítulo
DOCE

Sorprendentemente, la tranquilidad que Hudson me había dado en la azotea continuó conmigo mientras volvíamos al restaurante. Ni siquiera me afectó la mirada enojada de Sophia mientras el camarero retiraba la silla para que yo me sentase.

Sophia bebió un sorbo del líquido marrón que tenía en la mano.

—Ya era hora de que volvierais.

Recordé lo que había dicho Hudson cuando habíamos salido, que me había olvidado una cosa en el coche, y empecé a disculparme usando eso como base de la excusa.

Pero Hudson respondió antes que yo:

—Nos hemos entretenido.

Me apretó la mano antes de soltarme para dejar que me sentara en mi silla. En cuanto estuve sentada, volvió a agarrarme la mano por debajo de la mesa. No se me ocurría ninguna otra ocasión en que se hubiese mostrado tan solícito en público. Y tras la apropiación que había hecho de mi cuerpo unos minutos antes, el poder relajarme con Hudson en un lugar donde no existían las dudas me parecía una posibilidad real.

No solo una posibilidad, sino una realidad.

—¡Laynie! —Mira pareció salir despedida de su silla—. ¡Me alegro mucho de que hayas venido!

La última vez que la había visto se mostró preocupada de que hubiese roto con su hermano. Mi presencia era una confirmación de lo contrario.

—Yo también.

Le devolví la sonrisa y dediqué la misma expresión al resto de comensales, incluyendo la cabeza de Chandler, que estaba inclinado sobre su iPhone, y los Werner. Pero no miré a Celia a los ojos. Noté que ella trataba de llamar mi atención, pero yo no estaba interesada en mirarla. Ella tampoco me había hablado de la cena y eso me hacía desconfiar. Puede que erróneamente, pero aun así desconfiaba.

—Y yo también —dijo Jack guiñándome un ojo.

Tal vez fuera cosa de mi imaginación, pero me pareció que Hudson soltaba un gruñido ante el comentario de su padre. Su afán de protegerme era estúpido en algunas ocasiones, pero también hacía que me sintiera bien.

Sophia se terminó la copa y la dejó sobre la mesa con un golpe para llamar la atención.

—Pues ya hemos pedido la comida.

—Muy bien. Nosotros vamos a hacer lo mismo ahora.

Hudson hizo una señal al camarero, quien se acercó rápidamente. Pidió para los dos con un bonito francés que me hizo sentir que mi entrepierna se humedecía. O más bien que se empapaba.

—Ya que estás aquí, tomaré otro de estos. —Sophia levantó su copa vacía delante del camarero y vi que Mira y Hudson intercambiaban una mirada.

Me sentí muy identificada con lo que estaban sintiendo. La pesadilla de tener un padre alcohólico, las preguntas y las preocupaciones que surgían en cada momento. «¿Va a beber mucho esta noche? ¿Se pondrá ella en evidencia? ¿Nos pondrá en evidencia?».

Salvo que en mi vida ese «ella» era sustituido por un «él». Fue mi padre el que había sido el alcohólico, el que había sido el causante de mi ansiedad. ¿Fue entonces cuando había empezado a preocuparme? Quizá tuviera que hablar de esto con un psiquiatra en algún momento. Aunque, como ya no veía a ningún psiquiatra, quizá debía hablarlo con el terapeuta del grupo al que asistía con cierta frecuencia.

Este pensamiento quedó interrumpido por Hudson, que se inclinó hacia mí para susurrarme al oído:

—Espero que no te importe que haya pedido por ti.

La sensación de su aliento sobre el lóbulo de mi oreja hizo que el vello se me pusiera de punta.

No me importaba. Me había ahorrado la molestia de tener que descifrar el menú. Y escucharle hablar en otro idioma... Suspiré mientras la suave cadencia de sus palabras se repetía en mi memoria.

—Siempre que mi plato no tenga setas, estaré encantada.

—No —contestó riendo entre dientes y aquel sonido hizo que una chispa eléctrica me recorriera el cuerpo—. No me gustaría verte teniendo arcadas en la cena de cumpleaños de mi madre.

—Más bien lo contrario. —Ahora era yo quien me acercaba a su oído para que solo él pudiese oírme—. Por la forma en que has pedido la comida..., estoy salivando. No sabía que supieras hablar francés.

—Con fluidez.

Abrí los ojos de par en par.

—Di algo más.

Estábamos flirteando, algo que no solíamos hacer delante de los demás, y surgió con tanta naturalidad que me abandoné adonde quiera que eso nos llevara.

—*Oui. Plus tard, quand tu sois entourée de mes bras, je vais en parler jusqu'à t'en faire frissonner de plaisir.*

Su voz áspera mezclada con el deje de aquel acento me volvía loca.

—¿Qué has dicho? —pregunté jadeante.

Me pasó el brazo por encima para acercarme más a él antes de hablar.

—He dicho: «Sí. Más tarde, cuando estés entre mis brazos, voy a hablarte hasta que tiembles de placer».

Mi cara se sonrojó llena de calor.

—¿Sabes que hay otras personas en esta mesa, Hudson? —le reprendió Sophia.

Esperé que esas otras personas no entendieran el francés mejor que yo. Y que su traducción hubiese sido realmente en voz lo suficientemente baja como para entenderla solo yo. Pero los ojos esquivos de Madge Werner al otro lado de la mesa me hicieron pensar que había escuchado a Hudson.

Pues muy bien.

Mira puso los ojos en blanco.

—Madre, déjales en paz. —Normalmente, Mirabelle mostraba una paciencia infinita con Sophia. Quizá se estuviese volviendo más irascible a medida que avanzaba el embarazo—. ¿No ves que están enamorados?

Hudson giró la cabeza para sonreírme. Estábamos todavía muy poco acostumbrados a aquella palabra. Me parecía raro escucharla refiriéndose a nosotros. Y también muy oportuno. Obvio incluso. Claro que sí. ¿Cómo podía haber alguien que no lo viera?

Sophia no lo veía.

—O se están esforzando muchísimo para que yo lo crea. —Se alisó el pelo, pero era tan rígido que se quedó igual.

Mira se apoyó en el respaldo de su silla y colocó las manos en su tripa de embarazada.

—¿Por qué narices iban a querer fingir una relación?

Yo mantuve los ojos en el plato, preocupada de que mi expresión pudiera delatarme. ¿Por qué habría llegado Sophia a esa conclusión? Sí que habíamos tratado de montar una farsa con nuestra relación. Incluso tuve la impresión de que Mirabelle lo sospechaba. Pero también sabía que yo amaba a su hermano y nunca le diría eso a su madre. Mira era del tipo de personas que lo supeditaba todo al amor. Del tipo de personas que pensaban que cualquier obstáculo podría superarse si había amor.

Por primera vez no sentí deseos de reírme ante aquella idea. Sophia cogió la copa de manos del camarero sin esperar siquiera a que la apoyara en la mesa y bebió un largo trago.

—Ni idea. ¿Por qué le gusta a Hudson hacer esa mierda a la gente? Hace mucho que dejé de intentar entenderlo.

Celia se revolvió nerviosa en su silla, pero sus padres no mostraron ninguna reacción. Eso confirmaba que el pasado de Hudson era bien conocido por todos los que estaban en la mesa. No me extrañaba que se refiriera a los Werner como parte de su familia. Si conocían aquellos oscuros secretos, prácticamente es que lo eran.

Aun así, ¿cómo no iban a conocer los secretos de Hudson? Su propia hija había sido víctima de Hudson, aunque no hasta el punto que ellos creían. Él no la había dejado embarazada. Lo que fuera que le había provocado en su cabeza… En fin, todos habíamos tenido personas que nos habían influido para bien o para mal. Culpar a otra persona de tus propias acciones era algo egoísta. Teníamos que ser responsables de nuestros propios actos. Yo lo había aprendido a las malas.

Sophia era responsable de sus comentarios insidiosos, por muchas adversidades que hubiese pasado. Su malicia era desagradable e imperdonable.

Pero Jack era el único que parecía creer que el comportamiento de ella debía contenerse. O al menos el único que decía algo.

—Que sea tu cumpleaños no quiere decir que tengas derecho a ser maleducada.

—No —bufó Mira—. Cree que el simple hecho de respirar ya le da ese derecho.

Todos los ojos se giraron hacia la vivaz morena. Mira nunca decía nada que fuera lo más mínimamente sarcástico. Fue toda una sorpresa.

Adam carraspeó a su lado, ya fuera por darle a entender a ella que dijera algo más o por tratar de aliviar la tensión. No estaba segura.

Ella bajó la mirada, avergonzada.

—Lo siento. No debería haber dicho eso.

—Gracias por la disculpa. Son las hormonas. No sé cuál será la excusa de Jack para hablarme de un modo tan grosero.

Sophia miró a su marido de reojo y yo me pregunté si alguna vez se le habría ocurrido a ella disculparse también en lugar de pedir a los demás que lo hicieran.

No, jamás se le había pasado por la mente. Su expresión permaneció inalterada, ni siquiera cruzó por su rostro un atisbo de remordimiento.

Miró alrededor de la mesa como si desafiara a los presentes a ponerla en evidencia. Nadie lo hizo.

—Chandler —dijo cuando sus ojos se posaron en su cabeza—, deja el maldito teléfono y presta atención. Quiero que disfrutes de la velada con nosotros. Todos juntos.

Pero su mirada me pasó por alto. Estaba claro que ese «todos juntos» les incluía a todos menos a mí.

Después de aquello, el parloteo sustituyó a la discusión más tensa de antes y Hudson y yo dejamos de ser el centro de atención. Disfruté de mi ensalada mientras Hudson hablaba de negocios con Warren y Celia charlaba con Mira y Sophia. Esta incluso se relajó tanto que vi indicios de la persona despreocupada y divertida que debía de haber sido alguna vez. Tanto tiempo atrás que solo un mínimo retazo adornaba su forma de ser actual, oculto ante todo aquel que no la mirara con suficiente atención.

¿Cómo había conseguido yo verlo? Bueno, quizá lo busqué. Quería encontrar a la persona a la que Hudson tanto deseaba complacer, los motivos por los que él la mantenía aún en su vida en lugar de apartarse de ella de una vez por todas como había hecho yo con Brian.

Joder, aquella no era necesariamente una opción mejor. Apartar a Brian de mi vida me había dolido. Era una realidad a la que no había prestado atención durante los últimos días y descarté el impulso de pensar en ello en ese momento. Estaba en una reunión familiar. Por supuesto que pensaría en él, pero eso no significaba que tuviera que mortificarme por ello.

La velada continuó en un ambiente de trivialidad durante el plato principal. El que Hudson había pedido para mí estaba delicioso. Nunca había probado nada parecido. Langosta picada y albóndigas de pescado cubiertas de salsa de eneldo. Deseé lamer el plato hasta dejarlo limpio.

Hudson se había pedido una especie de *crêpes* de pato. Me dio a probar un trozo que no estaba empapado de la salsa de setas que lo acompañaba. El pato se derritió en mi boca mientras mis labios se deslizaban por su tenedor.

—Divino.

Él me miró con voracidad.

—Yo podría decir lo mismo.

Madge presenció la mayor parte de nuestro espectáculo aquella noche, porque estaba sentada enfrente de nosotros. En ese momento se aclaró la garganta.

Yo sonreí con lo que esperaba que fuera un gesto de disculpa, aunque sentía de todo menos arrepentimiento. Me daba cuenta de que Madge creía que Hudson simplemente estaba tonteando conmigo y que finalmente me dejaría por su querida Celia. Yo quería que nos viera juntos, sabía que eso la irritaba, pero no estaba actuando para ella. Simplemente estaba disfrutando de la velada con mi amor. Era real.

Madge respondió a mi gesto con una sonrisa avinagrada.

Supongo que fingir que yo no estaba allí era una forma de soportarme.

—¡Mira! —exclamó mirando por encima de Celia, que estaba sentada entre ella y Mirabelle—. Solo quedan cuatro meses para que la más joven de los Pierce venga al mundo. ¡Debes de estar muy emocionada!

Las manos de Mira fueron hasta su vientre de forma instintiva.

—¡Sí! —Frunció el ceño—. Pero cuando dices que son cuatro meses me dan ganas de vomitar.

Sophia carraspeó para mostrar su desaprobación. Dios mío, corregir la forma de hablar de una mujer adulta era más que ridículo. Yo también sentí deseos de vomitar.

Pero Mira ya estaba acostumbrada a Sophia.

—Lo siento, no es la mejor expresión para una cena. Solo quería decir que ojalá que naciera antes. Estoy deseando que esté ya en el mundo en lugar de sentada en mi vesícula.

—Se pasará pronto. Confía en mí.

Al contrario que su mujer, Adam parecía feliz de disponer aún de unos meses para prepararse.

Warren negó con la cabeza al escuchar a Adam. Le dio un codazo a su mujer.

—No es así, Madge. Mira ya no es una Pierce. Será un bebé Sitkin.

Los ojos de Mira miraron directamente a su madre.

—O Sitkin-Pierce si decidimos convertirlo en apellido compuesto.

La expresión de Mira indicaba que aquella conversación ya la habían tenido antes. Mirabelle había mantenido el apellido Pierce para su aventura empresarial, pero lo del apellido compuesto era nuevo. Apostaría todo el dinero de mi cuenta corriente a que aquello era un intento de agradar a Sophia.

Pero no había nada que agradara a Sophia.

—No es lo mismo. Sitkin-Pierce no es Pierce. —Lanzó un suspiro exagerado—. Continúa la línea sucesoria, pero no es lo mismo.

Era curioso ver la preocupación de aquella mujer por un apellido que había conseguido a través de un matrimonio sin amor. Eso demostraba lo materialista que era, lo que le importaban las apariencias. Era el apellido Pierce el que soportaba el peso ante el mundo. Cualquier divergencia disminuía el poder de Industrias Pierce. Al menos en su opinión.

Adam se incorporó en su asiento como si estuviese a punto de protestar.

—Mira no es la única descendiente de los Pierce. Chandler podría tener hijos.

«Y Hudson», pensé.

—En ese caso mantendría el apellido, pero no la sangre —apuntó Jack con indiferencia.

Me llevé una mano a la boca para ahogar un grito. Había rumores de que Chandler no era hijo de Jack, pero no sabía que fuera algo que la familia Pierce hablara abiertamente.

—¿Qué? —Chandler levantó la vista de su regazo, donde trataba de disimular que estaba enviando mensajes o lo que fuera que estuviera haciendo con su móvil.

—Nada —contestó Mira reprendiendo a toda la mesa—. Vuelve a lo que sea que estuvieras haciendo.

Entonces quizá lo sabían todos menos Chandler.

Sophia bebió otro trago de su copa, la tercera de la noche.

—El bebé de Hudson y Celia podría haber tenido las dos cosas.

Yo me puse en tensión. El bebé ficticio de Hudson y Celia provocaba gran discordia en la familia. Aquello había pasado años atrás, pero había tenido tanto peso que no terminaba de desaparecer. La razón por la que Celia no confesaba que el bebé no era de Hudson se me escapaba. Me cabreaba ver a Celia permitiendo que él la salvara de la humillación al coste que fuera. No pude evitar lanzarle una mirada de desprecio.

Celia no vio mi ceño fruncido, pues estaba mirando fijamente a Hudson. O puede que a Jack. Estaban sentados los dos juntos y era difícil saberlo, pero tenía más sentido que mirara a Hudson.

Jack dejó caer el tenedor en el plato y el ruido que hizo sonó fuerte en la tranquilidad del restaurante.

—Ahora no, Sophia. En serio. Maldita sea, no voy a escuchar esto. —Se limpió la boca y lanzó la servilleta sobre su cena a medio comer. A continuación se puso de pie—. Gracias a todos. Ojalá pudiese decir que ha sido una velada encantadora, pero, en fin, lo dejaré ahí. Yo me encargaré de la cuenta antes de salir. Los demás quedaos y disfrutad. Pedid postre. En cuanto a mi esposa, voy a invitarla a pudrirse en el infierno, como probablemente haré yo, porque creo que ya vive allí. Al menos el infierno es el lugar adonde cualquiera que pase un rato con ella piensa que le han enviado.

Se merecía que nos levantáramos para aplaudirle. Pero simplemente recibió miradas boquiabiertas mientras se alejaba de la mesa.

Sophia fue la primera en hablar.

—Qué melodramático. —Dio un bocado a su pollo—. Simplemente estaba comentando que tuvimos una oportunidad de tener un nieto Pierce y ya no la tenemos.

—Hablando de dramatismos… —Aunque tenía la cabeza agachada, Adam dijo aquello en voz lo suficientemente alta como para que toda la mesa lo oyera.

Sophia le lanzó una mirada de odio a su yerno, pero fue Hudson quien atrajo la atención de todos.

—Podría tener un hijo con Alayna.

Casi se me atragantó la comida que tenía en la boca. Por supuesto que había pensado que Hudson podría tener un niño, pero ni por un momento se me había pasado por la cabeza que lo tuviera conmigo.

Vale, puede que sí se me pasara por la cabeza por un momento. Pero un momento pequeño. Desde luego, no era una idea que hubiese expresado en voz alta.

Pero cuando Hudson lo dijo, cuando lo hizo en voz alta ante todos, un extraño calor se extendió por mi pecho. No se trataba de un ardor profundo de deseo, sino de algo distinto. Algo relacionado con el amor que sentía por ese hombre mezclado con una pizca de esperanza.

Quise compartir aquella sensación con él, hacerle saber lo que provocaba en mí diciendo aquello, y traté de llamar su atención. Pero estaba concentrado en el plato que tenía delante dando otro bocado a sus *crêpes*, como si hablar de tener hijos, de tener hijos conmigo, fuera algo cotidiano de poca importancia.

Quizá no quisiera decir nada con aquello. Sentí cómo la burbuja de calor se disipaba al admitir la posibilidad de que simplemente pretendiera exasperar a su madre. Si eso era lo que intentaba, funcionó.

Sophia dejó el tenedor y se giró en su silla. La ira resplandecía en su rostro normalmente frío.

—¿Estáis hablando de casaros y tener hijos? Es pronto para eso. Tremendamente pronto.

—Madre, no seas tan anticuada. No hay que estar casado para tener hijos. —Hudson dio un sorbo a su vino y siguió con su gesto despreocupado. Pero cuando volvió a dejar la copa vi que apretaba la mandíbula, lo único que revelaba que por dentro estaba hirviendo—. La verdad es que de lo que Alayna y yo estemos hablando no es asunto tuyo.

Sophia entrecerró los ojos.

—Has sido tú quien ha sacado el tema.

—Estaba diciendo que podría ser el padre de un niño y que de esa forma continuaría tu valioso linajc y tu valioso apellido.

Su voz sonó curiosamente tranquila y firme a la vez. Imaginé que era el tono que empleaba en la sala de juntas. Era un tono poderoso. Controlado. Increíblemente sensual.

A continuación remató:

—Y la única persona con la que podría imaginarme deseando tener un hijo es con Alayna.

El impacto no fue menor porque le hubiese escuchado anunciar esa posibilidad un momento antes. Quedó flotando en el aire como si cualquier otro sonido hubiese sido silenciado, como si fuera el violín principal en un concierto de cuerda. Un único sonido penetrante que hacía que la gente prestara atención.

Al instante, los tres Werner se revolvieron en sus asientos y, aunque Celia y Hudson no habían formado nunca una pareja y no tenían intención de estar juntos jamás, la tensión que su comentario provocó fue igual de intensa que si el arco del violinista hubiese frotado una cuerda demasiado tirante.

—Hudson, yo...

Mi voz se fue apagando. No tenía ni idea de qué quería decir. Solo quería poner fin a aquella tensión, hacer desaparecer aquel ambiente de odio generalizado que sentí que se dirigía hacia mí procedente desde tantos ojos.

Él se dio cuenta en ese mismo momento. Colocó una mano tranquilizadora sobre mi pierna y me lanzó una mirada de disculpa antes de volver a mirar a Sophia.

—La cuestión es que tienes que olvidar el pasado, madre. —Su tono era más suave, pero seguía siendo firme—. Todavía hay un futuro al que mirar con ilusión. Para todos.

Volvió a mirarme y nuestros ojos se cruzaron. Entonces, en lugar de decirle yo lo que sentía al escucharle hablar de un futuro conmigo, fue él quien me lo dijo a mí. Me lo dijo con aquella larga y silenciosa mirada, acariciando arriba y abajo mi pierna con su mano, de un modo que era más reconfortante que sexual. Con aquella mirada lo dijo todo. Lo mucho que creía en nosotros, lo bien que estábamos. Lo mucho que me amaba, aunque no pudiera decirlo aún con palabras.

Entonces las lágrimas que antes había conseguido mantener a raya inundaron mis ojos.

—Si me perdonas —dije interrumpiendo nuestra mirada—, tengo que ir al baño.

Me dirigí al baño y ocupé un excusado antes de que las lágrimas se derramaran. No fueron muchas. Unas pocas. Cada una de ellas feliz, dulce y llena de promesas. De amor.

Oí que se abría y cerraba la puerta del baño unas cuantas veces antes de haber terminado con mi pequeño llanto. Oriné y tiré de la cadena y, después, tras lavarme las manos, me dirigí al tocador para retocarme el maquillaje.

Por suerte, el llanto de felicidad no me estropeaba el rostro tanto como el de tristeza. Seguí sonriendo como una tonta mientras me inclinaba hacia el espejo para darme unos golpecitos sobre la pequeña mancha de rímel que tenía debajo del ojo izquierdo.

—Estás perfecta —dijo alguien detrás de mí.

Miré de reojo y vi el reflejo de Celia en el espejo.

Mi sonrisa desapareció de inmediato.

—Necesitas un toque de brillo de labios. Tengo un poco si quieres. —Abrió su diminuto bolso y sacó un lápiz de labios.

—No, no quiero nada de ti.

La empujé para pasar por su lado y me dirigí a la puerta. Pero ella me agarró del brazo.

—Oye, ¡espera!

Solté el brazo de su mano, pero me detuve. Podía escuchar lo que tuviera que decirme, cualquiera que fuera su gran excusa para haber mantenido en secreto la cena de cumpleaños de Sophia.

Me crucé de brazos con una actitud de exagerado aburrimiento y le hice un gesto con la cabeza para que hablara.

Por una vez, la siempre serena Celia parecía incómoda y no paraba de cambiar el peso de su cuerpo de un pie a otro.

—No voy a esperar toda la noche. Habla.

Tenía la frente arrugada por la confusión.

—¿Por qué estás enfadada conmigo? He notado la tensión durante toda la cena. Ni siquiera me has mirado. Por eso te he seguido aquí. ¿Por qué estás enfadada?

—No te hagas la tonta, Celia. No te va.

—No me hago la tonta. Explícamelo tú. —Sus brazos colgaban a ambos lados del cuerpo, en una postura completamente abierta, como si no tuviese nada que ocultar—. Por favor.

—Celia...

¿Me estaba comportando de una forma ridícula? ¿Otra vez? Quizá me estaba dejando influir por la críptica advertencia de Stacy sobre aquella belleza rubia.

Suspiré y decidí explicarme:

—Hoy te he visto y no me has dicho nada sobre esta cena. Sabías que yo no me había enterado, porque te he contado que no tenía pensado ver a Sophia y que tenía una reunión esta noche. Sin embargo, todo este tiempo has estado diciendo que me apoyas. —Mi tono de voz fue calmado, sincero, menos acusatorio de lo que había pensado. Quizá estuviese aprendiendo de Hudson.

Celia repitió mi suspiro.

—Tienes razón, tienes razón. —Se miró los zapatos y murmuró—: Pensaba que debía hacerlo así. —Volvió a mirarme a los ojos—. No te he dicho nada, tienes razón, y debería haberlo hecho. Pero estabas feliz y radiante y las cosas te estaban yendo bien. Cuando me he dado cuenta de que Hudson no te había hablado de la cena, no he querido sembrar cizaña entre los dos.

—O lo querías para ti esta noche.

—¡No! Ya te lo he dicho: no voy detrás de Hudson.

Se pasó una mano por la frente, delicadamente, como si no quisiera estropear la base de su maquillaje pero estuviera tan acostumbrada a aquel movimiento cuidadoso que no tenía que pensar en ello. Era una pura sangre de los pies a la cabeza. Yo no estaba para nada a su altura.

No hice caso de aquel destello de envidia y me centré en sus palabras.

—Oye, Laynie, estoy de tu lado. De verdad. ¿No ves lo que podría haber pasado si te lo hubiese dicho? Se lo habrías contado a Hudson y, después, tendrías que haberle explicado cómo te habías enterado y eso significaría que tendrías que haberle confesado que habíamos estado hablando de él a sus espaldas. ¡Y él te ha traído de todos modos! Todo ha salido bien. ¡Todo va bien!

—Sí, todo va estupendamente —respondí antes de asimilar de verdad sus palabras. Una vez lo hice, vi la verdad que había en lo que me decía. Sinceramente, si hubiésemos intercambiado nuestros papeles, probablemente yo habría hecho lo mismo.

Me mordí el labio.

—Dios mío, lo siento mucho. Yo solo... No sé en quién confiar. Es como si hubiera mucha gente en nuestra contra.

Su expresión se relajó y su preocupación fue sustituida por una sonrisa reconfortante.

—Eso no es para nada cierto. Sophia está en contra vuestra. Es la única. Y mis padres, pero ellos solo intentan hacer lo que creen que es mejor para mí. Es una tontería propia de padres. Es obvio que no entienden nada.

Lo que quería decir es que no entendían que ella nunca había estado con Hudson. No se daban cuenta de que el bebé no era de él.

—¿Por qué no se lo dices? Han pasado varios años, tú misma lo has dicho. ¿Por qué no confesáis Hudson y tú la verdad sobre el bebé? —Me había hecho esa pregunta desde que lo supe. Eso resolvería muchos problemas—. Si de verdad te importara su felicidad, contarías la verdad y le dejarías libre.

—Parece que eso sería lo correcto, ¿verdad? —Los ojos se le pusieron vidriosos mientras pensaba, quizá recordando. Cuando volvió a centrar su atención en mí, su expresión era de disculpa—. Es…, es difícil. No puedo decir nada más que eso. Lo siento. Ojalá pudiera. Pero implica a más personas aparte de mí. Tienes que confiar en mí. Esto es lo mejor para todos. Incluso para Hudson.

Me molestaba que hubiera algo de aquella situación que yo no supiera, algo que Hudson hubiera preferido no contarme. Pero puede que Celia no estuviese más que inventando excusas, que no estuviese lista para contarles la verdad a sus padres.

—Como ya te he dicho, no sé de quién fiarme.

—Alayna...

Sentí horror al oírle pronunciar mi nombre. Nadie me llamaba Alayna aparte de Hudson. No era ella quien lo debía utilizar, sino él.

La puerta se abrió detrás de nosotras y entró una mujer. Las dos nos quedamos en silencio hasta que ocupó uno de los retretes vacíos.

—Este es un mal momento. Pero tienes mi número. Llámame si necesitas algo. Para solucionar las cosas o simplemente para hablar.

Yo vacilé. Aquella velada había aprendido muchas cosas y una de ellas era la facilidad con la que tener secretos entre Hudson y yo podría hacer que nos apartáramos. No quería seguir mintiéndole. Quizá aquella fuera una buena ocasión para poner fin a mi amistad con Celia. Puede que incluso para confesar las citas para almorzar que habíamos tenido hasta entonces.

Como si notara mi renuencia a hacer las paces, Celia puso una mano sobre la mía.

—Deseo que todo le vaya bien a Hudson más de lo que te puedas imaginar. Créeme.

Celia me dedicó otra sonrisa centelleante y blanca antes de salir del baño.

Me saqué el teléfono del sujetador y pensé en borrar su contacto. Desde luego sería lo más seguro. Pero por otra parte me había servido para obtener información que me faltaba. Y era importante para Hudson. No quería causarle problemas abriendo una brecha entre ellos dos.

Qué curioso. La antigua yo habría hecho precisamente eso. La antigua yo, la que era antes de la terapia, habría obligado a Hudson a elegir. Ella o yo. Ahora, por muy agradable que me resultara la idea de librarme de los Werner, no deseaba forzar ningún ultimátum.

Además de ser tremendamente poco práctico e insano, estaba segura de que Hudson no lo aceptaría.

Capítulo
TRECE

Tan solo habían pasado unos segundos desde que Celia se había ido y yo me guardara el teléfono en el sujetador cuando Mira salió de la zona de los excusados. Como no había oído ninguna cisterna descargarse ni agua corriendo, me di cuenta de que debía de llevar un rato allí. Su rostro estaba más serio de lo que le había visto nunca y había algo en su expresión que me hizo sentirme inexplicablemente culpable.

—Hola —dije tratando de hacer desaparecer aquella extraña sensación.

Ella me atravesó con sus ojos marrones.

—Estabas hablando con Celia.

—Sí.

Coloqué una mano sobre el tocador en busca de apoyo, pese a que no había hecho nada malo.

Estábamos en una reunión familiar, ocho en total. ¿Se supone que no debía hablar con ninguno de los demás invitados? ¿Ni con la única amiga de mi novio?

—Creo que no deberías seguir haciéndolo. —El tono de voz de Mira era tranquilo y nada recriminatorio.

—¿Por qué?

Se ablandó y dando un paso hacia mí recuperó su tono alegre.

—¡Es tu competidora, Laynie! Es decir, Hudson está completamente entregado a ti y a nadie más que a ti, pero Celia va detrás de él. Lleva mucho tiempo imaginándose casada con él. En su cabeza lo da por hecho.

—Lo sé, lo sé.

Una extraña punzada de pena me invadió. Quizá Celia no deseara de verdad a Hudson, pero los demás no dejaban de asegurarlo y la acusaban de algo que ella había superado hacía mucho tiempo. Yo sabía lo que eso suponía, porque los demás habían pensado que seguía loca mucho tiempo después de haberme recuperado.

Tragué saliva y salí en su defensa, sorprendiéndome incluso a mí misma.

—Pero ella dice que no. Que no lo desea, quiero decir. Sí que puede parecer que está colada por él. Aunque lo cierto es que me ha sido de mucha ayuda.

Mirabelle se ahuecó la parte posterior de su pelo corto.

—Vale, puede que sea verdad. Quizá yo esté exagerando. Pero la conozco de toda la vida y no siempre ha sido la mejor de las personas.

Imaginé lo que Mira pensaría cuando Hudson dejó a Celia con el corazón roto y destrozada. Para una adolescente impresionable como debió de ser Mira, sería fácil culpar a Celia de las cosas terribles que rodearon a Hudson. Sobre todo estando tan unida a su hermano.

Pero ahora era una adulta. Tenía que ver que aquella historia iba más allá de lo que ella creía, aunque no conociera los detalles.

—Tampoco Hudson ha sido siempre la mejor de las personas —le recordé.

Un destello de decepción apareció en sus ojos.

—No estoy diciendo que no apoye a Hudson. Me da igual lo que haya hecho o lo que haya sido. De verdad. —Me mantendría a su lado a pesar de la mucha mierda por la que hubiese pasado, igual que él estaba a mi lado después de todo lo que yo había hecho—. Solo digo que todos hemos sido peores personas. —Excepto Mira, probablemente—. Al menos muchos de nosotros hemos sido peores personas —rectifiqué.

—Estoy segura de que eso es cierto. —Se acercó a mí y colocó suavemente la mano sobre mi brazo—. Pero no pienses que Celia es tu única fuente de información, ¿vale? Laynie, si necesitas hablar, llámame. O, mejor aún, habla con Hudson.

La cabeza estaba a punto de estallarme con tantas idas y venidas: acusar a Celia, defender a Celia, confiar en Celia, no confiar en Celia. Lo cierto era que la única persona a la que de verdad tenía que defender era a Hudson. La única persona en la que tenía que confiar era en él.

Sí, era a él a quien debía acudir cuando necesitara a alguien con quien hablar. Era él quien importaba. El único que sabía cómo tranquilizarme.

—Hablaré con Hudson. Buena idea.

Mira sonrió.

—A veces las tengo. Buenas ideas. Y eso a pesar de los despistes por el embarazo.

De repente sentí que llevaba lejos de Hudson demasiado tiempo y ansié verle. Un ansia que desapareció en el momento en que salimos del baño y me encontré a Hudson esperando, con su actitud fuerte y cien por cien masculina y sus ojos resplandecientes al verme. Siempre conseguía que me temblaran las rodillas.

Despidiéndose con la mano, Mira se dirigió a la mesa detrás de Celia. Debía de haberse quedado allí tras salir del baño. Imaginé que habría hablado con Hudson. Me parecía bien. Muy bien. Incluso me lo esperaba. No era a ella a quien él estaba esperando. Era a mí. Siempre.

Hudson me cogió de la mano cuando me acerqué a él.

—¿Lista para marcharnos?

A pesar de que no había terminado de comer, lo de marcharnos me pareció una idea divina.

—Pensaba que nunca me lo pedirías.

—Entonces vámonos. —Parecía distraído mientras me llevaba hacia la puerta del restaurante, pero ¿quién no lo estaría después de la cena que habíamos tenido?

Casi habíamos superado el mostrador de la recepción, cuando Sophia nos salió al paso.

—¿Pensabais escabulliros sin despediros como es debido?

Puse los ojos en blanco. Pero Hudson, tranquilo y manteniendo el control como siempre, se limitó a levantar una ceja.

—¿Me estabas esperando aquí para echármelo en cara en caso de que así fuera?

Sophia frunció el ceño, pero su frente repleta de bótox apenas se movió.

—Claro que no. Me he levantado para llamar a mi coche. Es de mala educación usar el teléfono en la mesa. —Su tono era admonitorio. Como si hubiera sido Hudson quien había estado ensimismado con el móvil en lugar de su otro hijo.

Hudson me apretó la mano con más fuerza.

—Ya me he despedido de ti, madre.

—Tú sí. —Hizo un gesto hacia mí—. Ella no. De hecho no recuerdo que haya saludado al entrar.

Sentí que el estómago se me tensaba y en medio segundo se me pasaron por la mente mil respuestas hostiles que darle. Siguiendo el ejemplo de Hudson, decidí permanecer tranquila.

—Usted tampoco.

—No, no lo he hecho.

Su sonrisa era tensa, pero los ojos le brillaban. De repente comprendí que disfrutaba enfrentándose a mí. Si yo era lista, no respondería. Eso la dejaría sin su recompensa.

Pero quizá también me gustara a mí aquel juego, un desafío similar a una buena partida de ajedrez.

—La verdad es que me ha parecido muy inteligente por su parte, Sophia. La velada ha ido bastante bien cuando cada una fingía que la otra no existía. ¿No lo cree así?

—Gracias. Ha sido pura improvisación, puesto que no sabía que ibas a venir hasta una hora antes, cuando Hudson me ha llamado para decírmelo.

Sophia me estaba provocando. Trataba de sacarme de quicio haciéndome saber que yo no figuraba en la lista de invitados. Habría sido una jugada brillante si no lo hubiera sabido antes.

Yo respondí con calma:

—Ah, H, ¿la llamaste? Creía que ibas a darle una sorpresa.

—Sí, telefoneé mientras te vestías. Llegué a la conclusión de que Sophia podría comportarse mejor si estaba preparada.

Hudson había decidido entrar en el juego. Aunque prefería protegerme de las bufonerías de su madre, normalmente le divertía el modo en que yo la trataba.

La espalda de ella se enderezó, una absoluta contradicción con el modo en que debía haberse sentido tras haber recibido una réplica tan lógica a su movimiento.

—Sí, ha funcionado bien. Recordaré para la próxima vez la táctica de la ignorancia mutua.

—Entonces, ¿por fin acepta que va a haber una próxima vez? —Era mi turno: «Jaque».

Su sonrisa se amplió, como si yo hubiese caído en una trampa.

—Soy de todo menos poco realista, Alayna Withers. La cuestión es saber cuántas próximas ocasiones va a haber. Yo estoy en la vida de Hudson de forma permanente. ¿Y tú?

Mi autocontrol flaqueó y los hombros se me tensaron mientras mi cuerpo se preparaba para un combate.

—Madre, para ya —intervino Hudson—. Es tu cumpleaños. Un día feliz para ti. Si estás deprimida, es solo porque no te permites disfrutar de nada.

Me soltó y abrazó a Sophia de una forma torpe mientras le daba un breve beso en la mejilla.

Por millonésima vez, me pregunté por aquella relación entre madre e hijo. A mí me había costado mucho menos cortar con mi hermano. Por supuesto, de eso habían pasado solamente dos días. No podía decir lo que ocurriría después entre nosotros. Y de Hudson y Sophia solo podía suponer su pasado. Me habían ocultado los detalles, al igual que la mayoría de los asuntos de la vida de Hudson.

«Tiempo», me recordé a mí misma. Sabría más de él con el tiempo.

Hudson dejó de abrazarla y puso las manos suavemente sobre los hombros de Sophia.

—Hueles a sexo —dijo ella cuando él se apartó.

No pude evitar tomarme aquello como un cumplido.

—Me sorprende que reconozcas el olor.

Sin apartar los ojos de su madre, Hudson volvió a extender la mano para agarrar la mía.

Yo deslicé la palma sobre la suya y absorbí la chispa que siempre recorría mi cuerpo cuando entrábamos en contacto.

La mirada de Sophia se dirigió hacia nuestras manos unidas y de nuevo al rostro de su hijo.

—No soy ninguna mojigata.

Hudson negó con la cabeza, aburrido de aquella conversación.

—No, nadie te acusa de eso. Simplemente me sorprende que puedas percibir nada por encima del olor del bourbon.

«Y jaque mate».

—Vete a casa, Hudson.

—Con mucho gusto.

Subimos en silencio al ascensor y a la limusina. Había demasiadas cosas en las que pensar: Jack y Sophia, Celia y después Mira. Demasiados aspectos de aquella velada sobre los que pensar, motivos para estar confundida y hecha un lío. Lo único sobre lo que no estaba confundida era sobre Hudson. Ya no. No desde que en la terraza me había hecho una especie de truco de magia sexual que había calmado todos mis temores sobre él. Había hecho desaparecer todas mis dudas, había dicho las palabras adecuadas y, por primera vez en..., bueno, por primera vez, pensé que quizá podría ser una chica normal con una relación normal con un hombre normal.

Vale, nunca sería una chica normal y Hudson no sería nunca un hombre normal, pero quizá habíamos encontrado el punto más parecido a lo normal que jamás podríamos alcanzar. Y era increíblemente bueno.

Mientras miraba absorta pasar los edificios por la ventanilla de la limusina, ni siquiera se me ocurrió preguntarme si íbamos al Bowery o si me iban a llevar a casa. Hudson no le había dado ninguna instrucción al conductor. Simplemente di por sentado que pasaría la noche con mi novio. Hudson también debió de darlo por sentado, porque Jordan se detuvo delante de su edificio sin decirme una palabra.

Cuando ya estábamos en el ático y el silencio entre nosotros persistía fue cuando me di cuenta de que no era solo yo la que andaba sumida en mis pensamientos. Hudson también estaba perdido dentro de su cabeza. Él no era raro que estuviese callado y ensimismado. Así era el hombre que había conocido y por el que me sentí atraída al principio. Pero incluso cuando lo veía concentrado en su trabajo, siempre había un atisbo de su atención puesto en mí. Aunque sutil, era inconfundible.

Esta noche era distinto. Salimos del ascensor y, sin decir nada, Hudson se dirigió de inmediato a la biblioteca. Yo le seguí, insegura. Aunque él no había estado en casa desde que llegaron los libros, ni siquiera les echó un vistazo. Fue directo a su escritorio, dejó la chaqueta en el respaldo de su silla y se sentó.

—Tengo que trabajar un poco —dijo sin mirarme—. Probablemente me quede hasta tarde. No me esperes levantada.

—Ah. De acuerdo.

Había en mi voz más sorpresa que dolor. Era la primera vez que estábamos solos y que no estábamos pegados el uno al otro. Resultaba... raro.

Durante varios segundos me quedé inmóvil, sin saber qué debía hacer. El sentido común empezó a imponerse.

—¿Necesitas algo? ¿Una copa quizá?

Revolvió algunos papeles de su escritorio y frunció el ceño al ver uno de ellos.

—Luego me prepararé un whisky.

A continuación regresó a su ordenador y desaparecí de su vista.

Yo podría prepararle un whisky. De hecho quería hacerlo, pues así me sentiría útil, deseada. Como si hubiera un motivo para estar allí.

Pero el tono de Hudson había sido concluyente. Por algún motivo, no quería que yo se lo sirviera. Aunque no le hiciera caso y se lo preparara, ya sabía que no me lo agradecería. Probablemente ni se daría cuenta.

Le preparé la copa de todos modos y la dejé en la esquina de su mesa. Me vio, sabía que me había visto. Pero, tal y como había supuesto, no dijo nada.

Estaba en otro sitio, en algún lugar muy lejano. Un lugar donde no estaba dispuesto a llevarme.

Me metí en el dormitorio y me senté al borde de la cama, aún sin hacer desde la noche anterior. Hudson Pierce, tan insultantemente rico y poderoso, ni siquiera tenía a nadie que fuera a hacerle la cama a diario.

Un pensamiento banal, pero fue lo primero que se me pasó por la mente.

Después empezaron las preguntas, el interrogatorio constante del que mi mente no parecía cansarse. ¿Qué era lo que había provocado aquel comportamiento distante de Hudson? ¿Había sido la última conversación con su madre? ¿Toda la noche en general?

Puede que simplemente tuviera que trabajar. Él pensaba que yo tendría que haber estado toda la noche en el Sky Launch. No había planeado tener que distraerme. Y yo no debía esperar que tuviera que hacerlo. Nos habíamos conocido el uno al otro, pero eso no quería decir que el resto de nuestras vidas tuviera que detenerse. Aún teníamos cosas que hacer, obligaciones. Sobre todo un hombre como él.

Estaba segura de que no era por mí, que no era por nosotros. Él me había declarado que era suya. La última vez apenas dos horas antes. Era suya. Ese comportamiento no era por mí.

Otra prueba, si es que la necesitaba, era que me había llevado a su casa cuando fácilmente podría haberme dejado en la mía. Me quería allí, aunque no pudiera estar conmigo del todo. Yo lo sabía. Lo sabía.

Respiré hondo y dejé que mis músculos en tensión se relajaran al soltar el aire.

Después me liberé.

Me liberé de todo: los pensamientos, las preocupaciones, las dudas… No iba a volverme loca. Ya no. No más obsesiones. No más análisis. Simplemente me liberé.

La claridad se impuso. Las personas cambiaban de humor. Yo seguía siendo prácticamente una desconocida para Hudson. Las relaciones eran algo nuevo para los dos. No podía esperar que ninguno de los dos se comunicara a la perfección con el otro. Teníamos que aprender y eso requería tiempo.

Teníamos tiempo.

Miré la puerta vacía pensando qué hacer. ¿Ver la televisión o leer un libro? Había muchos entre los que elegir. Podría ir con Hudson a la biblioteca, dedicarme a sacar libros de las cajas.

Pero mi instinto me decía que él necesitaba su espacio. Aunque él no me había hecho caso cuando le pedí que me dejara sola en la terraza, esa misma táctica no funcionaría en sentido inverso. A Hudson no le gustaba que le manejaran como a mí. A mí me encantaba que él lo hiciera. Lo adoraba. Lo ansiaba.

Pero Hudson… Sus muros no eran tan fáciles de sortear. Había montañas. Tenía que escalarlas con cuidadoso sigilo y firmes asideros. A veces tenía que pararme en una cornisa y esperar a que el tiempo mejorara antes de retomar la escalada. Algunas veces, llegaría a la cumbre de una y él estaría allí, esperando, expuesto, y juntos disfrutaríamos de las sobrecogedoras vistas.

Ahora mismo yo me encontraba en una cornisa. Esperando tranquila.

Me reí en silencio. ¿Quién iba a pensar que yo sería capaz de esperar tranquilamente a un hombre? Pero ahí estaba, sin actuar como una loca, sin importar adónde quisiera ir mi cabeza.

Me puse de pie y me miré en el espejo del tocador. ¿Tenía un aspecto diferente? Paul había dicho que sí. ¿Me brillaban más los ojos? ¿Mis permanentes círculos oscuros bajo los ojos estaban más claros de lo habitual? ¿Era ese el aspecto de quien está mentalmente sano? Porque, aunque mi reflejo no mostraba que hubiese cambiado nada, esa yo era completamente nueva y sorprendente.

Así que, pese a que el actual estado de ánimo de Hudson era desconcertante y misterioso, yo me sentía bien. Fuerte.

Me iba a mudar a esa casa. Si Hudson iba a tener episodios de aislamiento, prefería encontrarme cerca de él físicamente, aunque estuviera lejos emocionalmente. Además esa noche habíamos demostrado que podíamos capear el estrés y siempre parecía que lo soportábamos mejor juntos.

Eran las diez pasadas, pero decidí ponerme a correr. Me cambié y entré en el gimnasio del ático, donde pasé cuarenta minutos en la cinta. Después me di una ducha rápida. Más tarde, tras debatirme entre un camisón, una camiseta o simplemente las bragas, decidí quedarme desnuda y meterme sola en la cama. De ese modo quería enviar un mensaje a Hudson: «Estoy sin ropa por ti. Desnuda para ti. Basta de muros, basta de ocultar emociones».

Cuando viniera conmigo más tarde, lo vería. Comprendería lo que no podía decirle en ese momento, un eco de las palabras que él me había repetido antes una y otra vez: «Estoy contigo. Estoy contigo».

Me desperté más tarde en la habitación a oscuras, tumbada a mi lado de la cama con el brazo de Hudson alrededor de mí, su mano acariciándome el pecho. En silencio, me besaba el hombro y el cuello.

Suspiré. Aunque estaba medio dormida, mi cuerpo se puso al instante en armonía con el suyo, preparado, anhelante. Deslicé la mano entre mis piernas, me acaricié el clítoris y él se introdujo dentro de mí con suavidad. Un momento después encontramos nuestro ritmo y nuestra pesada respiración fue el único sonido mientras nos movíamos juntos hacia el mismo objetivo.

Cuando estaba llegando al orgasmo, mis dedos anhelaron recorrer de arriba abajo el paisaje del pecho de Hudson. Echar la mano hacia atrás para agarrarle el culo no era suficiente. Sentía las manos vacías y por mi mente pasó la vaga idea de que aquella postura reflejaba el estado de nuestra relación. Los dos mirando hacia delante, avanzando juntos hacia un objetivo único, pero Hudson no estaba del todo al alcance de mi mano. Mis manos se estiraban buscando algo que no podían atrapar.

Terminamos casi a la vez y nos quedamos allí tumbados un rato sin movernos ni hablar. Cuando nuestra respiración se fue calmando, rompí el silencio:

—¿Dónde estabas antes?

Me acarició el pelo con su nariz.

—¿Importa eso? Ahora estoy aquí.

Le había dicho a Mira que hablaría con Hudson. Pero ¿qué se suponía que tenía que hacer cuando él se encerraba en sí mismo? Incluso ahora, en medio de esa intimidad, había una parte de él que permanecía cerrada.

Y puede que eso fuera lo mejor. Porque las partes suyas que sí abría eran luminosas y cegadoras, como un faro en la oscuridad. Así que dejé que mis preguntas se esfumaran, evaporándose en la nada mientras él me daba la vuelta para que le mirara, acoplándome a su cuerpo debajo de él. Quizá nuestra conversación no fuera necesaria ahora. Hablaríamos de la mejor forma que sabíamos, con el tacto físico, balanceando nuestros cuerpos con olas simultáneas. Juntos.

—*Mon amour. Ma précieuse* —me dijo al oído—. *Ma chérie. Ma bien-aimée.*

Me hablaba en francés. Había dicho que lo haría después, con mis piernas rodeándole. Así que subí las piernas alrededor de sus caderas, basculando mi cuerpo hacia el suyo.

Aunque no eran necesarias las palabras, las murmuraba una y otra vez mientras volvíamos a hacer el amor. Entre los besos que me daba en el cuello y en la boca, mientras entraba y salía de mí al ritmo de la hermosa poesía de su lengua.

—*Je suis avec toi.* Siempre. Estoy contigo, *ma précieuse.*

Capítulo
CATORCE

El sol aún estaba bajo y se colaba por un hueco de las cortinas cuando Hudson soltó una mano de mi pecho para mirar su reloj.

—Sé que es sábado y que es temprano —dijo besándome el hombro—, pero tengo que ocuparme de un asunto antes de que sea más tarde. Después me dedicaré a hacer estragos contigo sin parar durante el resto del fin de semana.

—De acuerdo. Si tienes que hacerlo…

Yo seguía recuperándome de los dos orgasmos mañaneros, apenas incapaz de formular frase alguna y mucho menos de hacer nada para lo que fuese necesario pensar. Pero sí tenía que ocuparme de una importante tarea. Algo que había estado evitando.

—Yo también tengo que hacer algunas cosas, así que me viene bien. Por suerte para ti.

—Pues sí, por suerte para mí.

Hudson entró en la ducha primero mientras yo corría un poco en la cinta. Cuando terminé de hacer ejercicio, Hudson se había metido en la biblioteca. Me duché y después me senté en el borde de la cama envuelta en una toalla con el teléfono en la mano mientras pensaba en la llamada que tenía que hacer. Hice cuatro intentos de pulsar el botón de llamada y rápidamente colgué antes de reunir el valor suficiente para dejar que la llamada siguiera adelante. A continuación oí el sonido del teléfono al otro lado de la línea y, como sabía que reconocerían mi número, no podía colgar. De todos modos, era probable que no respondiera, así que ¿por qué asustarme tanto?

Me pareció una eternidad, pero por fin mi hermano respondió:

—Dios mío, Laynie, ¿estás bien?

Su preocupación me encolerizó. O no era real o llegaba tarde y mal.

—Claro que estoy bien. ¿Por qué no iba a estarlo?

No había respondido a sus llamadas, pero eso no debería ser causa de preocupación.

—Porque no has estado en el club en toda la semana.

—¿Qué estás diciendo? He ido todos los días.

Parecía exasperado.

—He llamado para preguntar por ti todas las noches de esta semana y nunca estabas. Al principio pensé que les habrías dicho a todos que no te pasaran mis llamadas, pero después di un nombre diferente y llamé desde otro teléfono.

—Joder, Brian, no sabía que lo del acoso fuera algo genético.

—¡Ja!

Su tono no era alegre. Nunca le había gustado que yo bromeara con mi trastorno. Por eso precisamente era por lo que lo hacía.

—No estaba en el club porque ya no trabajo por las noches, imbécil. —Como si eso fuese asunto suyo. Aun así, había algo dentro de mí que no podía evitar contárselo. Quería alardear, buscar su aprobación—. Me han ascendido. Ahora me ocupo del *marketing* y la promoción. En horario diurno. Tal y como tú querías.

—¡Ah, qué bien! Enhorabuena, Laynie. Estoy orgulloso de ti.

Durante medio segundo me sentí acalorada y con el vello de punta. Entonces, recordé lo mal que se había portado conmigo, que había dejado de ayudarme económicamente, que le había asustado mi relación con Hudson por mis antecedentes obsesivos. Sí, el calor y el vello de punta no iban a durar mucho.

—Me da igual, Brian. No quiero oírlo.

—Lo digo en serio.

—Solo porque te alegras de que ahora esté siguiendo el plan que habías pensado para mí.

Brian pensaba que los turnos de noche y el ambiente del club no eran apropiados para alguien con mi enfermedad, a pesar de que precisamente trabajar en el club era lo que me había ayudado a calmarme. De haber sido por él, me estaría dedicando al *marketing* de alguna empresa de las que aparecen publicadas en la revista *Fortune* con un horario diurno, ganando una tonelada de dinero con un trabajo respetable. Pero si hubiese seguido ese camino, me habría aburrido y agobiado tanto que estoy segura de que me habría pegado un tiro la primera semana de trabajo.

—Eso no es verdad. —Casi parecía arrepentido.

Yo casi me sentí mal.

—Espera, ¿has conseguido ese ascenso por Hudson Pierce?

Ahí dejé de sentirme mal.

—No. Para nada. Y gracias por tu pregunta, gilipollas.

—¿Qué esperas que suponga, Laynie? ¿Quieres que cambie por completo mi concepto de ti porque digas que todo es distinto?

—No sé qué es lo que espero, Brian.

Por mucho que quisiera, realmente no podía culparle por comportarse de un modo tan despreciable. Yo había sido una carga y, en su defensa, debo decir que él había estado ahí cuando más lo había necesitado. Al menos en el aspecto económico, aunque no en el emocional. Lo cierto es que probablemente él estuviese tan destrozado como yo.

Pero el hecho de comprenderle no mejoraba la situación. Simplemente significaba que no podía odiarle.

Me eché en la cama y me froté los ojos con la mano.

—¿Y qué era eso tan importante por lo que tenías que llamarme?

Había dicho que había terminado conmigo. Suponía que eso habría acabado con toda comunicación.

Se aclaró la garganta.

—El alquiler del apartamento cumple este mes.

Claro, había que atar los cabos sueltos.

—Lo cierto es que esa era la razón por la que te he llamado. Me mudo. Así que haz lo que tengas que hacer para finalizar el alquiler.

—¿Dónde vas a vivir?

Si le decía que iba a mudarme a la casa de Hudson, le daría un ataque de pánico.

—Eso no es asunto tuyo.

Además, ¿qué más le daba a él?

—Bien, compórtate como una bruja. Seguro que piensas que me lo merezco.

No hice caso de su descarado intento de culpabilizarme.

—¿Qué quieres que haga con las llaves?

—Puedes dármelas personalmente cuando vaya. ¿Cuándo tienes pensado marcharte?

—La semana que viene probablemente.

Conociendo a Hudson, querría verme fuera del apartamento un día después de decírselo. De todos modos, sería una mudanza fácil. Los muebles eran del apartamento.

Pero no quería ver a Brian. No había ningún motivo para hacerlo.

—¿Para qué tienes que venir?

—Para asegurarme de que la casa se queda en buen estado antes de devolverla. Quiero que me devuelvan la fianza.

Me incorporé.

—Estuviste allí el lunes, Brian. Viste el estado en el que estaba. No he destrozado el apartamento después de que te fueras, si es eso lo que estás sugiriendo. ¿Crees que lo haría simplemente porque estoy cabreada contigo?

—No sé qué es lo que harías. —Brian alzó la voz—: Ya no me sorprende nada en lo que a ti concierne.

—Esta conversación no tiene ningún sentido. Envíame un mensaje cuando estés en la ciudad y te devolveré las putas llaves. Por lo demás hemos terminado.

Colgué y lancé el teléfono a la cama.

¿Qué había pasado para que nos separáramos? Yo había creído que la trágica pérdida de nuestros padres nos uniría más, que nos haría sentirnos más comprometidos el uno con el otro. Desde luego que nos queríamos. De eso no había duda. Pero querer a una persona no significa que sea alguien adecuado para ti, no la convierte en una buena persona que desees que esté en tu mundo. Ese había sido un tema muy habitual en la terapia.

No pensé en lo que eso podría significar en cuanto a Hudson y a mí. No era un tema que estuviese dispuesta a abordar. Además, él había sido mi salvación en aspectos que no tenían nada que ver con el dinero y sí con el apoyo real.

Era Brian quien tenía que salir de mi vida. Me dolía pensar en ello en profundidad, así que no lo hice. ¿Y qué si Brian era mi único pariente vivo? No me importaba. No dejaría que me importara.

Me incorporé en la cama y estaba a punto de vestirme cuando sonó el teléfono avisando de que había recibido un correo electrónico. Rara vez recibía correos, pero como aún no me había creado una dirección de correo para el trabajo, había recurrido a mi cuenta personal para enviarle a Julia mi propuesta oficial. Cogí el teléfono tratando de no hacerme ilusiones. Pulsé el icono del correo electrónico y contuve la respiración mientas leía. Cuando había leído el primer párrafo, casi estaba bailando. El correo era de Party Planners Plus. Y eran buenas noticias.

Rápidamente me vestí con unos pantalones cortos y una camiseta sin mangas blanca y negra, sin ropa interior. Después me dirigí a la cocina para coger algo de comer antes de correr a contarle a Hudson la buena noticia. En la encimera vi que me esperaban medio bollo y un plátano junto a una taza de café. Sonreí ante las infinitas atenciones de Hudson. Sí, mudarme allí era una buena decisión.

Ahora solo tenía que decírselo a él.

Pero antes le daría mi noticia.

Le di tres rápidos bocados al bollo y pelé el plátano, cogí el café y fui hacia la biblioteca.

Hudson estaba al teléfono cuando entré en la habitación, de espaldas a mí con la vista puesta en la ciudad. Su tono era directo y serio mientras hablaba mezclando palabras con otras en japonés. ¡Vaya! ¿Hudson sabía también japonés? Nunca dejaba de sorprenderme y eso me encantaba.

No quería molestarle, así que entré en silencio y me apoyé en el borde de su mesa detrás de él. No debí ser lo suficientemente silenciosa, pues se dio la vuelta para mirarme sin interrumpir un solo momento la conversación. Llevaba puestos unos vaqueros y un polo azul ajustado que le marcaba los fuertes abdominales. Estaba muy atractivo. Joder, siempre lo estaba. Pero aún no me había acostumbrado a su aspecto informal. Me desasosegaba y me volvía sensible. Sobre todo cuando lo escuchaba ocupándose de sus negocios. Siempre decía que mi cerebro le excitaba. Me pregunté si sospecharía que el suyo también me excitaba a mí.

Él se quedó igual de embelesado conmigo y sus ojos no me abandonaron mientras continuaba con su llamada. Quizá el modo en que me estaba comiendo el plátano fuera un poco sensual. No podía evitarlo. ¿Acaso podría actuar de otra manera mientras Hudson estuviera en la misma habitación?

Cuando hubo terminado su llamada, dejó el auricular en la base sobre su escritorio y recorrió mi cuerpo con sus ojos, como hacía a menudo, como si ya me estuviese follando en su imaginación.

Su mirada me excitó al instante. Mi cuerpo vibraba lleno de electricidad y las piernas se me movían con una energía nerviosa.

—¿Interrumpo?

—En absoluto. He terminado por hoy. —Silbó mientras yo movía los labios sobre el último bocado de plátano—. He terminado con el trabajo.

—Parece que tu conversación telefónica ha sido mucho más productiva que la mía.

Me chupé la punta del dedo pulgar fingiendo limpiarme restos de plátano, aunque no tenía ninguno. Cuando me disponía a pasar al dedo índice, Hudson me lo cogió y lo chupó.

—Es increíble cómo he podido concentrarme con tu preciosa boca envolviendo ese plátano. Pero esa era tu intención, distraerme.

Encogí un hombro.

—No tengo ni idea de qué estás hablando.

Su boca se elevó con una sonrisa.

—Una provocación muy maliciosa. —Se sentó en la silla de su escritorio y se giró para mirarme de frente—. ¿Con quién has hablado?

—Con mi hermano. Ha sido duro.

—¿Quieres hablar de ello?

Deslizó las manos por mis pantorrillas haciendo que chispas de electricidad me recorrieran el cuerpo.

—No. —Al menos no en ese momento—. No voy a dejar que me arruine el día. Y este día es fabuloso. ¿Sabes por qué?

—¿Porque estoy a punto de abalanzarme sobre ti?

—Eso también. —«Dios, eso también». El corazón se me aceleró ante aquella perspectiva—. Pero además porque los organizadores de eventos con los que me reuní han aceptado firmar un trato.

—Por supuesto que sí. Eres brillante, ¿recuerdas? —Sus manos pasaron por mis rodillas hacia mis muslos desnudos, rozando con sus dedos suavemente mi piel—. ¿Son los de Party Planners Plus?

Me puse en tensión sin querer.

—Vaya, buena memoria.

Confiaba en que hubiese olvidado los detalles. El hecho de que hubiese prestado tanta atención me hacía más difícil creer que no descubriría que Paul Kresh estaba por medio.

—Solo cuando se trata de ti.

«De eso es de lo que tengo miedo». Pero sonreí para hacerle creer que disfrutaba de su atención, lo cual normalmente era cierto. Pero no en lo que se refería a Party Planners.

—Enhorabuena. Estoy deseando ver lo que haces con ellos.

Se echó hacia delante para darme un beso en la parte superior del muslo, tan cerca y tan lejos a la vez de otros lugares que deseaban su boca de una forma más exhaustiva.

—Yo también.

La respiración se me cortó cuando me volvió a besar. Esta vez eligió la parte inferior del muslo.

—Es un comienzo. Estoy muy excitada con esto. —Ya no estaba hablando de trabajo.

Hudson me agarró la mano y tiró de mí hacia delante para sentarme a horcajadas sobre él.

—Entonces los dos tenemos hoy buenas noticias.

—Cuéntame las tuyas.

Mis manos recorrían su camisa disfrutando del contacto con la dura superficie que había debajo.

Cerró los ojos con un largo parpadeo y supe que él estaba disfrutando también de mi tacto. Imitó mi movimiento y con la palma de sus manos acarició mis pechos sin sujetador por encima de la camiseta.

—Estaba hablando por teléfono con un contacto de Japón. Le he pedido que lo arregle todo para irme allí los próximos días.

Mis manos se quedaron inmóviles.

—¿Qué? ¿Por qué?

Japón estaba muy lejos. La idea de que se marchara aunque fuese por poco tiempo hizo que el pecho se me encogiera.

—Para presentar una oferta por Plexis.

—¿De verdad? Hudson, ¡eso es estupendo!

—Me puse en contacto con aquel hombre al que oíste hablar. Se llama Mitch Larson. —Hudson continuó manoseándome los pechos mientras hablaba y mi cuerpo se arqueaba al sentir sus manos—. Resulta que no tiene capacidad en su compañía para poder vender, pero lo ha organizado todo para que yo le presente la oferta directamente a su jefe de Japón. No habría conseguido concertar esa reunión de no haber conocido a Mitch. —Gemí cuando me pellizcó los pezones hasta convertirlos en dos picos protuberantes—. Y no habría conocido a Mitch de no haber sido por ti.

Me retorcí intentando sentir presión donde la necesitaba, en la entrepierna.

—Yo ni siquiera habría ido a esa fiesta de no ser por ti.

—Fácilmente podrías no haber prestado atención a aquella conversación o no haberte molestado en contármela. Lo hiciste. Y te estoy agradecido por ello.

Sus manos, aún en mis pechos, me parecían muy lejanas. Las necesitaba sobre mi piel desnuda, ansiaba que me tocara sin que hubiese ningún obstáculo. Enseguida. Tenía que follarme rápido.

Me eché hacia delante para susurrarle al oído:

—¿Hasta qué punto estás agradecido?

—Creo que ya lo sabes.

Se animó y pude sentir su erección, por fin, juntándose con mi clítoris.

Levantó la boca para buscar la mía, pero se tomó su tiempo, acariciándome los labios con la nariz, lamiéndome la curva del mentón. Sus dientes me mordisquearon el labio inferior y no pude seguir resistiéndolo. Coloqué las manos a cada lado de su rostro. Lo inmovilicé mientras aplastaba mis labios con los suyos. Saqué la lengua y le provoqué tocándole los dientes inferiores hasta que me metió la lengua en la boca. Después invadí su boca por completo, chupando su lengua como si fuera su polla, gozando a la vez del gemido que nació en la parte posterior de su garganta.

Sus manos me acariciaban la espalda arriba y abajo, pero aún sin meterse por debajo de mi camiseta. Levanté el trasero dándole a entender lo que quería, lo que necesitaba.

En lugar de seguir mi iniciativa, puso sus manos suavemente sobre mis hombros y me echó hacia atrás. Los dos estábamos jadeando y yo me quedé bastante confundida y tan tremendamente excitada que no podía quedarme quieta.

—Alayna, tengo que decirte una cosa. —Hudson bajó las manos a mi cadera para que dejara de moverme—. Sobre lo de ayer. Sobre lo de mudarte aquí.

Joder, ¿se estaba arrepintiendo? ¿En medio de una sesión de pasión de lo más excitante?

—¿Sí?

—No quiero que estés aquí… —hizo una pausa y me puso nerviosa que hubiese llegado al final de la frase, pero continuó hablando— para poder controlarte. Quiero que estés aquí porque no soporto otra posibilidad. Quiero que estés aquí porque te quiero conmigo. Siempre.

Era perfecto, absolutamente perfecto.

Yo dejé escapar un suspiro tembloroso.

—De acuerdo.

Su cuerpo se relajó y bajó los hombros.

—Bien. Necesitaba que lo entendieras.

—No, no digo que de acuerdo, que te entiendo. Bueno —admití—, eso también. Pero lo que quería decir era que de acuerdo, que me vengo a vivir contigo.

Hudson me miró sorprendido.

—¿Sí?

Una oleada de calor me recorrió el cuerpo.

—¿Por qué te sorprendes tanto? Creía que estabas acostumbrado a salirte con la tuya. Apuesto a que siempre consigues lo que quieres.

—Casi siempre. Pero a menudo tengo que luchar por ello antes. Y estaba dispuesto a pelear por esto. Por ti. Ha sido mucho más fácil de lo que pensaba.

—Probablemente porque yo ya había decidido aceptar. Pero, aunque no fuera así, me habrías convencido con esto. —Coloqué las manos sobre su cara—. Hudson, yo también quiero estar contigo siempre. Y no me importa si la gente dice que es una locura o que es demasiado pronto, porque yo ya estoy loca y ya estoy locamente enamorada de ti.

—Alayna.

Su voz sonó ronca e intensa, como si la pronunciación de mi nombre llevara mucho más peso del que debiera. Como si tuviera muchos significados que Hudson no era capaz de expresar. Con aquella única palabra me condujo a un estado emocional que no había sentido antes, una emoción profunda y arraigada y, a la vez, elevada y eufórica. Era volver a enamorarse de alguien a quien ya amaba hasta la médula.

Se movió rápidamente, me quitó la camiseta con un único movimiento y después me levantó junto a él de la silla lo suficiente como para sacarse la polla. Envolví su miembro duro con mis manos, acariciándolo con una especie de loca desesperación mientras él me besaba hasta dejarme sin sentido. Con su rostro aún concentrado en mí, atacó con sus manos mis pantalones cortos, agarrándolos como si fuera a desgarrarlos. Tras unos segundos de delirio, abrió el cajón de arriba de la mesa detrás de mí y revolvió a ciegas hasta que encontró lo que buscaba: unas tijeras.

Entonces me cortó los pantalones.

Nunca imaginé que fuera tan increíblemente excitante que me cortaran la ropa ni que nadie fuera a hacerlo de verdad. Una cosa era que me arrancara el endeble tanga, pero coger unas tijeras, cortar tan cerca de mi piel... Me puse más húmeda y excitada de lo que había estado nunca, llevada por su rabiosa necesidad de tenerme desnuda para él.

Cuando apartó la tela rasgada, puso las manos debajo de mi culo y me subió encima de él. Yo estaba tan húmeda que me deslicé sobre él con toda facilidad, enfundándole por completo.

—¡Dios, Hudson!

Podía sentirlo entero desde ese ángulo, con su palpitante polla golpeándome la pared de la vagina, haciendo que me retorciera encima de él. Me eché hacia delante apoyándome en las rodillas para poder salirme de él de nuevo, levantándome y bajando a una velocidad frenética que recordaba más a la forma en que Hudson me montaba, no a la que le montaba yo.

El orgasmo me llegó sin aviso, apareciendo de la nada y recorriéndome todo el cuerpo, haciendo que redujera la velocidad. Traté de mantener el ritmo mientras sus oleadas me invadían, agitándome y rompiéndome hasta que me rendí con un largo grito de placer.

Apenas me di cuenta de que la silla giraba hasta que sentí que la mesa me presionaba la espalda. Hudson tomó el control de la situación. Embestía dentro de mí con destreza y precisión mientras mis piernas le envolvían la cadera a la vez que cambiaba nuestra posición y el asiento que tenía debajo le servía para caer sobre él más que como un verdadero apoyo.

Cuando recobré la visión, vi los ventanales que tenía detrás de mí. Aunque estábamos en la planta superior del edificio y era poco probable que nadie estuviese mirando, había alguna posibilidad y ser consciente de ello hizo que la situación adquiriera un mayor nivel de erotismo, intensificándose exponencialmente cuando Hudson se vació dentro de mí con un gruñido profundo y primario.

No se concedió ni un momento para recuperarse y me tumbó sobre la mesa. Apartó la silla y se arrodilló entre mis piernas mientras sujetaba mis tobillos al borde del escritorio. Me quedé desnuda y completamente abierta delante de las ventanas, delante de mi amante. Estaba a punto de llegar a mi segundo orgasmo antes de que la lengua de Hudson empezara a tocarme.

No me provocó ni actuó con lentitud, como solía hacer cuando me comía, sino que me chupó y me lamió el clítoris con urgentes caricias de su lengua. Me corrí al instante y, aun así, él continuó. Aquello fue demasiado…, demasiado intenso para mi aguzada sensibilidad y mis caderas se movieron con sacudidas.

—Otra vez —dijo Hudson antes de retomar el ataque.

—¡No! —Me retorcí, pero sus manos me sujetaron los tobillos con firmeza—. No puedo soportarlo.

—Otra vez —insistió y fue imposible convencerlo de que desistiera.

Retomó su asalto apartándose de la palpitante bola de nervios para sumergir la lengua por mi agujero.

Mis manos volaron a su cabeza y las apreté sobre su pelo mientras él me llevaba a otro clímax y su lengua lamía mi raja regresando de nuevo a mi clítoris y, después, volviendo a sumergirse en mi coño.

En algún lugar de la parte de mi cerebro que podía seguir formulando algún pensamiento supe lo que estaba haciendo. Me estaba dando las gracias, demostrándome lo feliz que le había hecho al decidir irme a vivir con él. Su propio orgasmo había llegado rápidamente, pero podía empalmarse otra vez. Lo sabía por experiencia propia. Probablemente ya la tendría dura de nuevo por lo mucho que le excitaba comerme. Pero en lugar de meterse dentro de mí me estaba regalando todo el placer. Era un mensaje y yo lo recibía alto y claro.

Aminoró la velocidad, pero su ardor continuaba. El siguiente orgasmo me llegó con renuencia y él me lo sacó con una dedicación dulce e interminable hasta que me volví completamente loca, estremeciéndome mientras el calor se extendía por mis piernas y me hacía encoger los dedos de los pies.

Hudson permaneció entre mis piernas hasta que me tranquilicé, lamiéndome y agasajándome con una suave adulación mientras mi ritmo cardiaco regresaba a la normalidad.

Después se puso de pie y me llevó hasta el sofá para tumbarme allí.

Se quedó mirándome con los ojos aún entrecerrados mientras se desnudaba. Yo tenía razón: volvía a estar empalmado, con la polla dura y palpitante. Se tumbó a mi lado y me rodeó con sus brazos. Me acarició el pelo con sensuales caricias a la vez que me hablaba al oído en voz baja:

—Sé que da miedo y que nuestra situación no ha sido la ideal, pero tú eres lo mejor para mí. No hay nada en este mundo que sea tan importante para mí como tú. Yo puedo ser lo mismo para ti. Lo sé. Y te agradezco mucho que me des la oportunidad de demostrártelo.

Me moví para poder mirarle.

—No tienes que demostrarme nada. También eres ya lo mejor para mí.

Me hizo callar y me besó en la frente.

—Todavía no. No he podido darte aún todo lo que necesitas.

Mi mente trató de imaginar qué era lo que él podría pensar que yo necesitaba y que no me había dado. Las dos palabras. Aquello era lo único con lo que podría conformarme. Pero las sabía aunque él no las pronunciara. Las sabía con cada poro de mi ser.

—Está bien, Hudson. Es…

—No —me interrumpió—. Pero necesito saber que lo estoy intentando y no voy a dejar de hacerlo hasta conseguirlo. ¿Me oyes? No pierdas la fe en mí —dijo en tono vehemente y en su rostro se reflejaba la desesperación.

—No voy a perder la fe en ti. —Levanté la mano para acariciarle la cara y él se inclinó sobre ella—. ¿Por qué iba a hacerlo? Te quiero, Hudson. Te quiero mucho.

Cerró los ojos con fuerza, casi como si mis palabras le hicieran daño.

—No merezco tu amor. No creo que lo vaya a merecer nunca.

—Te mereces más de lo que yo pueda darte jamás.

—Tenemos opiniones distintas al respecto. Habremos de aceptar que no estamos de acuerdo. Otra vez. —Me empujó el hombro—. Date la vuelta —ordenó.

Me giré de cara al respaldo del sofá y al instante sentí la gruesa erección de Hudson presionándome por detrás. Levanté la pierna, le rodeé con ella y él se deslizó dentro de mí otra vez.

—Esta vez vamos a ir más despacio —susurró besándome el cuello.

Capítulo QUINCE

Tal y como yo había imaginado, Hudson estaba deseando que empezara mi mudanza inmediatamente. Corrijo: inmediatamente después de hacer el amor otra vez. Con una explosión de excitación que nunca antes había visto en él, lo preparó todo con «su gente» y al final del sábado las cosas, relativamente pocas, que yo poseía las habían metido en cajas y las habían llevado al Bowery. Ocurrió tan rápido que ni siquiera dio tiempo a que la ansiedad por todo aquello me llegara a agobiar y, cuando sentí que empezaba a hacerlo, simplemente me prometí encargarme de ello en mi sesión de Adictos Anónimos del lunes.

Fue fácil deshacer las cajas. Casi todas mis pertenencias cabían en el segundo vestidor del dormitorio, nuestro dormitorio. Solo una cosa, un baúl que había pertenecido a mi madre, encontró su lugar en la otra habitación. Para el domingo por la noche ya estaba totalmente instalada y el dolor de músculos que sentía no era de transportar cajas, sino de otra actividad física.

El lunes llegó demasiado rápido, pero no fue espantoso, pues me encantaba nuestra rutina a la hora de despertarnos. Apagábamos las alarmas de nuestros móviles a la vez, un polvo rápido en la ducha, nos arreglábamos el uno junto al otro en los lavabos gemelos, compartíamos un rápido bocado en la mesa de la cocina... Todo era maravilloso. La todavía emocionante novedad de todo aquello mezclada con la seguridad de saber que aquella situación no era temporal hizo que fuera al club con paso alegre, algo raro en mí, pues yo nunca había sido una persona a la que le gustaran las mañanas.

Como estaba de tan buen humor, empecé mi jornada laboral ocupándome de lo que me parecía que era la más desalentadora de mis tareas: volver a concertar una cita con Aaron Trent. Para empezar, había supuesto que la única razón por la que había aceptado reunirse conmigo era Hudson. Cuando anuló su cita del viernes por la noche, mis sospechas se confirmaron. Lo único que hacía falta era una llamada de mi novio y sabía que volvería a concertar la reunión. Pero quería hacerlo por mí misma.

Como no tenía el número de teléfono directo del despacho de Trent y no quería pedírselo a Hudson, tuve que hacer uso del número de su agencia que aparecía en la página web. Tuvieron que transferir dos veces la llamada hasta que conseguí hablar con la ayudante de Trent.

—Necesito concertar una cita con Aaron Trent. ¿Puede ayudarme?

La voz al otro lado del teléfono sonó jovial y profesional:

—Puedo tomar nota de sus datos, pero tendré que consultarlo con él antes de decidir una fecha.

—Es lógico. —Me pasé la mano por la cara. ¿Por qué demonios había creído que podría conseguir hablar directamente con aquel hombre? Pese a que todo había sido en vano, le di mis datos—. Soy Alayna Withers, del Sky...

—Señorita Withers —me interrumpió en tono jovial y profesional—, no me había dado cuenta de que era usted. El señor Trent ha dicho que si llamaba podíamos volver a acordar una fecha cuando a usted le viniera bien.

—Ah, vale.

Así que después de todo quizá no pensara dejarme plantada. Estaba gratamente sorprendida. No es que creyera que su buena disposición para reunirse conmigo no tenía nada que ver con la persona con la que me estaba acostando, pero también sabía que si lo tenía delante de mí podía impresionar a ese hombre.

Concertamos una cita para una noche de esa misma semana, pero antes de colgar le pregunté algo que no paraba de dar vueltas en mi mente:

—Oiga, ¿tiene idea de por qué el señor Trent canceló nuestra reunión? Sé que no es asunto mío. Es simple curiosidad.

La jovial secretaria pareció sorprendida.

—El señor Trent no la canceló. Llamó una mujer de su club el viernes por la tarde para decir que había surgido algo. Supuse que era usted.

Eso era imposiblc. Nadic sabía que yo tenía esa reunión por la noche aparte de David y Hudson. Y, según mis últimas comprobaciones, ninguno de los dos era mujer.

—No fui yo. ¿Está segura?

—Sí. Yo misma atendí la llamada.

O alguien había cancelado mi reunión del viernes sin mi permiso o me estaban gastando una buena broma. En cualquier caso, la jovial secretaria no tenía por qué seguir al teléfono mientras yo lo averiguaba.

—Un error mío. Gracias y, por favor, discúlpeme ante el señor Trent por las molestias que le haya podido causar.

—Sinceramente, eso le vino mejor. —Bajó la voz como si estuviese contándome un secreto—: Tendría que haber faltado a un baile con su hija y Rachel es del tipo de chicas que no llevan bien las decepciones. Así que se puede decir que le hizo un favor cancelando la reunión.

Ah, así que probablemente Rachel Trent era quien había llamado para anular la reunión. Yo nunca había estado muy unida a mi padre, pero podía entender que ella deseara estar con el suyo. Desde luego, yo había tenido comportamientos igual de manipuladores que los de una adolescente.

Le di las gracias a la jovial secretaria por la información, colgué el teléfono y pasé a los siguientes asuntos de mi lista de tareas. Eran casi las tres cuando sonó el timbre de la puerta de servicio.

Vi la imagen en la cámara de seguridad, pues no estábamos esperando ninguna entrega. Era Liesl.

—Ahora mismo abro —le dije por el interfono y a continuación fui corriendo para dejarla pasar.

Abrí la puerta y levanté los brazos para que Liesl me diera un abrazo fuerte. Era una de las pocas personas a las que permitía tener un contacto íntimo y siempre según mis condiciones.

—¿Qué haces aquí tan pronto? —le pregunté con la boca pegada a su pelo—. ¿Trabajas esta noche?

—No. Tengo la noche libre. —Me soltó para chocar conmigo la mano en el aire—. Podemos salir luego por ahí, si quieres.

—Sí que quiero. Tengo terapia de grupo a las cinco y media. ¿Qué te parece después?

—Guay. Acabo de tomar café con unos amigos de aquí al lado. Quieren que vaya con ellos a un concierto. De paso, me he acercado para ver los horarios de la semana que viene. ¿Están ya preparados?

—Sí, creo que los he visto. Sube conmigo.

Subimos las escaleras hasta el despacho. Vi los horarios en la desordenada mesa de David, me giré para dárselos y pegué un brinco cuando vi a alguien en la puerta. Medio segundo después me di cuenta de que era Hudson. Casi había olvidado que tenía su propio juego de llaves.

—¡Hola! ¿Qué haces aquí?

Era una agradable sorpresa verle sin aviso previo en mitad del día, pero también raro.

Su expresión era tranquila.

—Tienes que venir conmigo.

—¿Por qué? ¿Qué pasa? —Di un paso hacia él y me di cuenta de que su cuerpo estaba tenso, tenía la mandíbula apretada y el brillo había desaparecido de sus ojos—. Oye, ¿estás enfadado conmigo?

Antes nunca había estado enfadado de verdad conmigo. No así, con la rabia saliendo de él en oleadas tan densas que casi podía tocarla.

—Coge tus cosas y ven. —Escupió esas palabras como si le costara trabajo hablar civilizadamente.

—Ese tono autoritario es muy excitante. —Liesl ni siquiera se molestó en susurrar.

La verdad es que había veces en que esa actitud autoritaria me parecía excitante. Esta no era una de ellas. Su tono y su lenguaje corporal me asustaron, no físicamente ni de forma intencionada, pero su agitación me indicaba que no tenía control de sí mismo.

Me crucé de brazos en actitud desafiante.

—Hudson, no voy a irme solo porque tú lo digas. Necesito más información.

—Alayna, no voy a hablar de esto aquí. —Estaba temblando. Nunca le había visto tan enfadado—. Coge tus cosas y ven. Ahora.

No era una sugerencia. Ni una invitación. Ni siquiera era una orden. Era una realidad. Era lo que iba a hacer, tan predecible como mi siguiente respiración.

«Se ha enterado».

Aquella certeza me invadió a la velocidad de un rayo, haciendo que me sintiera mareada y débil.

No sabía cuál de mis secretos había descubierto ni cómo, pero en mi mente no había duda de que había averiguado algo y estaba totalmente segura de que, si de verdad me interesaba algo nuestra relación, tenía que hacer lo que él decía. Hudson tenía motivos para estar enfadado conmigo. Motivos muy reales y justificados. Si quería salvar lo que teníamos, tendría que doblegarme ante su ira. Me lo merecía. Se lo debía.

Fui a coger mi bolso, dispuesta a marcharme con Hudson, cuando me acordé de Liesl.

—Yo… estoy con una empleada. Soy la única que se encuentra aquí. David no entra hasta las cinco.

—No pasa nada, Laynie. —Liesl me enseñó la palma de la mano y pude ver que se había escrito con un bolígrafo lo que supuse que eran sus horarios—. Ya tengo lo que necesitaba. Me voy contigo.

Resultaba casi cómico que Liesl no notara la seriedad de Hudson, que diera por sentado que su conducta era normal y que a mí me parecía bien. Pero también sentía demasiada vergüenza como para reírme. Estaba tremendamente abochornada.

Me tragué la enorme bola que sentía en mi garganta y busqué con los ojos a Hudson sin mirarle directamente a la cara.

—Tengo que cerrar todo. He abierto el bar antes para coger un refresco y los ordenadores siguen encendidos.

Las manos de Hudson se cerraron en un puño a ambos lados de su cuerpo. Se le estaba agotando la paciencia.

—Envíale un mensaje a David y dile que te he pedido que salgas rápidamente. Pon la alarma de la puerta. Eso será suficiente. Dudo que a David le importe —añadió con sequedad.

Entonces ¿era por David? ¿Aquel asunto se trataba de él? ¿O yo estaba malinterpretándolo todo?

Me sentía aturdida mientras salíamos. Mis pies se movían de forma automática mientras Liesl charlaba sin parar sobre el nuevo camarero. Estoy segura de que asentí y dije «Ajá» en los momentos pertinentes, porque ella no me reprochó que no le prestara atención.

En la puerta tuve que intentarlo tres veces antes de que mis manos temblorosas introdujeran el código de la alarma correctamente. Salimos a la luz del día, al sol cegador tras la oscuridad del club. Liesl me apretó la mano como despedida.

—Dejamos de momento la noche de chicas. Diviértete con el señor Dominante —dijo moviendo la cejas antes de marcharse en dirección a la parada de metro.

Miré hacia la acera y me di cuenta de que no había ningún coche conocido esperándonos. Cuando volví a mirar a Hudson, él caminaba ya en dirección contraria a varios metros de distancia. Corrí para alcanzarle y reduje la velocidad cuando llegué a su lado. Era más fácil evitar su mirada si iba un paso por detrás de él.

Caminamos en silencio y mi mente se esforzaba en entender la situación. Nos dirigíamos al aparcamiento público. Debía haber venido en su propio coche y probablemente lo habría aparcado en una de las plazas destinadas al club. Normalmente solo conducía por gusto, pero no parecía estar en un momento de «placer». Debía de haber ido sin chófer por otro motivo. Por ejemplo, porque estaba tan alterado que ni siquiera había podido esperar a que lo llevaran. Simplemente se había ido en un ataque de furia. Traté de imaginármelo: él en su oficina, inmerso en su trabajo, cuando… ¿qué? ¿Qué había pasado que le había hecho dejarlo todo y coger el coche para ir en mi busca? Pero ¿no era esa la pregunta del millón? Bueno, era de Hudson Pierce de quien hablábamos. Sería más apropiado decir que era la pregunta de los cien millones.

En el aparcamiento, Hudson pulsó el botón de su llave para abrir y el Maybach anunció su presencia, aparcado, como había supuesto, en una de las dos plazas reservadas para el club, que rara vez estaban ocupadas. Pese a su actitud fría, me abrió la puerta del asiento delantero y me recordó que le enviara el mensaje a David antes de dar la vuelta para ir al lado del conductor.

Escribí un mensaje rápido en el teléfono y confié en que tuviera sentido sin parecer que estaba metida en problemas. Pero ¿no lo estaba? ¿En un enorme problema?

No. ¿Por qué iba a estarlo? Solo porque estaba enamorada de ese hombre, porque teníamos un compromiso tácito el uno con el otro que yo había incumplido con mis secretos... Nada de eso implicaba que tuviese que quedarme sentada como una niña caprichosa esperando su castigo. Era una chica adulta. Por supuesto que tenía que ser responsable de mis actos, pero no me merecía que no me dijese qué pasaba ni que me tratara con hostilidad y rabia.

Acabábamos de salir del aparcamiento cuando decidí pronunciarme:

—¿Qué pasa? —Me respondió con su silencio—. ¿Hudson?

—Aún no estoy preparado para hablar de ello.

La vena de su cuello palpitó. Nunca le había visto así. Ni siquiera cuando me había acusado de estar enrollada con David.

«David». Si tenía que averiguarlo, apostaba a que esa era la causa de su ira. Aun así, actué con cautela, sin delatarme, aunque una parte de mí quería soltarlo todo, contarle a Hudson cada pequeño momento de traición. Pero tenía demasiado miedo a perderle, así que en lugar de eso hice un alegato general:

—No sé lo que he hecho, pero lo siento. Te pido perdón y haré lo que sea por arreglarlo.

Un taxi hizo sonar el claxon cuando Hudson cambió de carril y se puso delante de él.

—Alayna, no puedo hablar de esto mientras conduzco.

Aceleró para cruzar el semáforo en ámbar y me agarré a la guantera.

—Sí, buena idea. Concéntrate en conducir, porque me estás asustando.

La mirada que me lanzó fue de auténtica furia.

—Bien. Tal vez sí que debas estar asustada.

Después de aquello, no volví a abrir la boca. Su forma de conducir no mejoró ni siquiera en silencio y agradecí que hubiese poca distancia hasta el Bowery. Ni siquiera sabía que había un aparcamiento subterráneo hasta que entramos por el túnel y aparcamos al lado de su Mercedes. «Vaya. Me había preguntado dónde lo guardaba cuando no lo usaba».

Desde que estaba con Hudson me había acostumbrado a que me abrieran la puerta, pero salí rápidamente en el momento en que el coche se detuvo. Puede que él estuviese enfadado y quizá me lo mereciera, pero no debía mostrarme acobardada.

Subimos en el ascensor en absoluto silencio. En el ático, Hudson fue directamente al bar. Yo le seguí con los brazos cruzados y esperé a que decidiera que estaba «listo para hablar».

Se sirvió un whisky y se bebió la mitad antes de mirarme.

—Dime una cosa. Pero piénsalo bien antes de responder, porque quiero creer lo que me digas. —dijo con un tono de voz tranquilo y comedido.

Me apoyé en el respaldo del sofá, preparándome.

—¿Sigues enamorada de él?

«Así que se trataba dc David». Sc me escapaba cómo Hudson podía haberlo descubierto. No me imaginaba a David acercándose a su jefe para contarle las aventuras sexuales que había tenido conmigo. Sobre todo cuando David había puesto fin a ellas concretamente para que Hudson no lo supiera nunca.

Sin embargo, lo había averiguado. No importaba. Lo que sí importaba era dejar las cosas claras ahora.

—No. Nunca he estado enamorada de él.

Hudson cerró brevemente los ojos, casi como si se sintiera aliviado. Pero cuando los volvió a abrir seguía en ellos la frialdad de antes.

—Pues lo que quiera que fuera...: atracción, obsesión. ¿Sigues sintiendo eso por él?

—Nunca he sentido nada de eso por él. Era una opción segura. Tonteamos unas cuantas veces. —Hice un gesto al ver la expresión de dolor de Hudson—. Hasta ahí llegamos. De verdad. No era más que un tío con el que tenía química, pero no la suficiente como para volverme loca. —«No como contigo. Nunca como contigo».

—Entonces, ¿por qué solicitó una orden de alejamiento?

Un silbido de aire me atravesó los oídos y me dejó aturdida. Mareada.

—Espera, ¿de quién estás hablando?

La única orden de alejamiento que había tenido era respecto a Paul. Y el secreto de que estaba trabajando con Paul era mucho más grave que el asunto de David.

Apreté los dedos en el sofá por detrás de mí mientras esperaba a que pronunciara el nombre que sabía que diría:

—Paul Kresh.

—Ah. —Asentí despacio durante varios segundos—. Ah. —No podía decir nada más. No reaccioné. No tenía excusa—. Te has enterado de lo de Paul.

Apretó los dientes. Pude oír cómo rechinaban.

—Como ya sabes que estoy al corriente de tu pasado con Paul, debes estar refiriéndote a que me he enterado de que es socio de Party Planners Plus.

Negué con la cabeza.

—¿No lo sabías?

Había esperanza en su tono de voz. Deseaba que yo no lo supiera.

Pero no podía mentirle. Una cosa era ocultárselo y otra muy distinta mentirle directamente.

—Legalmente no es socio, así que la pregunta no es correcta.

—Maldita sea, Alayna. No le des la vuelta a las cosas. Porque me gustaría pensar que nunca harías algo tan estúpido como firmar un acuerdo que podría obligarte a colaborar con alguien a quien se supone que no debes acercarte por mandato judicial. La Alayna que conozco nunca actuaría de forma tan descerebrada.

Pero sí había firmado ese acuerdo. Esa misma mañana, de hecho.

—Supongo que en realidad no me conoces.

Dio un golpe con su vaso vacío sobre la barra.

—¡Esto no es un juego, joder!

—¿Crees que no lo sé? —Levanté la voz para ponerla al nivel de la suya—. Soy yo quien tiene la orden de alejamiento. Soy yo la que entiende la gravedad de la situación. —Me había golpeado con un dedo el pecho con tanta fuerza cada vez que había mencionado la palabra «yo» que supe que me saldría un moratón.

—Entonces ¿por qué? —Sus ojos me miraban suplicantes—. No podías estar tan desesperada por firmar un acuerdo. Había creído..., había esperado que no supieras que Kresh estaba prometido con Julia Swaggert...

—¿Prometido? Creía que simplemente estaban saliendo.

La expresión de su rostro indicaba que mi comentario era desafortunado.

—Eso no importa, lo sé —me corregí rápidamente—. No quiero que parezca que me interesa, porque no es así. No me interesa, Hudson. No me importa qué hace ni con quién está. Es solo que cuando hablamos no me dijo que estaban prometidos.

—¿Has hablado con él?

Pensaba que no podría enfadarse más. Resultó que estaba equivocada.

—Por todos los santos, Alayna, más te vale que me digas que ha sido por teléfono.

«Mentir, mentir, mentir». Era la canción que había en mi mente y que repetía el mismo estribillo. Me obligué a ignorarla.

—No. Fue en persona.

Dio un paso hacia mí con las manos levantadas, como si fuese a retorcerme el cuello.

—¡Joder, Alayna! ¿Qué coño estabas pensando?

—¡Deja de gritarme para que te lo pueda explicar!

Aunque sabía que no me iba a pegar, su rabia no ayudaba. Y estaba tan enfadado que temía que no pudiese ver más allá de su rabia; que pusiera fin a lo nuestro. Necesitaba una señal de que aún era posible que no hubiéramos terminado.

—Estoy esperando.

Su volumen era más bajo, pero su actitud no había cambiado en lo más mínimo.

—No voy a decir nada hasta que te calmes. Me estás asustando.

Me miró como si le hubiese dado una bofetada.

—Muy bien. —Se pasó una mano por el pelo—. Pero esto es lo máximo que me puedo calmar.

Tragué saliva.

—Yo..., eh..., tuve la reunión con Julia. El jueves. No sabía que tuviera una relación con Paul. Pero luego, al final, él apareció y me pilló completamente desprevenida. —Un escalofrío me recorrió el cuerpo cuando recordé el momento en el que le había visto en el club, el impacto que sentí—. Actuó como si no me conociera, así que yo le seguí la corriente. Entonces Julia fue al baño. Paul me dijo que no quería echar a perder el trato por ella y que teníamos que fingir que no nos conocíamos.

Di un paso hacia Hudson. Odiaba la expresión de su rostro y estaba deseando que se tranquilizara.

—Le dije que no podía trabajar con él, Hudson, y él contestó que tenía que hacerlo. Me aseguró que Julia se moría por trabajar con Industrias Pierce, que esa era su forma de entrar en contacto y que si yo lo fastidiaba todo... —Me mordí el labio y me supo a sangre—. Me dijo que se lo debía.

—Alayna, tú no le debes nada, joder.

Su tono seguía siendo hostil, pero menos.

Sentí que los ojos me picaban.

—¡Sí! Le arruiné la vida.

—Engañó a su prometida. Fue él quien se arruinó la vida.

—Pero no fue solo eso. Y lo sabes.

—Aun así, no le debes una mierda. Estabas enferma. No eras responsable de lo que hacías.

Me quedé pensando en eso. Sí que estaba enferma. No tenía control de mis actos. Eso lo sabía. Lo había aceptado durante la terapia.

Pero eso no cambiaba nada.

—No importa. Aunque no se lo debiera, me chantajeó. Podría decir que yo había preparado la reunión únicamente para estar con él. Es decir, no es verdad, pero podría parecerlo. —Me reí entre dientes—. Incluso tú has creído que era así. Luego apareció otra vez aquella noche en el Jardín Botánico. Podía parecer que le he estado siguiendo. ¿Quién va a creerme a mí antes que a él?

Había evitado mirarle a los ojos, pero en ese momento lo hice.

—Si violo otra vez esa orden de alejamiento, podría terminar en la cárcel.

Por no mencionar lo que podría pasarle a Hudson en los medios de comunicación. Sería el hazmerreír de la ciudad.

—Alayna…

Acortó la distancia que había entre los dos con dos pasos rápidos y me rodeó con sus brazos.

No me había dado cuenta de lo cerca que estaban mis lágrimas de la superficie hasta que me sentí segura entre sus brazos. Lloré suavemente sobre su hombro, no solo por lo que había hecho y por la presión que había sufrido ocultándolo, sino porque me estaba abrazando. Eran lágrimas de alivio.

Hudson me abrazó aún más fuerte.

—¿Por qué no acudiste a mí? Yo nunca permitiría que te ocurriese nada malo. Nunca. Eso ya lo sabes, ¿no?

Giré la cara para que mis palabras no se perdieran en la tela de su chaqueta.

—Tenía miedo. De lo que él pudiera hacerme. De lo que podría hacerte a ti. —Sus largas caricias a lo largo de la espalda me hacían más fácil hablar, más fácil confesar—. Quería que estuvieras orgulloso de mí, del acuerdo que había cerrado.

De repente me apartó y me sujetó los brazos.

—Yo siempre estoy orgulloso de ti, Alayna —dijo inclinándose para mirarme a los ojos—. Siempre.

Aquello me desbarató. Otra vez.

Me agarré a su camisa por debajo de su chaqueta abierta.

—Debería habértelo contado. Lo siento mucho. No sabía qué hacer y quería decírtelo. Por favor, no te enfades conmigo.

Me hizo callar suavemente.

—No. No llores, preciosa. —Me abrazó para consolarme—. Solo estoy enfadado porque te has puesto en peligro —explicó cuando me calmé—. Me has asustado. No te imaginas lo que he sentido cuando he visto en mi mesa la documentación y me he dado cuenta de lo que pasaba. ¿No sabes que no podría soportar que te pasara nada malo? —La voz se le quebró.

—Sí que lo sé.

Era exactamente lo que yo sentiría si le pasara algo a él.

—Y estoy enfadado porque no has acudido a mí.

—Quería hacerlo. De verdad. Pero Ce... —Estuve a punto de mencionar a Celia, pero me interrumpí justo antes de decir su nombre. No me parecía un buen momento para añadir ese secreto a la batidora—. Pero no quería meterte en mis problemas.

Me aparté y busqué un pañuelo de papel por allí.

Hudson se sacó del bolsillo un pañuelo de tela. ¿Quién demonios llevaba pañuelos de tela? Me quedaban aún muchas cosas por saber de ese hombre.

—No seas tonta —dijo mientras me limpiaba los ojos—. En primer lugar, soy el dueño del Sky Launch, así que me considero el responsable legal de todo lo que pase allí en lo concerniente a los empleados y las personas con las que se relacionen.

No lo había pensado.

Me pasó suavemente el pulgar por la mejilla.

—Pero lo más importante es que, si te metes en cualquier lío, yo también estaré metido. Soy tuyo. Y eso significa que estoy atado a ti en todos los aspectos. En los buenos y en los malos. Si no entiendes eso, es que no existe ninguna oportunidad para lo nuestro.

Oh, Dios mío. Sentí como un golpe la enormidad de todo aquello. Había puesto en peligro todo lo que teníamos, a nosotros mismos.

—La he cagado de verdad. —Sentí que me quedaba pálida—. Cielo santo, Hudson.

Me levantó el mentón con un dedo y me dio un beso en la nariz.

—No la has cagado. Puedo arreglarlo, ahora que lo sé.

—¿Qué vas a hacer?

Tuve la breve visión de unos hombres vestidos con gabardinas reuniéndose con Paul en un callejón oscuro. Por desgracia, esa imagen hizo que una sonrisa apareciera en mi rostro.

—Nada ilegal, si es eso lo que estás pensando tú.

Vaya, qué bien me leía la mente.

—Ofreceré a Party Planners Plus un acuerdo con Industrias Pierce a cambio de poner fin al contrato con el Sky Launch. Pierce es una marca más importante y puede ofrecer un precio mejor. Seguirán trabajando con la marca Pierce. Kresh no podrá quejarse de nada.

—Bien pensado. Gracias. —Si desde el principio hubiese recurrido a Hudson, habría llegado a un arreglo como ese y yo no habría puesto a nadie, a mí, en una situación peligrosa. El estómago se me retorció por el asco que sentí por mí misma—. Lo siento, Hudson. Siento que tengas que arreglar mis problemas. Soy una idiota.

—Calla. —Sus brazos volvieron a rodearme, abrazándome y consolándome, aunque eso era lo último que me merecía—. Deja de sentirte culpable. Es nuestro problema, ¿recuerdas? Y quiero arreglarlo. Es algo que puedo hacer. Deja que lo haga.

—De acuerdo. —Tomé aire y dejé salir toda mi preocupación y mi remordimiento al soltarlo—. De acuerdo. Dejaré que lo hagas.

Capítulo
DIECISÉIS

Hudson se guardó el pañuelo mojado y noté cómo su actitud cambiaba. Me di cuenta de que tomaba distancia.

—Muy bien, Alayna, ¿qué más me tienes que contar?

—¿Qué..., qué quieres decir?

Aún me estaba recuperando de lo terrible de mi última confesión. ¿Qué otra información tenía que revelarle? En ese momento estaba dispuesta a soltarlo todo.

Hudson se quitó la chaqueta, la dobló y la dejó en el respaldo del sofá.

—Cuando hemos empezado esta conversación, creías que estaba hablándote de otra cosa. De otra persona. —Sus ojos se clavaron en mí—. ¿De quién creías que estaba hablando?

Sinceridad. Le debía hablar con sinceridad.

—Pensaba que hablabas de David.

—¿De David Lindt?

—Sí.

Retrocedió hasta apoyarse contra la pared. No me gustó ver que necesitaba un punto de apoyo.

—Me dijiste que no había nada entre tú y David.

—No lo hay. Ya no.

—Pero lo hubo.

—Sí.

Pude ver el dolor en su rostro. Eso me destrozó. Era exactamente lo mismo que yo sentiría si descubriera que había pasado algo entre él y Celia. Quise acercarme a él, abrazarle como él me había abrazado, conseguir que se sintiera mejor.

Di un paso hacia él, pero levantó una mano para detenerme.

—No fue nada, Hudson. Estuvimos más o menos juntos. Pero no de verdad. Ni siquiera salimos juntos ni le contamos a nadie lo nuestro. Fue solo que, cuando trabajábamos hasta tarde solos..., pasaron cosas.

Aquellas palabras dejaron un sabor terrible en mi boca.

—¿Te acostaste con él?

—No. Nunca llegamos tan lejos. —No era la primera vez que abordábamos ese tema—. Ya me lo preguntaste otra vez y también te dije que no. No mentía.

Me lanzó una mirada desafiante.

—También te pregunté si habías querido hacerlo y nunca me diste una respuesta.

—No sé la respuesta. —Pensé en dejarlo así. Pero sabía que siempre quedaría flotando entre los dos si no se lo contaba todo—. Sí. Supongo que sí. Hace tiempo. Pero no ahora. —De nuevo quise acercarme a él. Esta vez me detuve antes de que él lo hiciera—. Ya no hay nada, Hudson. Tienes que creerme.

No habló hasta pasados unos largos segundos.

—Te creo.

—¿Sí?

No pude disimular la sorpresa que se reflejaba en mi tono de voz.

—Sí. No le miras como me miras a mí.

—Por supuesto que no.

—Pero él sí te mira como te miro yo. Del modo que imagino que te miro yo.

—No, no es verdad. —Sí, David sentía algo por mí, pero no se podía comparar con lo que Hudson sentía por mí—. Estás exagerando.

Hudson se incorporó y empezó a caminar.

—No exagero. Eso supone un problema y no puedo permitir que siga ocurriendo.

—¿Qué significa eso?

Conocía la respuesta sin tener que preguntarlo y el miedo me invadió como una fuerte ola.

—Significa que va a tener que dejar el Sky Launch.

—Debes estar de broma.

Como si Hudson fuera de los que bromeaban.

—¿Te parece que estoy de guasa?

—Hudson, no. No puedes hacer eso. —Mi voz sonó más fuerte de lo que me hubiera gustado. Habría preferido permanecer estoica y fría como él, pero yo no era así—. No puedes despedir a David por un estúpido devaneo que tuvimos antes siquiera de conocerte. Él es el responsable del club. Es él quien dijo que teníamos que acabar.

Su mirada furiosa hizo que se me parara el corazón.

—No está intercediendo por ti.

—Pero no puedes echar a David porque nos enrollamos hace tiempo. Aquello se acabó. No es justo. No es justo para David.

Estaba a punto de tener una rabieta. Incluso podría haber golpeado el suelo con el pie.

Hudson volvió a la barra para rellenarse su vaso de whisky.

—Iba a pasar de todos modos. Con independencia de lo que tú y él…

Respiró hondo y supe por el terrible dolor que vi reflejado en sus ojos que estaba pensando en David y en mí juntos. Eran unos pensamientos horribles. Cosas que nunca quise que imaginara. Pero no había nada que yo pudiera hacer. Lo cierto es que yo tenía pensamientos sobre él y Celia igual de espantosos. Era doloroso y desgarrador, pero soportable.

Hudson también lo soportaría.

A pesar de su tristeza, tenía que preguntarle:

—¿Qué quieres decir con que iba a pasar de todos modos?

Negó con la cabeza, dio un trago a su copa y la dejó en la barra.

—No es así como quería decírtelo. Se suponía que debía ser una sorpresa en el momento oportuno. Pero lo cierto es que estoy pensando hacer un cambio en la dirección desde que compré el club.

Me apoyé en el respaldo del sofá y deseé no seguir escuchando, pues era incapaz de detener aquellas inevitables palabras.

—Alayna, quiero que tú dirijas el club.

—Hudson..., no.

—Compré el club para ti.

Un escalofrío me recorrió el cuerpo.

—¿Qué estás diciendo? No me conocías cuando compraste el club.

—El simposio...

Le interrumpí.

—Me contaste que ya habías echado el ojo al club. Que el hecho de que yo trabajara allí te influyó. Nunca dijiste nada de que lo compraste para mí.

En mi cabeza volví a revivir todo lo que recordaba sobre nuestro extraño encuentro. Él me había visto en el simposio, pero yo me enteré después. Entró en el bar, una vez. Flirteamos y él me dio una gran propina y me regaló una estancia en su balneario, una conducta que ya en sí misma era psicópata-agresiva. Nada de aquello justificaba la compra de un negocio. Si ese era el verdadero motivo por el que había comprado el club…, en fin, en ese caso él estaba más loco que yo.

—No te lo conté porque no quería parecer demasiado atrevido.

—Pues eso es inevitable.

Continuó comportándose con una impasibilidad irritante.

—No fue tanta locura como parece, Alayna. Fue un negocio. Te vi en el simposio y supe que necesitaba que trabajaras para mí. Como no tenías entrevistas de trabajo con ninguna empresa, tuve que comprar la empresa en la que estabas trabajando. Sí, me sentí atraído por ti. Sí, influyó en mi decisión de conseguir tu talento, pero querer que trabajaras para mí fue la principal razón de esa persecución.

No era la primera vez que ocurría. Había muchos especuladores inteligentes que compraban grandes empresas simplemente para conseguir el control de una mano de obra talentosa.

—Entonces ya tienes lo que querías. Estoy trabajando para ti. No tengo por qué dirigir el Sky Launch para trabajar para ti. —Me pasé las manos arriba y abajo por los brazos tratando de entrar en calor—. Ya cumplo un papel importante y no necesito nada más ahora mismo.

Dio un paso hacia mí y su impasibilidad fue sustituida por la vehemencia.

—Alayna, ¡tienes muchísimo potencial!

—¡Basta ya! Pareces mi hermano. No digas que estoy desperdiciando mi potencial. Estoy desarrollándolo a mi propio ritmo. No estoy preparada para dirigir un club, Hudson.

Mis manos se movían de forma expresiva mientras hablaba, señalándole a él, después a mí y luego lanzándolas a lo loco a los lados.

Hudson contuvo una carcajada.

—Tendrás que estar lista. De lo contrario, otra persona ocupará ese puesto cuando David no esté.

—Entonces, ¡esto no tiene nada que ver conmigo! Es por David. No puedes despedirle. ¡No puedes!

—Es por ti, Alayna. Por nadie más que por ti. —El aspecto calmado que había adoptado después del asunto de Paul Kresh le había abandonado por completo—. Te dije que no te compartiría. No voy a compartirte. Ni con él ni con nadie. Me desviviré por darte todo lo que necesites y lo que quieras, pero esto es lo único que pediré a cambio. Fidelidad.

—Te soy fiel. Nunca he sido otra cosa. No deseo engañarte con David ni con nadie. Soy tuya, como tú has dicho.

—Sí, eso eres. Mía. Debí haberme deshecho de él en el momento en que sospeché que había algo entre vosotros dos.

Recibí lo que estaba diciendo como un golpe en el estómago.

—En otras palabras, no te fías de mí.

—¡No me fío de él!

—¡No importa si te fías o no de él siempre y cuando te fíes de mí!

Su cara se transformó con una expresión amarga que no había visto antes.

—Hoy he descubierto que me estabas ocultando tanto tu relación con David como tus conversaciones con Paul Kresh, ¿y me hablas de confianza? A buenas horas, Alayna.

«¡Ay!». Pero lo merecía. Sin embargo, David no.

—Ya te he explicado por qué no te conté lo de Paul. Y esto mismo es la razón por la que no te dije lo de David. Porque temía que lo exageraras. Mírate, ¡estás intentando despedir al mejor empleado que tiene el Sky Launch!

—Tú eres la mejor empleada que tiene el Sky Launch.

En otras circunstancias, su fe en mí habría sido un halago.

—Lamento no estar de acuerdo. Yo no valdría una mierda sin David y no quiero su puesto.

Hudson se inclinó hacia delante.

—No se trata de una opción. Tú quieres trabajar en el club y lo vas a hacer en el puesto que yo decida.

La rabia me quemaba por dentro.

—Entonces ¡lo dejo! Porque no puedo trabajar para alguien que es tan claramente celoso y controlador. Y también estás consiguiendo que me plantee seriamente el lugar donde vivir.

—¡No! —Dio un paso adelante y puso su cara junto a la mía—. No te juegues nuestra relación por culpa de una decisión que es buena para el negocio.

Quise empujarle hacia atrás, apartarlo de mí. Al mismo tiempo quería atraerlo y con un beso hacer que desaparecieran todos los celos y la angustia que había entre nosotros. Quería acabar con aquella terrible tensión. Yo había cuestionado nuestra relación, pero no lo decía en serio. No la tiraría a la basura. Haría lo que hiciera falta con tal de que siguiera siendo mío.

Pero aún no iba a mostrar mis cartas. No le toqué. Permanecí inmóvil mientras le decía:

—No tomas esta decisión porque sea buena para el negocio. Estás intentando castigarme.

Abrió los ojos de par en par.

—¿Te estoy castigando concediéndote un ascenso?

—¡Un ascenso que no quiero!

Se dio la vuelta y se apartó de mí, como si temiera lo que podía hacer si seguía estando tan cerca. Cuando hubo dado unos cuantos pasos, volvió a mirarme.

—¿Quieres que yo lo acepte todo de ti, pero tú no piensas hacer lo mismo? ¿Cómo se supone que debo tomarme eso?

—No es lo mismo. —Estaba tergiversando mis palabras, tomando algo que yo había dicho en un momento hermoso y llevándolo a una zona de guerra. Me dolió. Profundamente, hasta lo más hondo. Quise ponerle fin—. Yo no quiero esto, Hudson. ¡No lo quiero!

Me di la vuelta para salir corriendo. No sabía adónde. Solo quería alejarme de él y de la terrible situación en la que me estaba metiendo.

Pero solo había dado unos cuantos pasos cuando me siguió y sus brazos me rodearon la cintura desde atrás.

Yo me retorcí, dándole patadas y manotazos.

—¡Suéltame!

—No. No pienso soltarte nunca.

No debía de referirse a una cuestión física, porque sí me soltó. Me lanzó sobre el sofá y empezó a abrirse los pantalones.

Al instante mi sexo empezó a arder. La idea de que me follara con toda aquella rabia y pasión era muy excitante. Y, sinceramente, lo más probable era que necesitáramos ese contacto, volver a conectar antes de alejarnos demasiado.

Pero yo era testaruda y no estaba dispuesta a rendirme. Me deslicé por debajo de él hasta el suelo y fui gateando hacia los ascensores lo más deprisa que pude.

Su mano fuerte me agarró por el tobillo y me volvió a atraer hacia él. Yo me aferré al suelo, pero ya sabía que era inútil. No porque fuera más fuerte que yo, sino porque él sabía lo que yo quería en realidad, que se apoderara de mí.

Se tumbó sobre mí, sujetándome sobre el suelo, con mis dos manos atrapadas por una de las suyas encima de mi cabeza. Me mordisqueó la oreja.

—Dios, eres desesperante. ¿Cómo puedo desearte tanto cuando me vuelves tan loco?

Haciendo uso de todo su cuerpo, me dio la vuelta debajo de él y apretó su boca contra la mía con un beso feroz, un beso que era enérgico, dominante y lleno de emoción.

Al principio me resistí y aparté mi cabeza de la suya. Pero él no se desanimó y su inusual despliegue de emoción me desarmó. Mi cabeza quedó dominada por mi cuerpo, por mi corazón, y me rendí ante él, entregándome a su boca exigente y a sus diestras manos, que ya habían liberado su polla, dura como una roca.

Metió las manos bajo mi vestido y apartó el ligero tejido de mi tanga para clavarme por dentro un largo dedo. Si Hudson no había notado antes mi necesidad, ahora sí. Estaba húmeda e hinchada por él.

Lanzó un gruñido de satisfacción.

—Eso no significa que no esté enfadada.

Fue mi último intento de dejar clara mi postura antes de que sustituyera su dedo por su polla.

Solté un grito ante aquel exquisito pellizco de placer, la increíble sensación de plenitud, casi demasiada y, sin embargo, no suficiente. Necesitaba que se moviera, que me embistiera, que me montara.

—Bien —dijo clavándose más dentro de mí, aún sin moverse como yo deseaba—. Enfádate, tómala conmigo. Yo tengo pensado desahogarme de todas mis emociones contigo.

Y lo hizo. Se vació casi completamente. Debía de haber estado controlándose más de lo que yo imaginaba y su expresión desfigurada mostró el esfuerzo de la lenta retirada. Después se liberó y empezó a aporrearme por dentro con embestidas fuertes e insistentes. Mis caderas se sacudían con cada profunda zambullida al mismo ritmo que sus gruñidos primitivos. Incluso el sonido de la hebilla de su cinturón suelto golpeando contra el suelo hacía que su forma de tomarme pareciera más salvaje, como si fuera un látigo empleado con un animal para que siguiera adelante.

Yo gemí y me apreté alrededor de él en pocos minutos, sorprendida al sentir que el orgasmo me llegaba tan rápidamente solo con la estimulación vaginal. Fue por toda aquella escena, su depravación, su absoluta bajeza. Fue feroz, salvaje e incontrolada. Odiaba que me gustara tanto, que me encantara de un modo tan absoluto.

Puso la mano que tenía libre en mi pelo y tiró de él con la fuerza precisa para producirme placer y dolor. Mi ojos empezaron a cerrarse.

—¡Mírame! —espetó.

Abrí los ojos al instante para mirar los suyos.

—¿No lo ves? —Me sorprendió que pudiera hablar con tanto esfuerzo—. ¿No ves lo que me haces? ¿No ves lo que me haces sentir?

Se movió y ahogué un grito cuando me tocó un punto especialmente tierno.

—¿Sientes lo dura que me la pones?

No sabía si quería una respuesta. Si era así, no creía que pudiera hablar.

Pero volvió a tirarme del pelo.

—¿Lo sientes?

—¡Sí! —grité.

Aumentó la velocidad hasta alcanzar un ritmo frenético que hizo que me volviera loca.

—Tú me haces esto, Alayna.

Trataba de mantener los ojos sobre él, concentrada en sus palabras a través de la neblina de éxtasis que me envolvía. Sus palabras eran importantes y yo quería escuchar lo que dijera tanto como deseaba perderme en el éxtasis que me estaba proporcionando.

Él también estaba a punto. Podía leer su cuerpo como si fuera mío. Pero, aun así, seguía manteniendo sus ojos fijos en los míos.

—Incluso cuando te muestras malhumorada y terca, sigo deseándote. Te deseo siempre. Quiero dártelo todo. Todo lo mío. ¿Por qué no lo aceptas? Acéptalo.

Dio otra larga embestida zambulléndose profundamente mientras se vaciaba dentro de mí con un grave gruñido.

—¡Acéptalo!

Yo gemí mientras se vaciaba haciéndome estremecerme, ampliando mi orgasmo con una segunda oleada de euforia que me provocó escalofríos en la espalda. Perdida en la niebla posterior al orgasmo, mis oídos seguían palpitando con los latidos de mi corazón. Tuve un breve momento de lucidez. ¿Y si era yo, y no Hudson, quien no se dejaba amar intensamente?

Aquella idea pasó veloz y desapareció igual que había llegado. Por supuesto que yo podía aceptar su amor. Era él quien no sabía cómo demostrarlo.

Se dio la vuelta apartándose de mí y se sentó con la espalda apoyada en el sofá. En su rostro solo quedaban rastros de la salvaje pasión que había mostrado un momento antes y su respiración entrecortada era uno de los pocos indicios de que había perdido el control.

De repente me sentí furiosa. Furiosa con él, porque había recurrido a un polvo como forma de poner fin a nuestra discusión, que era lo que hacía siempre. Furiosa de que él esperara que eso iba a cambiar algo. Furiosa conmigo misma por dejarme seducir.

Me apoyé sobre los codos y le lancé una mirada de odio.

—Venga ya, Alayna —dijo con los ojos entrecerrados—. No puedes decirme que no te ha gustado.

Su tono condescendiente me irritó aún más.

—El sexo no es el único modo de demostrarle a una persona lo que se siente.

—Lo sé. Yo he intentado regalarte un club nocturno.

Sus palabras me escocieron, aunque no sabía bien por qué.

Seguía tratando de averiguarlo cuando él se puso de pie y se subió la cremallera.

—Si quieres seguir discutiendo por esto, que estoy seguro de que es así, tendrá que ser después. Tengo trabajo que hacer.

Seguía con el ceño fruncido mucho después de que se hubiese ido. Casi tenía gracia que me sintiera tan enfadada. Había pensado que se desmoronaría al saber que no le había contado nada sobre mi pasado con David y que le ocultaba mis conversaciones con Paul Kresh. Si hubiese enloquecido por ocultárselo, lo habría entendido. Le había ocultado cosas y merecía los sentimientos de desconfianza y dolor que eso provocara.

Pero mis secretos no habían sido lo que nos había puesto en bandos contrarios. Habían sido sus celos y mi negativa a lograr la dirección del club. O bien era cierto que siempre había tenido la intención de regalarme el Sky Launch o me estaba manipulando y quería que lo creyera así para resolver a su manera la situación con David.

Las dos opciones eran posibles. Probablemente, nunca sabría con seguridad cuál era verdad. Quizá ni él mismo lo sabía.

Una cosa era segura: yo no iba a permitir que despidiera a David, independientemente de cuál fuera el motivo. Quizá algún día yo estaría preparada y querría encargarme de la dirección del Sky Launch, pero no ahora. No tan pronto. No solo un mes después de haber terminado mi Máster de Administración de Empresas.

Además, no iba a hacerle eso a un gerente tan bueno como David. No estaba bien.

Me puse de pie y me desperecé. La discusión no había terminado, pero si Hudson podía aplazarla hasta la noche yo también. Era poco sano y podría convertirse rápidamente en una obsesión si no tenía cuidado. Eso significaba que debía buscar algo que me mantuviera ocupada.

Miré el reloj y me sorprendí al ver que eran las seis pasadas. Me estaba saltando la terapia de grupo, pues ya era tarde. No tenía fuerzas para hacer ejercicio, así que eso quedó descartado. Había una televisión en la sala de estar, pero prefería las películas a los programas y aún no había visto ningún DVD en ningún sitio. Probablemente Hudson tendría un reproductor con todas las películas en alguna parte. No iba a preguntarlo. Ya me había terminado *El talento de Mr. Ripley.*

Lo cierto era que debía ponerme a trabajar en la biblioteca. Había llegado otro montón de paquetes el viernes y la habitación estaba llena de cajas sin abrir. Debía haberlo hecho durante el fin de semana, pero había estado demasiado entretenida tumbada desnuda con Hudson sin hacer nada más que follar el uno con el otro. Lo había aplazado durante demasiado tiempo. No importaba que Hudson estuviese ya trabajando ahí dentro, en su mesa. Éramos adultos. Podíamos compartir el mismo espacio.

Aunque la biblioteca era grande, la habitación parecía muy pequeña por la tensión que seguía habiendo entre los dos. Hudson estaba sentado en su escritorio, concentrado en la pantalla de su ordenador. Era como si ni siquiera supiera que yo me hallaba en la habitación. Pero sí lo sabía. Claro que lo sabía. Podía parecer muy centrado, con su mente dividida en compartimentos, pero siempre era consciente de mi presencia en todos los aspectos, lo mismo que yo lo era de la suya. Simplemente, a mí no se me daba tan bien ocultarlo.

Respiré hondo y me arrodillé junto al montón de cajas que estaba más alejado de él. Enseguida me quedé ensimismada en la tarea de abrir paquetes y ordenar por orden alfabético, disfrutando de la emoción de descubrir el título de otro libro. Muchos de los que había comprado Hudson eran muy buenos. Clásicos y contemporáneos. Muchos ya los había leído, muchos los quería leer y muchos quería volver a leerlos.

Después de abrir la caja de los DVD me di cuenta. No fue enseguida. Al principio me sorprendió ver que había películas en vez de libros, pero sencillamente continué con otras cajas y abrí los paquetes sin prestar mucha atención a los títulos. Hasta que saqué *Cowboy de medianoche*, la película que Hudson y yo habíamos visto cuando estuvimos en los Hamptons. El había sacado la lista de las mejores películas según el Instituto de Cine Americano, que yo iba viendo poco a poco, y me había dicho que escogiera alguna que no hubiera visto. Elegí *Cowboy de medianoche.*

Me impactó verla en la caja. Repasé los títulos que ya había colocado en las estanterías para asegurarme. Sí, era verdad. Todas esas películas aparecían en la lista del Instituto de Cine Americano. Y los libros... Fui corriendo a echarles un vistazo, prestando más atención esta vez. *Los hermanos Karamazov*, *Ana Karenina*, *Trampa 22*, *Beloved...*, todos ellos títulos incluidos en la lista de los mejores libros. Le había confesado a Hudson que quería leerlos todos antes de morir. Y él me los había comprado todos. Sin excepción.

De repente me invadió la emoción. Era raro que eso me conmoviera, pero fue lo que pasó. Antes de decidir que quería comprometerse conmigo, antes de pedirme que fuera a su ático y, claro, antes de proponerme que me fuera a vivir con él, había comprado una biblioteca llena de libros y películas diseñada específicamente a mi gusto.

No me había dicho que me quería. Quizá nunca me lo diría. Pero ¿había algo en ese hombre que no fuera una muestra de lo mucho que me amaba?

Ya me encontraba a medio camino de su mesa antes siquiera de darme cuenta de lo que estaba haciendo. Debió de oírme llegar, porque, aunque no me miró, giró su silla para abrirse un poco hacia mí. Quizá inconscientemente se había sincronizado conmigo, como a menudo me ocurría a mí con él. Era agradable pensar eso.

Caí a sus pies y después apoyé la cabeza sobre su pierna.

Él se movió y estoy segura de que se sorprendió.

—Hazme el amor —dije acariciando mi rostro sobre su pierna—. Por favor, hazme el amor.

Contuve la respiración mientras esperaba su respuesta. Le oí pulsar el ratón unas cuantas veces y, a continuación, dejó las gafas sobre el escritorio, las gafas que solo se ponía cuando leía o cuando trabajaba con el ordenador, porque tenía una ligera hipermetropía. Había algunas cosas que ya sabía de él.

Entonces se agachó y me alzó junto a él con un movimiento fluido.

Meciéndome en sus brazos, me llevó al dormitorio, a nuestro dormitorio, sin que ninguno de los dos pronunciara una sola palabra. Me tumbó en la cama. En silencio, con la misma ternura, me desvistió y después él también se quitó la ropa.

Se tumbó encima de mí y me besó, cada centímetro de mi cuerpo desde la cabeza a los pies. Se detuvo en alguna zona nueva, acariciándome el ombligo, el punto detrás de mi rodilla y la zona sensible de mi coxis. Colmó de atenciones cada parte de mi piel, adorándome como nunca lo había hecho antes y, sin embargo, cada toque, cada caricia me parecía familiar. Como estar en casa.

Cuando por fin se colocó entre mis piernas, entró en mí con una lenta precisión. Y fue con caricias dulces y lánguidas como me llevó al orgasmo. No una vez ni dos, sino tres veces.

La última me miró a los ojos y sostuvimos la mirada mientras yo sentía la oleada de euforia. Después, él se unió a mí con un gemido bajo, como si su clímax diera vueltas dentro del mío, con las miradas aún fijas el uno en el otro. Incluso cuando se me quedaron los ojos vidriosos al llenarse de fuegos artificiales, solo podía verle a él y solo podía ver amor. Mucho amor.

Capítulo DIECISIETE

Hudson ya estaba vestido y se movía afanosamente cuando me desperté a la mañana siguiente. Lo observé con un ojo cerrado y, a continuación, miré mi reloj. Ni siquiera eran las seis.

O bien vio que me despertaba o estaba tan en sintonía conmigo que se dio cuenta por mi respiración de que ya no estaba dormida.

—¿Quieres compartir o prefieres tu propia maleta?

Bostecé, con la mente aún nublada.

—Eh... ¿Maleta para qué?

—Para ir a Japón.

Me froté los ojos para despertarme.

—¿Japón? ¿Por qué voy a ir a Japón?

—Porque voy a hacer esa oferta para Plexis y quiero que vengas conmigo.

Me incorporé porque me di cuenta de que debía prestar más atención a aquella conversación. Hudson estaba metiendo sus productos de baño en una maleta colocada sobre un portaequipajes plegable. Un bolso de viaje para trajes estaba ya preparado y colgaba de la puerta del dormitorio.

—¿Exactamente cuándo va a pasar eso?

Hudson dejó de preparar la maleta y puso su sonrisa de infarto, la más salvaje que tenía, de la que rara vez hacía uso y que siempre conseguía que me revolotearan mariposas en el vientre. Claramente, se encontraba de buen humor.

—El avión está listo para salir a última hora de la noche. Es un vuelo largo. Podremos dormir. O también podemos no dormir. —En sus ojos apareció un resplandor de malicia—. Será más fácil adaptarse a la diferencia horaria si permanecemos despiertos durante todo el vuelo. —Su mirada se detuvo en mis pechos desnudos—. Estoy seguro de que se nos ocurrirá algo en lo que ocupar el tiempo.

Con el ceño fruncido, me aparté la sábana de las piernas, me levanté y me dirigí al baño.

—No puedo ir a Japón esta noche.

—¿Por qué no?

—Porque tengo trabajo —respondí mirando hacia atrás.

Al pensar en el trabajo, recordé, de repente, toda la noche anterior: Paul y David, y Hudson pidiéndome que dirigiera el club. Después, la espectacular forma de hacer el amor. No estaba segura de en qué situación dejaba eso todo lo demás.

—¿Qué pasa con el trabajo?

«¿De qué estábamos hablando? Ah, sí. Japón».

—Tengo trabajo. ¿Sabes lo que es? Eso que tú haces cuando vas a un sitio y ganas montones de dinero. Incluso los que no ganamos montones de dinero sí que hacemos la parte de trabajar. De hecho, es aún más necesario para nosotros.

—Cualquier cosa que necesites puedo dártela yo. Tengo la intención de hacerlo.

Yo había dejado la puerta abierta mientras hacía pis, así que podía seguir escuchándole con claridad. Me resultaba agradable tener ese tipo de confianza con un hombre, pero no estaba tan segura de eso que decía que quería darme.

—Oye, acabamos de empezar a vivir juntos. ¿Podemos dar un paso atrás y seguir hablando del asunto que nos traíamos entre manos?

—Está bien. Pero esa conversación terminará teniendo lugar. Pronto.

Sentí que el estómago se me retorcía tanto por el pánico como por la perspectiva. Maldita sea, ¿qué me estaba haciendo ese hombre?

—Tú te organizas tus propios horarios.

Su voz sonaba cerca. Levanté los ojos y le vi apoyado en la puerta.

Arrugué el ceño, aún pensando en lo último que había dicho. La verdad es que necesitaba café antes de entrar en esas conversaciones tan liosas.

—El hecho de que me organice mis propios horarios no quiere decir que pueda irme de viaje de repente.

—Claro que puedes. Yo soy el dueño del club.

—Es curioso cómo finges no serlo hasta que te conviene recordármelo.

Sonrió, pero no protestó.

—Y no creas que hemos terminado nuestra conversación sobre la dirección del club.

Me limpié, tiré de la cadena, me lavé las manos y le lancé gotas de agua al empujarle para volver a entrar en el dormitorio.

Él me siguió mientras me dirigía al vestidor.

—No lo he pensado ni por un momento. Pero ahora mismo estamos hablando de Japón.

—Tengo prevista una reunión con Aaron Trent mañana. No puedo faltar.

—Aplázala. Él sacará tiempo para ti.

—Eso es de muy mal gusto. —Saqué un par de prendas de ropa interior de algodón normal. No me había duchado todavía y no quería desperdiciar las buenas—. Él piensa que ya la aplacé una vez.

—¿Por qué? Creía que había sido él quien la había cancelado.

—Es una larga historia. —Los ojos de Hudson seguían fijos en mí mientras me ponía un sujetador deportivo—. Y me estás distrayendo de lo que quiero decir.

—Creía que eras tú la que me estaba distrayendo a mí.

—Ya me las he tapado, maniaco sexual. Seguro que ahora puedes mirarme a los ojos.

Se rio. Sí, definitivamente estaba de buen humor.

—Dile a Trent que ha surgido algo y cambia la fecha de la reunión. —Me pasó unos pantalones cortos de deporte—. Lo comprenderá. Yo le obligaré a que lo comprenda si es necesario.

—Ya sabes que quiero ocuparme de él por mí misma.

Me puse los pantalones y encontré una camiseta que iba a juego. Cogí unos calcetines y me di la vuelta hacia él. Me estaba mirando fijamente. No mi cuerpo, sino mi cara, esperando a que continuara. Solté un suspiro. Estaba hablando en serio del viaje. Y yo no. Lo pensé bien durante unos quince segundos.

La idea seguía pareciéndome absurda.

—No se trata solo de él, Hudson. Hay otras cosas en las que estoy trabajando. Y ni siquiera tengo pasaporte.

—Eso ya lo he arreglado.

—Ni siquiera quiero saber cómo lo has hecho.

Volví a empujarle para pasar y me dirigí a la cama. Me senté en el borde para ponerme los calcetines.

Hudson apareció desde el vestidor con unas zapatillas de deporte.

—Gracias.

Siempre era muy considerado, pero sabía que su conducta solícita de esa mañana tenía una motivación. Se me ocurrió que podía rendirme sin más. Pero también podía ser testaruda.

Continué justo donde lo había dejado con una nueva excusa.

—Además, mi hermano va a venir esta semana desde Boston. Tengo que darle la llave de mi apartamento y dejar que me atosigue por algún motivo.

Hudson se agachó para ponerme la zapatilla izquierda mientras yo me ocupaba de la otra.

—Puedo encargarle a alguien que vaya a verlo, ya lo sabes. No tienes por qué ir tú.

Aquello sí que parecía un buen plan, aunque no fuera a Japón. «¿Aunque no vaya a Japón?». Vaya, ya había conseguido que me lo planteara.

Negué con la cabeza.

—Desde luego, tienes una solución para cada excusa que ponga, ¿no?

—Eso te lo puedo asegurar. Así que ¿por qué sigues poniéndolas?

—Porque tengo una vida en la que hay más cosas aparte de ti.

—Odio esa idea.

Levanté los ojos de los cordones de mi zapatilla y le vi haciendo un mohín.

—No te comportes como un niño.

—Quiero que vengas conmigo. Utilizaré cualquier táctica que se me ocurra para conseguirlo.

Extendió una mano para ayudarme a levantarme. Yo la agarré y, al instante, me atrajo para envolverme en sus brazos.

Sí, aquello me gustaba. ¿Cómo había estado todo ese tiempo desde que me había despertado sin tocarle? Hudson se había convertido en algo necesario en mi vida, en mi rutina. ¿Acaso era posible pasar un tiempo alejada de él? ¿Y de cuánto tiempo estábamos hablando?

Siempre en sintonía conmigo, contestó directamente a mis pensamientos no pronunciados en voz alta frotando su mejilla contra la mía.

—Quizá pase fuera varios días. No puedo soportar estar lejos de ti tanto tiempo. Me mata pensar que tú puedas.

Esa era la clase de palabras que siempre había soñado que me dijeran. Yo era la empalagosa. Yo era la que se encariñaba demasiado. ¿Qué era lo que tenía Hudson que mantenía a raya mis obsesiones? ¿Significaba eso que no tenía hacia él unos sentimientos tan profundos como yo creía? ¿Que no le amaba de verdad?

No. Sí que le amaba. No me cabía la menor duda. Era el hecho de estar segura de sus sentimientos hacia mí, solo Dios sabía por qué, lo que hacía que fuera capaz de mantener la sensatez.

Pero también comprendía aquella mirada suya, aquel anhelo de estar con alguien que no necesariamente te correspondía. Me habían rechazado y desechado muchas veces. Dolía.

Aunque Hudson se iba tan solo a un viaje corto y no para siempre, entendía su necesidad y no podía soportar la idea de hacerle sentirse tan triste.

Pero tampoco podía imaginarme dejándolo todo en suspenso y tomar un vuelo a Japón a la primera de cambio.

—Yo tampoco quiero estar lejos de ti, Hudson. Yo... ¿Puedo pensármelo?

Me mordí el labio inferior mientras esperaba su respuesta con la esperanza de no haberle decepcionado demasiado con mis dudas.

Apretó su frente contra la mía.

—Supongo que sí.

Bien. Se lo había tomado mejor de lo que me esperaba.

—¿Cuándo necesitas mi respuesta?

—En cualquier momento antes de que el avión deje la pista. Sobre las diez.

—Vale. Me lo pensaré y te lo diré esta tarde. ¿Te parece bien?

—Sí. —Colocó las manos detrás de mis pantalones de deporte y me atrajo hacia él—. Sabes que cada vez que me dices que necesitas pensarte algo al final terminas haciendo lo que yo quiero. ¿Cuándo vas a aprender a decir que sí sin más?

Me reí.

—Hoy no.

—Merecía la pena intentarlo.

Nos quedamos abrazados en silencio durante unos largos segundos. Él estaba fuera de sí en el buen sentido, con un estado de ánimo juguetón y tranquilo y su tacto era suave y tierno. Parecía que cualquier situación de crisis que compartíamos fuese seguida por un reencuentro que nos unía más de lo que lo estábamos antes. La noche anterior había sido una de las peores. Pero esto, como la forma de hacer el amor que siguió a la pelea, era estar de lo más unidos.

Al pensar en ello sentí en el pecho calidez.

—Gracias por lo de anoche. Fue hermoso.

—Sí que lo fue. —Dibujó círculos alrededor de mi nariz con la suya—. Mucho.

Me pareció que quería decir algo más, pero no lo hizo. En lugar de eso, me besó con dulzura.

Cuando terminó, se apartó a regañadientes.

—Ya es suficiente. —Me dio un pequeño azote en el culo, como si fuera yo quien había empezado el abrazo. Después se fijó en mi ropa como si la viera por primera vez—. Supongo que no vas a ir directa al club.

Me recogí el pelo en una coleta y me puse alrededor de ella una goma que cogí de la mesilla de noche.

—He pensado en ir primero a correr. A correr de verdad, al aire libre. Antes de que haga demasiado calor.

—Buena idea. —Se miró en el espejo y se enderezó la corbata—. Yo tengo una reunión a primera hora.

—Me lo imaginaba. Normalmente no te vistes tan temprano.

Tenía que ponerse aún la chaqueta y lucía un aspecto de lo más delicioso con su ajustada camisa de vestir de color burdeos y su fina corbata negra. Puede que hasta llegara a lamerme los labios.

—Créeme, preciosa. Si no tuviera otros planes, no te quepa duda de que no estaría vestido.

—Como siempre hacía, me recorrió el cuerpo con la mirada, haciendo que la piel me empezara a arder—. Y tú no necesitarías salir a correr para hacer ejercicio.

—Estás muy seguro de que me llevarías a la cama, ¿no?

—¿No? —preguntó levantando una ceja.

—Sí.

Siempre lo conseguiría. Siempre lo conseguía. Por suerte, cuando Hudson me quería llevar a la cama, yo también quería, así que merecía la pena dejarle ganar.

Hudson se puso su chaqueta y salimos juntos del dormitorio. Yo cogí la llave del ático de mi bolso y me la metí en la copa de mi sujetador.

Su boca se curvó con una media sonrisa.

—¿Te lo guardas todo ahí?

Contesté encogiendo un hombro.

—Para que lo sepas, es muy práctico. Deberían hacer sujetadores con bolsillos. Te aseguro que se venderían.

—Ese podría ser nuestro próximo negocio juntos.

Puse los ojos en blanco. Hudson era mucho más ambicioso que yo. Probablemente ese era en parte el motivo por el que él era un multimillonario y yo sobrevivía con mi sueldo.

—Estoy lista. ¿Y tú?

Levantó una ceja.

—Para irnos, pervertido.

—No, tengo que contestar primero unos correos electrónicos. Adelántate tú. —Se giró para dirigirse a la biblioteca y, a continuación, cambió de idea y volvió a darse la vuelta hacia mí—. Espera.

Extendió la mano para cogerme la mía y tiró de mí para darme otro beso, este más profundo, pero más tierno que sexual. Fui yo la que se separó primero y solo porque sabía que si no lo hacía me quedaría pegada a él. Él insistió en darme otro pico.

—¿Qué? —preguntó cuando por fin me soltó.

—Estás muy..., no sé..., muy dulce esta mañana. ¿Qué te pasa?

—Supongo que simplemente soy feliz.

—Me alegro. Me alegro de verdad. —Pulsé el botón del ascensor y, después, tuve una terrible idea. ¿Y si con su comportamiento inusual tenía la intención de hacer que me olvidara del problema con David?—. Oye, lo decía de verdad cuando te comenté que no habíamos terminado la conversación sobre lo de dirigir el Sky Launch.

—Eres una arpía insistente, ¿no? Tendremos mucho tiempo para hablar durante nuestro vuelo a Japón.

Fruncí el ceño.

—¿Quién está siendo ahora el insistente? —Entré en el ascensor—. Hablamos luego. De todo.

La puerta se estaba cerrando cuando su mano la detuvo.

—Alayna.

Pulsé el botón de apertura de la puerta y le miré inquisitiva. Él siguió apoyado en la puerta del ascensor con el entrecejo fruncido.

—¿Por qué... te acercaste a mí anoche?

Su frase era vacilante y sospeché que estaba tratando de pasar de puntillas por las palabras que yo había utilizado. Parecía estar evitando la palabra «amor» con bastante precisión. Lo podía notar.

En cualquier caso, él quería saber qué era lo que había provocado mi necesidad de él la noche anterior. Tenía sentido. Debió de resultar raro que tras haber estado tan enfadada me mostrara tan ansiosa de cariño.

—Es un poco difícil de explicar.

—Inténtalo, por favor.

Apreté los labios y me pregunté si podría expresar con palabras la extraña epifanía que había experimentado.

—Estaba abriendo las cajas y no sé por qué no me había dado cuenta antes, pero vi que los libros que habías comprado, y las películas, eran para mí.

Frunció el ceño aún más.

—Ya te dije que eran tuyos. Sabes que yo prefiero leer en mi Kindle.

—No. Quiero decir que eran los libros que yo quería leer. Que habías pensado muy bien qué era lo que yo quería. Me hizo sentirme bien. Hizo que me sintiera amada. Hizo que sintiera que me amabas.

—Ah. —Se aclaró la garganta y juro que sus mejillas parecieron sonrojarse—. Bueno, sí. Vale.

Se apartó de la puerta, tropezó, recuperó el equilibrio y siguió andando.

—¡Vaya! No tenía ni idea de que contaba con el poder de ponerte nervioso.

Su sonrisa regresó, aunque su rostro parecía aún sonrojado.

—No te acostumbres a ello.

Mi sonrisa continuó durante todo el trayecto hasta el vestíbulo del edificio.

Hacía tiempo que había desaparecido mi sonrisa cuando regresé al ático vacío.

En lugar de conseguir calmarme y ponerme en un estado meditativo, el ejercicio no hizo más que confundirme. Había muchas cosas que poner en orden, muchas emociones en conflicto que vadear. Hudson se había tomado el asunto de Paul bastante bien e iba a arreglarlo por mí. Merecía que yo le diera algo a cambio. ¿En qué podía transigir yo en lo referente a David? No quería que se fuera ni quería dirigir el Sky Launch. Si iba a Japón, ¿le demostraría con eso hasta dónde llegaba mi amor y mi gratitud? Para mí sería un verdadero sacrificio. La verdad es que quería quedarme en la ciudad, preparar un proyecto publicitario con Aaron Trent y empezar de nuevo con otro organizador de eventos.

Después de ducharme y vestirme, no había llegado aún a ninguna conclusión. Más tarde, cuando Jordan me dejó en el club poco después de las ocho, recibí un mensaje de Brian.

«Voy a Nueva York. Estaré en el Waldorf. ¿A qué hora podemos vernos?».

—¿Qué te pasa?

Di un brinco al oír la pregunta de David. Me imaginaba que seguiría en el club, pues la alarma no estaba puesta cuando entré, pero no me esperaba que estuviera en lo alto de la rampa de entrada.

Respiré hondo y traté de sacudirme la mayor parte del peso que llevaba sobre los hombros.

—Nada. Solo estoy agobiada por… cosas.

Extendió la mano para coger mi bolso del ordenador con expresión inquisitiva.

Le di el ordenador y pensé que quería contárselo, pues estaba claro que lo de «cosas» no iba a servir. ¡Qué diablos! Quizá hablar de ello me ayudaría a ponerlo todo en perspectiva.

—He dejado mi apartamento este fin de semana —dije mientras me dirigía hacia la oficina—. Y mi hermano quiere verme para que le dé la llave. Pero no nos hablamos desde que empecé a salir con Hudson.

—Ajá.

Sus hombros se pusieron rígidos y el rostro se le retorció por… ¿por qué? ¿Por celos?

Vale, puede que le gustara a David más de lo que creía. Era mucho más fácil adivinar lo que pensaba él que con Hudson. ¿Cómo no me había dado cuenta de lo profundo de su cariño?

Abrió la puerta del pasillo de atrás para que yo entrara.

—Entonces, ¿te has ido a vivir con Pierce?

Pasé a su lado y empecé a subir las escaleras.

—Sí. —En fin, mejor que supiera la verdad. Tendría que aceptar mi relación con Hudson si albergaba esperanzas de ayudarle a conservar su trabajo—. Lo sé, ha sido muy rápido.

—No era eso lo que estaba pensando.

—¿Qué estabas pensando?

—Que yo debería haber sido más rápido.

Sus palabras hicieron que me detuviera en seco. Me di la vuelta para ver si hablaba en serio.

Hablaba en serio. Me estaba mirando como lo hacía Hudson. Yo nunca había reconocido aquella intensidad porque carecía por completo de la electricidad y el ardor que siempre contenía la mirada de Hudson.

Me quedé pálida.

David se aclaró la garganta.

—Lo siento. Ha sido una impertinencia. —Pasó a mi lado y continuó caminando hacia el despacho—. De todos modos, enhorabuena. Me alegro por ti.

Reanudé la marcha detrás de él.

—Yo también me alegro por mí.

Mi voz había perdido su anterior entusiasmo, impactada aún por la declaración de David. Quizá no pudiéramos trabajar juntos.

No soportaba pensar en ello.

—Y estoy estresada —dije cambiando de tema—. Hudson quiere que me vaya a Japón con él esta noche.

David sacó sus llaves y abrió la puerta del despacho. La habitación estaba a oscuras y los ordenadores apagados. Debía de estar saliendo cuando me vio en la entrada.

—¿Y qué haces aquí todavía?

Normalmente los encargados de cerrar salían a las seis y media como muy tarde.

Se encogió de hombros.

—Te estaba esperando. Sí, Hudson me ha contado lo de Japón.

Encendí la luz del despacho.

—¿Qué? ¿Cuándo?

Yo me acababa de enterar de lo de Japón esa misma mañana. Ni siquiera quise hacer caso de la primera parte de lo que me había dicho.

—Hace una hora más o menos. Quería asegurarse de que estaríamos cubiertos sin ti.

¿Hudson había hablado ya con David esa mañana? El día se estaba poniendo cada vez más interesante.

—Aún no le he dicho que sí.

—Pero vas a hacerlo.

No se molestó en ocultar el dolor que había en su voz.

Me dejé caer en el sofá y me rasqué la frente.

—¿Es esa la única razón por la que te ha llamado Hudson?

David se sentó en la parte delantera de su mesa.

—La verdad es que no me ha llamado. Se ha pasado por aquí.

—¿Para decirte que me va a llevar a Japón?

Hudson había dicho que tenía una reunión a primera hora. ¿Por qué no había mencionado que era con David? ¿O es que su encuentro con David había sido una casualidad?

—No, para hablar de otras cosas.

El miedo se me metió en las venas.

—Ah, ¿sí? ¿Qué cosas?

Fingí mirarme las uñas, optando por una conducta distante cuando lo que sentía era todo lo contrario. Lo cual era una estupidez, pues era imposible que Hudson hubiese hablado con él cuando me había prometido que antes podríamos seguir discutiendo el tema. Además, David no continuaría allí si le hubiese despedido.

Aun así, no pude evitar la ansiedad esperando la respuesta de David.

Se encogió de hombros y me pareció una demostración de calma igual que la que yo estaba adoptando.

—Ha dicho que iba a traspasar el acuerdo con Party Planners a Industrias Pierce. Tiene algo que ver con un conflicto de intereses.

El nudo de mi estómago se deshizo, al menos ligeramente. Claro. Hudson tenía que ocuparse de Paul.

—Se ha llevado todas las copias del contrato. —David me miró esperando mi reacción—. Pero ha dicho que tú ya lo sabías.

—Sí.

Vaya si lo sabía.

—Siento que hayas perdido ese contrato.

Noté que David me estaba poniendo a prueba, asegurándose de que Hudson no estaba metiendo las narices en el negocio simplemente porque podía. Lo cierto es que me pareció un bonito detalle.

Pero también completamente innecesario.

—Bah, no pasa nada. Cuantas más cosas he sabido de esa empresa, más me he ido dando cuenta de que al final no era lo que más nos convenía.

Los hombros de David deberían haberse relajado, si es que estaba interpretando bien sus movimientos, pero no fue así.

—¿Y eso es todo lo que Hudson y tú habéis hablado? —Estudié su expresión atentamente—. Hay algo más. Puedo verlo en tu cara. —La bola de temor regresó.

David se acercó al sofá y se sentó en el brazo, mirándome, con un pie sobre un cojín.

—Bueno, se supone que no debo decirte esto hasta que vuelvas de Japón, pero no me parece bien tener secretos contigo. Además, estoy muy emocionado y tengo que contárselo a alguien.

—¿Qué pasa?

Mi voz era apenas un susurro y las manos se me pusieron blancas de tanto retorcerlas en mi regazo.

—Me ha ofrecido un ascenso. —Los ojos le brillaban y su excitación era evidente—. Director general de Adora, su club de Atlantic City.

La visión se me nubló durante medio segundo y tuve que apoyarme en el respaldo del sofá para mantener el equilibrio.

—¿Qué le has contestado?

Era imposible que no viera que estaba temblando y que no lo notara en mi voz.

—Le he dicho que por supuesto, Alayna. Ese sitio es mundialmente conocido.

O puede que fuera ajeno a mi desolación. Y yo estaba de lo más desolada. No solo porque la idea de perder a David me parecía horrible, sino por lo que Hudson había hecho, cuando me había dicho expresamente que aún no había decidido nada. Me dieron ganas de vomitar.

Me concentré en el problema más inmediato: convencer a David de que se quedara.

—Pero aquí no hemos hecho más que empezar. El Sky Launch podría convertirse en el nuevo Adora. Contigo y conmigo...

—Estoy seguro de que va a ser el nuevo Adora. Incluso más grande, con el dinero de Pierce y con tus ideas. Pero yo no soy de los que crean proyectos. Yo soy de los que dirigen lo que otros han creado. Adora es el mejor ascenso en mi carrera que jamás me habría esperado. —Me miró avergonzado—. Se supone que empiezo dentro de dos semanas.

—Eso es muy pronto. Y vas a tener que mudarte a Atlantic City.

Las lágrimas me obstruían la garganta.

—Si no te conociera, diría que me vas a echar de menos. —Su tono de voz era esperanzado.

—Claro que te voy a echar de menos, tonto. —Tuve el suficiente control de mí misma como para añadir el siguiente comentario—: Has sido un jefe estupendo. La verdad es que has sido tú quien me ha inspirado para querer seguir en el negocio de los clubes nocturnos.

—¿De verdad? No tenía ni idea. —Se movió para sentarse a mi lado—. Yo también te voy a echar de menos, Laynie. Y no solo porque me haya encaprichado de ti, sino porque eres una buena amiga.

Su descarado flirteo tuvo sentido en ese momento. Estaba hablando sin rodeos. ¿Por qué no? Iba a irse pronto. Iba a irse por Hudson.

Dios, cómo me dolía la cabeza. Lancé un suspiro y miré a David.

—No te has encaprichado de mí.

—Tienes razón. Estoy completamente enamorado de ti.

Me quedé sin aire en los pulmones. Tuve que levantarme y apartarme, poner distancia entre los dos. El hombre con el que me había ido a vivir ni siquiera me había dicho que me quería. Y me había traicionado a lo grande. ¿Qué estaba haciendo yo con Hudson? ¿Estaba loca? ¿Debería salir corriendo con David?

Por supuesto, la respuesta era que no. Por muy enamorado que David estuviera de mí, no compensaba lo mucho que yo lo estaba de Hudson. Incluso después de lo que había hecho.

Gracias a Dios, no tuve que decirlo en voz alta.

—Lo entiendo —dijo David—. Simplemente necesitaba que supieras lo que realmente siento antes de irme.

Me giré para mirarle.

—Y ahora debes ser consciente de que tengo que hacer esto. No puedo quedarme aquí contigo. Y Adora...

Asentí. Yo también lo entendía.

—Pero me tienes al otro lado del teléfono. Puedes llamarme siempre que necesites algo. Tanto si te surge alguna pregunta sobre el Sky Launch como si quieres escuchar mi voz.

Me apoyé sobre la mesa y me agarré solo al borde.

—¿Te ha dicho quién va a ocupar tu puesto?

—Lo ha dejado entrever. Los dos sabemos que serás tú. —Puso sus ojos a la altura de los míos—. Vamos, sabíamos que esto iba a pasar desde el momento en que empezaste a verte con él.

—No. Yo no sabía que iba a pasar. De verdad que no.

Mi relación con Hudson había sido complicada desde el principio, sorprendente en cada momento. Aun así, ni en sueños me había imaginado que su intención era dejar el club en mis manos. Me habría sorprendido mucho menos si hubiese querido que me quedara encerrada en su ático, haciendo de esposa sumisa. Y esa ya me parecía una idea bastante impactante.

—No estoy diciendo que no esté justificado. Te mereces dirigir el club. De verdad.

La sinceridad de David me conmovió. También hizo que me enfadara más con Hudson.

Aunque David estuviese contento por su ascenso, aunque probablemente lo mejor era que se trasladara a otro sitio, lejos de mí, seguía sin parecerme bien cómo había resuelto aquella situación. Me había mentido. Me había engañado.

Tenía que ir a hablar con él. Me enderecé y me coloqué bien el vestido.

—Oye, acabo de recordar que tengo que ir a recoger el nuevo diseño de los menús.

—Creía que los de Graphic Font lo enviarían por correo electrónico.

Tenía la mente tan agitada que no supe poner una buena excusa.

—Sí. O sea, ya lo han enviado. —Me detuve para poner en orden mis pensamientos—. Quiero verlo impreso. Ver su grosor y todas esas cosas. En fin, no estoy segura de cuándo volveré.

David sonrió.

—Ya no tienes que responder ante mí.

Aparté la mirada para ocultar una mueca de dolor.

—¿Nos damos un abrazo?

Esta vez no me negué. Me fundí en su abrazo y me pareció más cálido de lo que recordaba.

—Gracias, David. Por todo.

Escondí la cabeza en su hombro. No iba a llorar. Estaba demasiado enfadada para hacerlo. Pero sí sentí una explosión de cariño.

Me aparté antes de que él lo malinterpretara, antes de dejarme arrastrar por la necesidad de que me consolaran.

—Felicidades. Me alegro de que las cosas te estén yendo tan bien.

Le envié un mensaje a Jordan para que me recogiera. Después, cogí el bolso y me guardé toda la rabia y la pena, conteniendo las emociones en lo más hondo de mi estómago. Guardándolas para Hudson.

Capítulo
DIECIOCHO

Cuando salí del ascensor de Industrias Pierce, ni siquiera me detuve a anunciarme ante Trish, la secretaria de Hudson, antes de entrar a toda velocidad en su despacho.

—¡Señorita Withers! —Trish vino detrás de mí.

Hudson estaba sentado tras su elegante escritorio negro con el teléfono sujeto entre la mejilla y el hombro y con los dedos apoyados en el teclado. Primero me miró a mí y después a Trish.

—Espera un momento, Landon —dijo al auricular y pulsó el botón de espera—. Está bien, Patricia.

No esperé a oír cómo se cerraba la puerta después de que Trish saliera.

—Termina tu llamada y ven a verme arriba. —Me dirigí al ascensor de la parte posterior del despacho—. Y, para que lo sepas, vamos a discutir.

El ascensor privado llevaba al *loft* de Hudson, el apartamento de soltero donde él y yo habíamos mantenido muchos de nuestros primeros encuentros sexuales. No había vuelto allí desde que me había invitado a su ático y, aunque podría haber experimentado una oleada de nostalgia, no me sentía más que traicionada y rabiosa.

En el *loft* solo tuve tiempo de lanzar el bolso sobre el sofá antes de que el ascensor volviera con Hudson. Entró en el apartamento, me vio caminando de un lado a otro y se sentó en un sillón con la atención puesta por completo en mí.

Yo había pensado cien cosas diferentes que decirle mientras iba de camino a su despacho, pero ahora que lo tenía delante la rabia hacía que la lengua se me trabara.

Pero Hudson estaba tan tranquilo y relajado como siempre.

—Se suponía que él no tenía que decírtelo hasta que volviéramos de Japón.

«Él». Hudson ni siquiera pronunciaba el nombre de David. Al menos no fingía no saber por qué estaba tan cabreada.

Eso no me tranquilizó.

—Por suerte para mí, es un buen amigo. Además, en ningún momento he aceptado ir a Japón.

—*Touché.*

—¿Qué coño estás haciendo, Hudson?

La rabia me hervía por dentro, amenazando con explotar.

Cruzó una pierna sobre la otra y apoyó un tobillo sobre la rodilla.

—Le he ofrecido a David una oportunidad y él la ha aceptado.

—Acordamos que lo hablaríamos más adelante.

—Acordé que podríamos hablar más adelante sobre el futuro de la dirección del Sky Launch y, desde luego, vamos a hablarlo.

Estaba muy calmado y mantenía el control. Eso no hacía más que aumentar mi rabia.

—¡Eso formaba parte de la conversación!

—Deberías haber sido más precisa. —Ni siquicra pcstañcó.

Dios, deseé poder lanzarle algo, cualquier cosa. A cambio, le lancé mis palabras:

—Sabías a qué me refería. Sabías lo que pensaba y has seguido adelante sin hacer caso a nada de lo que yo había dicho. Creía que te preocupabas por mí, pero está claro que no, porque no es así como se trata a una persona con la que tienes una relación.

Puso la pierna en el suelo y se inclinó hacia delante, por fin alterado.

—Sí, sabía lo que pensabas. Y tú sabías lo que pensaba yo. Querías que no lo despidiera y yo quería que se fuera. He pensado que ofrecerle un trabajo en otro sitio, que para que lo sepas es el más importante de todo el país, era una solución intermedia bastante buena.

Había lógica en sus palabras y, desde luego, su oferta había hecho feliz a David. Pero eso no cambiaba el hecho de que Hudson se lo había ofrecido sin que yo lo supiera, a mis espaldas.

—Se supone que las soluciones intermedias deben tomarse entre las dos partes. Tú solo no puedes decidir de forma arbitraria cuál es la solución intermedia.

—Y no lo he hecho, de verdad. —Volvió a apoyar la espalda retomando su postura serena—. Ha sido David cuando ha aceptado el puesto. No tenía ni idea de que lo fuera a aceptar cuando se lo he preguntado y, de no haberlo hecho, habría vuelto a ti para buscar una solución apropiada a nuestro problema.

—¡Deberías haber hablado conmigo antes de ofrecerle el puesto!

—He aprovechado la oportunidad cuando se ha presentado. Tú no estabas allí para consultarlo contigo.

—No te atrevas a fingir que no has ido a ver a David hoy con la intención de hacerle esa oferta. —El ánimo alegre de Hudson esa mañana, su necesidad de comprender mi cambio de actitud de la noche anterior… Estaba tanteando el terreno, ahora lo veía claro—. ¡No me puedo creer que no entiendas que eso no está bien!

Estaba gritando. Deseé no hacerlo, deseé poder mostrar tanto control como él. Desde luego, aquello tenía un efecto intimidatorio. Pero yo no era así. Estaba histérica, como loca y vomitaba toda la agitación que sentía dentro por todo el apartamento.

Hudson se puso de pie y se acercó a mí con una ceja levantada.

—¿Estás enfadada porque supones que quiero que ocupes el puesto de David?

En parte sí, pero era por más cosas. Le di la espalda, pues no sabía qué responder.

—Por supuesto, quiero que lo ocupes y estoy absolutamente seguro de que realizarías un trabajo excelente. Pero, si no quieres, espero que me ayudes a decidir quién va a ocupar su puesto.

Me puso la mano en el cuello. Yo me giré y le aparté la mano de un golpe.

—Joder, Hudson. No quiero que nadie ocupe su puesto. Quiero trabajar con David. David Lindt, eso es todo.

—Le estás defendiendo con la pasión de una amante, Alayna. Estás consiguiendo que me cueste creer que es verdad que no hay nada entre vosotros.

Aquel nuevo insulto fue lo peor. Me dolió tanto que me quedé atontada, incapaz de sentir nada que no fuera más que frío, frío, frío.

—Estás actuando como un manipulador, Hudson. —Mi voz sonó tensa, pero baja y tranquila—. Todo lo que me has hecho y me has dicho hoy es una verdadera maniobra psicológica. Creía que ya no hacías esas cosas. Ni siquiera sé cómo reaccionar. Y probablemente sea eso lo que buscabas, así que… misión cumplida.

Él avanzó un paso hacia mí.

—No es justo que me eches en cara mis conductas del pasado cada vez que no estás de acuerdo con mis actos. Para nada estoy tratando de manipularte para que hagas ni sientas nada. Simplemente me estoy aferrando a mi plan..., a ti, Alayna. Todo lo que he hecho ha sido proteger nuestra relación y nuestro futuro. Eso es todo.

—¿De verdad? Pues el futuro de nuestra relación parece ahora mismo bastante endeble, en mi opinión.

Aquello fue de una absoluta frialdad..., tan fría como yo me sentía en ese momento, pero ni siquiera cuando vi que su rostro se contraía como si hubiese recibido una bofetada quise desdecirme. Solo deseé equivocarme.

Volvió a extender la mano hacia mí, pero yo le esquivé colocando brazos delante como una barrera.

—No te acerques siquiera. Intentas resolver todos nuestros problemas con el sexo y esta vez no va a ser así.

Se pasó las manos por el pelo.

—Yo no intento resolver nuestro problemas con el sexo. Pero sí que reconozco que cuando nos peleamos la conexión física nos vuelve a poner en sintonía el uno con el otro.

—Quieres decir que de esa manera soy más fácil de manejar. —Abrió la boca..., seguramente para protestar, pero seguí hablando antes de que él pudiera decir nada—. Ahora mismo no puedo hablar de esto. Tengo que irme.

Cogí el bolso del sofá y me dirigí a la puerta principal. Él trató de agarrarme cuando pasé a su lado, pero le esquivé.

No volvió a intentarlo.

—Alayna, no dejes esto así.

—Ahora mismo lo último que quiero es oírte decir lo que tengo que hacer.

—Alayna, por favor…

El dolor, la súplica que había en su voz… me destrozaba. Pero necesitaba tiempo.

Me detuve con la mano en el pomo sin mirarle. Si le miraba, temía caer en sus brazos. Necesitaba estar en un lugar donde pudiera pensar con claridad. Y sus brazos no eran ese lugar.

—Estaré luego en el ático. Eso es lo único que puedo decirte. En este momento necesito un poco de espacio.

La bola de su garganta estaba tan rígida que le oí tragar saliva.

—Me parece bien.

Después me fui.

Antes de que las puertas del ascensor se cerraran supe que quería hablar con Celia. Todo aquello me había pillado desprevenida y la conducta de Hudson me había desconcertado tanto que me trastornaba. No tenía la suficiente experiencia con él como para arreglarlo todo. Necesitaba con desesperación que me aconsejaran.

No contestó a la primera llamada, así que colgué y volví a llamar varias veces. Cuando estaba llamando por cuarta vez, mi teléfono vibró.

«¿Recibiste mi mensaje? Voy a estar en el Waldorf esta tarde. Necesito verte».

Maldito Brian. No había respondido a su anterior mensaje. Qué mal me venía tener que tratar con él precisamente ese día.

«Envíame un mensaje cuando estés y me pasaré por allí».

Pulsé el botón de enviar y a continuación traté de nuevo de hablar con Celia. Esta vez respondió enseguida.

—Hola, soy Laynie. ¿Estás ocupada?

—Eh…, un poco. ¿Qué pasa?

—Es que… necesito hablar contigo. —La voz se me quebró.

—¡No! ¿Qué pasa? Parece como si hubieses estado llorando.

No había estado llorando. Estaba llorando en ese momento.

—Preferiría hablar en persona. ¿Puedes quedar?

Las puertas del ascensor se abrieron en el vestíbulo de Industrias Pierce. Maldita sea. Ahora estaba rodeada de gente. Me eché el pelo sobre la cara deseando haber llevado mis gafas de sol y me dirigí rápidamente hacia las puertas de la calle.

—Podría quedar después. Esta tarde, por ejemplo. ¿Te viene bien?

—No lo sé. —No sabía qué iba a hacer en los próximos quince minutos, mucho menos varias horas después—. Espera que piense. Tengo que ver a mi hermano en algún momento de la tarde. Aunque no quiero. No lo sé.

Me estaba repitiendo, estaba desconcertada.

Salí a la calle y caminé hasta que las puertas de cristal se convirtieron en una pared. Me golpeé con los ladrillos.

—La verdad es que no soy capaz de tomar ninguna decisión en este momento.

—Vale, ya entiendo. Estás enfadada. —Celia parecía estar hablando distraída—. ¿Has dicho que tu hermano está en la ciudad? ¿Brian? ¿Se va a quedar con vosotros en el ático?

—Dios mío, no. En el Waldorf. Es el lugar preferido de Brian en todo el mundo.

—Estoy haciendo un diseño para el vestíbulo del gimnasio Fit Nation en la calle Cincuenta y Uno. Hay una cafetería justo al lado. ¿Qué te parece que nos veamos a eso de las dos? También te queda cerca del Waldorf.

Aunque aún faltaban varias horas, me sentí mejor. No estupendamente, pero sí mejor.

—Perfecto. Gracias, Celia.

—De nada.

Miré la hora antes de guardarme el teléfono. Eran las nueve pasadas. Sentía como si hubiese transcurrido todo un día en una corta mañana. No sabía qué iba a hacer en las siguientes horas.

—¿Señorita Withers?

Levanté la vista y vi a Jordan de pie en la acera con el Maybach.

—El señor Pierce me ha pedido que le pregunte si quiere que la lleve a algún sitio. ¿Quizá a casa o al club?

Así era Hudson. Siempre pendiente de mí, incluso cuando yo no deseaba nada parecido. Lo cierto es que fue un alivio tener allí a Jordan. Estaba tan confundida que no se me había ocurrido enviarle un mensaje para que me llevara.

Dándole las gracias a regañadientes, me subí al asiento de atrás.

—No quiero ir al ático. Supongo que al club.

Pasé el resto de la mañana revolviendo papeles en la oficina y mirando el cursor parpadeante de mi ordenador portátil. Parecía que no podría concentrarme en nada. En el pasado, cuando me sentía estresada e inquieta, recurría a antiguos hábitos y caía en conductas obsesivas. Aquellos comportamientos me calmaban y me relajaban por su naturaleza compulsiva. Pero, en lugar de necesitar actuar, deseaba encerrarme, encogerme en un ovillo y dormir hasta no sentir nada.

Joder, estaba hecha polvo. Todavía. Me había sentido curada con Hudson, pero aún no sabía cómo controlar las emociones. No sabía qué hacían las personas normales cuando estaban dolidas. Me arrepentí de haberme perdido la sesión de terapia de grupo del día anterior. La necesitaba ahora.

O al menos necesitaba a Lauren, mi monitora preferida de las terapias.

Por las noches, Lauren dirigía de forma voluntaria reuniones de Adictos Anónimos y de otros grupos en una iglesia unitaria que estaba cerca. Yo había sido una asidua fiel durante años y hacía poco había pasado a participar solo de vez en cuando. Pero no había conocido a Lauren en Adictos Anónimos. La primera vez que la vi fue en el Centro de Adicciones de Stanton, un centro de rehabilitación donde ella trabajaba como terapeuta. Yo había sido paciente suya durante un corto espacio de tiempo después de incumplir la orden de alejamiento de Paul. Brian, como buen abogado que era, había conseguido negociar que asistiera a ese centro en lugar de tener que ir a la cárcel.

Eran las doce menos cuarto. Si me daba prisa, quizá podría encontrarla en su descanso para almorzar.

Le envié un mensaje a Jordan y en veinte minutos conseguí llegar al centro.

Tomaron mis datos en la recepción y me dieron un pase para la zona de personal. Después de comprobar que el despacho de Lauren estaba vacío, fui al comedor de los empleados y la encontré con un grupo de celadores que se reían junto a la máquina de refrescos.

—Hola, pequeña. —Se separó de sus amigos cuando me vio para darme un abrazo—. Sentí no verte ayer con el grupo.

Sonreí nerviosa, deseando quedarme a solas con ella.

—Lo siento. Me surgió un asunto.

—El hecho de que hayas venido a buscarme aquí me hace pensar que no se trataba de un asunto bueno.

—En parte sí lo fue. Muy bueno. Y en parte, definitivamente nada bueno. —Eché un vistazo a una mesa vacía en la parte posterior de la sala—. ¿Tienes tiempo para hablar?

Levantó en el aire la bolsa de papel marrón que tenía en la mano.

—Siempre que no te importe verme masticar mientras hablas.

—Mastica lo que quieras.

No hablé hasta que estuvimos sentadas a la mesa. A continuación, le conté a Lauren los momentos más destacados de la semana anterior: el cambio en mi relación con Hudson, la mudanza al ático, volver a ver a Paul, los secretos que me había guardado y, por fin, lo que Hudson había hecho en relación a David. Fui rápida, pues sabía que Lauren solo tenía una hora para almorzar. Cuando hube terminado, me sentí exhausta, como si hubiese estado vomitando durante los últimos treinta y cinco minutos.

Lauren cogió una servilleta de papel para limpiarse la boca. Ya hacía rato que había terminado de comer.

—Pues ha sido una semana llena de acontecimientos. ¿Qué has aprendido al contarlo todo en voz alta?

Aquella era una de sus técnicas de terapia preferidas: convertir una sesión de desahogo en una oportunidad única para examinarse uno mismo.

—No lo sé. —Había perdido la práctica con esas cosas. Respiré hondo y me quedé pensando un momento—. Reconozco mi culpabilidad por haber traicionado a Hudson. Yo he sido la primera en tener secretos con él.

Costaba admitirlo, pero era fundamental. ¿Cómo podía esperar que él pensara que ser sincero y franco era para mí algo indispensable?

—Muy bien. ¿Qué más?

Dios, ¿es que eso no era suficiente? Busqué más cosas.

—Me he dado cuenta de que no sé cómo controlar mis emociones. Antes solía engancharme y obsesionarme cuando me sentía mal. ¿Qué se supone que debo hacer en lugar de eso?

—Exactamente lo que estás haciendo. Enfrentarte a ello de una forma constructiva. —Lauren se echó hacia delante y juntó las manos sobre la mesa delante de ella—. Escúchame, cariño, estar sana no significa que dejes de sentir cosas. Siempre las sentirás, buenas y malas, dependiendo del día y dependiendo del momento. Eso se llama vida. Estar sano es hablar de tus emociones, escribirlas, darte cuenta de que no tienes que hacer nada para cambiarlas. A veces, simplemente hay que vivir con ellas.

—Pues vaya mierda.

—¿Verdad que sí? —Volvió a apoyarse en el respaldo de la silla—. Hay otra cosa que quiero dejar clara y que no sé si estás viendo.

Lauren solía evitar señalar problemas que sus pacientes no habían identificado. Creía que si alguien no podía ver aún el bosque era porque no estaba preparado para enfrentarse a ello. Si iba a hablarme de eso, es que era algo fundamental. Retorcí las manos en mi regazo.

—¿Qué es?

—Hudson. No le conozco personalmente, pero su comportamiento me resulta familiar.

Por un instante, me pregunté si lo habría conocido en algún periodo de su terapia. Yo casi no sabía nada de sus programas de terapia. Supuse que era posible.

Pero después me di cuenta de lo que quería decir Lauren. Sentí cómo la sangre me subía a la cara.

—Quieres decir que te parece igual que yo. Como yo era en el pasado.

—Celoso, manipulador, mentiroso —enumeró extendiendo un dedo por cada uno de aquellos terribles adjetivos.

Al oír aquellas palabras en sus labios, sentí que el estómago se me ponía en tensión.

—No es así en realidad. Estás haciendo que suene peor de lo que es.

No estaba bien reducir a Hudson a ese comportamiento tan canalla. Él era mucho más que eso.

—No estoy haciendo que suene a nada. Son atributos que tú utilizaste para describirte a ti misma durante la terapia. —Lauren ladeó la cabeza—. ¿Por qué crees que eras así?

Una oleada de recuerdos me envolvió, cosas que prefería no recordar sobre mí misma, emociones que había sentido, causas de mis comportamientos. Siempre había odiado zambullirme en los recuerdos para aprender algo. Me hacía sentir náuseas y mareos.

Cerré los ojos para concentrarme.

—Porque sentía que nadie me amaba. Porque estaba desesperada por conseguir al hombre que quería. Porque no creía que hubiese otro modo de llamar la atención.

—¿Crees que pueden ser las mismas razones por las que Hudson ha actuado así?

Abrí los ojos. Las palabras que él me había dicho antes se repitieron en mi cabeza: «Simplemente me estoy aferrando a mi plan..., a ti, Alayna. Todo lo que he hecho ha sido proteger nuestra relación y nuestro futuro».

No tenía ninguna duda de que había hablado sinceramente, que creía que estaba haciendo lo mejor para nosotros. No había sido la mejor forma de actuar, pero su intención era buena. Conmovedora, de hecho. ¿Era esa una excusa suficientemente buena para actuar así?

Lauren me leyó el pensamiento.

—Mira, yo no justifico su comportamiento. Ni el tuyo. Parece como si los dos tuvierais mucho trabajo que hacer antes de saber cómo funcionar juntos. Simplemente te estoy dando cierta perspectiva. Parece que habéis podido conectar el uno con el otro porque los dos venís de lugares similares. Quizá deberías hacer uso de esa experiencia para comprender de dónde viene él. Al menos es un comienzo.

Arrugué los labios.

—Entonces, ¿qué? ¿Simplemente le perdono?

—No. También puedes alejarte.

Lo dijo con toda la facilidad, como si ese propósito no fuera para tanto.

«Dejar a Hudson». Ni siquiera podía contemplar esa idea. Me destrozaría.

Lauren se quedó mirándome.

—Probablemente deberías separarte. Pero veo que no es algo que esté en tus planes.

—No. No quiero dejarle. Y me aterroriza pensar que ahora mismo él pueda creer que estoy haciendo exactamente eso.

Sonrió.

—Entonces vas a tener que perdonarle. Pero no tiene por qué ser de un modo incondicional.

Dile que le entiendes. Agradécele sus buenas intenciones. Después explícale lo que pasará si vuelve a hacer algo parecido.

—Eso no suena demasiado mal.

Lo cierto es que me parecía maravilloso comparado con perderlo del todo.

—Pero sé consciente de que tendrás que ser coherente con lo que digas. Si dices que le dejarás si vuelve a hacerlo, tendrás que dejarle.

—No quiero pensar en eso.

Me guiñó un ojo.

—Estoy segura de que no quieres. Además, él puede ponerte condiciones. Si descubre que te estás guardando más secretos, por ejemplo. En ese caso podría dejarte.

—Supongo que será mejor sincerarme del todo con él antes de que ponga ninguna condición.

Tenía que contarle que me había visto con Celia a sus espaldas. Sinceramente, ese era el menor de los secretos que me había guardado y tenía pocas dudas de que me perdonaría por ello. Aun así, tenía que aclararlo todo.

Lauren levantó una ceja.

—¿Hay más cosas que no le hayas contado?

—Lo sé, lo sé. No me mires así. —Puse los ojos en blanco, consciente de lo mala que parecía mi situación—. Crees que los dos estamos bien jodidos, ¿no?

—No. No es para tanto. Quizá algo jodidos.

Me reí y ella se rio conmigo. Vaya, qué buena sensación: reír y tranquilizarme. Tenía que encontrar el modo de hacerlo más a menudo.

Lauren se puso de pie y supe que había llegado la hora de irme. La abracé y le di las gracias. Le prometí que iría a la reunión del grupo del siguiente lunes. A continuación me marché.

Tras mi charla con Lauren ya no sentía la necesidad de hablar con Celia. Traté de llamarla para anular nuestra cita, pero, a pesar de intentarlo varias veces, no respondió. No pasaba nada. Utilizaría nuestra cita en la cafetería para decirle que iba a sincerarme con Hudson. Así la pondría sobre aviso.

Llegué a la cafetería diez minutos antes, pero media hora después Celia no había aparecido. La llamé varias veces, le envié mensajes, pero no respondió. Esperé otros treinta minutos y luego decidí pasarme por el Fit Nation. Me había dicho que estaba trabajando allí. Quizá estaba liada.

Una vez dentro, fui directamente a la recepción.

—Hola. Estoy buscando a Celia Werner. Se supone que está haciendo un trabajo de diseño aquí. ¿La ha visto?

El hombre que me recibió era más o menos de mi edad y tenía la constitución de un levantador de pesas.

—Conozco a Celia. —Sus ojos se iluminaron como si estuviese algo enamorado de ella. En fin, era todo un bombón. Era probable que todos los hombres reaccionaran así ante ella—. Pero no ha venido en todo el día.

—¿Estás seguro?

Me había dicho claramente que estaría trabajando allí.

—Sí.

—Ah.

Un escalofrío me recorrió la espalda. Teniendo en cuenta lo poco que conocía a Celia, no tenía motivo alguno para llegar a ninguna conclusión preocupante. Quizá fuera algo que hiciera a menudo: faltar a sus trabajos y dejar plantada a la gente con la que había quedado. Tal vez le había surgido algo. No sabía nada de su vida personal. Pero había algo en aquella situación que me inquietaba. Algo que no lograba identificar.

Dejé mi número en recepción por si se pasaba más tarde. Después decidí olvidarme de Celia y me preparé para enfrentarme a mi tormenta.

Cuando Jordan me recogió, esta vez estaba preparada.

—Llévame al Bowery.

Eran casi las tres. Podría encargar a alguien que le diera mi llave a Brian cuando me enviara su mensaje. Tenía suficiente tiempo para hacer las maletas para ir a Japón y ordenar mis pensamientos antes de que Hudson volviera a casa. Después hablaríamos, con sinceridad, diciendo toda la verdad. Si él reaccionaba mal, yo aún podía renunciar al viaje. Sin embargo, Hudson tenía que saber que yo también me había comprometido con aquella relación. Tenía que saber que estaba totalmente inmersa en ella.

Pero cuando llegué al ático no estaba vacío, que era lo que me esperaba. Oí una acalorada conversación cuando entré en el vestíbulo. Sentí que el estómago se me retorcía cuando reconocí aquellas voces. Era Hudson. Y Celia.

Capítulo DIECINUEVE

Los encontré en la sala de estar, tan cerca el uno del otro que solo tendrían que inclinarse un poco para besarse. Desde mi posición, solo podía ver claramente la cara de Hudson y no parecía estar a punto de besar a nadie. Parecía estar a punto de estrangular a alguien.

Un rayo en el que se mezclaban celos, dolor y confusión me atravesó el cuerpo. Y de traición. Habíamos prometido no ver a Celia sin estar los dos presentes. Yo también le había traicionado en ese aspecto. Me merecía saber a qué sabía aquello. Sabía a mierda.

—¿Por qué iba a inventárselo Celia?

Estaba tan ensimismada en la escena que tenía delante de mí que no me había dado cuenta de que Celia y Hudson no estaban solos. La voz que atrajo mi atención pertenecía a Sophia. Sentado a su lado en el sofá se encontraba Brian. ¡Mierda! Y Jack estaba en la ventana, de espaldas a la sala.

Qué cojones era aquello.

—Porque eso es lo que hace siempre. —Jack se dio la vuelta—. Y muchas de esas preguntas pueden aclararse ahora, porque ha llegado la persona en cuestión.

Todos los ojos de aquella habitación se giraron hacia mí.

—¿Qué está pasando?

Yo dirigí mi pregunta solo a Hudson.

—Alayna...

Su tono de voz reflejaba tanta tensión como su cuerpo, pero un destello de luz pasó por sus ojos al verme.

Celia entró en mi campo de visión; su expresión era severa.

—Se lo he contado. Lo saben.

—Celia, basta ya —dijo Jack.

—¿Qué es lo que saben?

El vello de los brazos se me puso de punta. Sentía el hormigueo de la electricidad en el aire que nos rodeaba.

Nadie respondió.

Jack miró alrededor de él con expresión incrédula.

—¿Vas a decírselo, Celia? Es justo que ella lo oiga de boca de su acusadora.

Sophia lo miró boquiabierta.

—¿Estás llamando chivata a Celia?

—Maldita sea, Laynie. Sabía que esto iba a pasar. Lo sabía.

Brian se puso de pie y empezó a caminar por la habitación.

—Cierra la boca, Brian. —Avancé un paso hacia el centro de la habitación—. ¿Qué está pasando?

Celia intercambió una mirada con Sophia.

—Necesitas ayuda, Laynie. —Celia agarró la mano extendida de Sophia en busca de apoyo—. Quiero que sepas que no estoy enfadada contigo y que no te culpo de nada...

—¿De qué coño estás hablando?

Aunque seguía sin entender lo que estaba ocurriendo, había algo que, de repente, quedaba claro: aquello era una confrontación. Un careo conmigo.

—Muy bien. —Jack cruzó la habitación para acercarse a mí—. Como tú no vas a explicárselo, tendré que hacerlo yo. Laynie, sabes que me gusta verte. Siento que sea en estas circunstancias tan absurdas.

Puso sus manos sobre mis brazos y, pese a que estaba al otro lado de la habitación, noté que Hudson se encrespaba.

—Celia ha aparecido esta mañana en nuestra casa y se ha agarrado una pataleta lanzando unas acusaciones escandalosas sobre ti. Después ha llamado a Hudson y a tu hermano. —Jack miró a Brian—. Y han montado todo este espectáculo. Por suerte, yo estaba por allí y he podido venir para tratar de imponer algo de lógica a estas personas que la están escuchando —concluyó girándose hacia los demás al tiempo que su voz y su cuerpo se hacían más firmes.

—¿Qué está diciendo de mí?

En el fondo sabía la respuesta sin necesidad de oírla, pero contuve la respiración esperando con toda mi alma estar equivocada.

—Que has estado acosándola.

Las rodillas se me doblaron y Jack me ayudó a sentarme en el sillón.

—Dios mío.

Celia levantó su teléfono en el aire.

—Tengo la prueba. Llama varias veces y cuelga. Está en mi registro de llamadas.

«Clic». Ahora tenía sentido. La razón por la que me había dicho que llamara varias veces, por la que había cogido mi teléfono en el restaurante A Voce. Quería la lista de contactos del teléfono. Me había engañado. Sentí un zumbido en la cabeza al darme cuenta.

—¿Laynie?

Miré a Brian, que estaba de brazos cruzados esperando una explicación.

¿Cuántas veces había visto aquella mirada en el rostro de mi hermano? ¿Cuántas veces le había prometido que nunca más le volvería a causar un daño así? Aunque yo había mantenido mi promesa, ahí estaba él con la misma expresión. Era insoportable.

Tragué saliva para deshacer el nudo de mi garganta.

—Sí que lo he hecho. Pero solo porque ella me pidió que la llamara varias veces.

—Eso es ridículo —se burló Celia—. ¿Por qué iba a pedirle que lo hiciera?

—Me dijo que no le funcionaba bien el teléfono. —Aquello sonaba absurdo incluso para mis propios oídos—. Me dijo que cuando quisiera localizarla debía llamar varias veces hasta que respondiera.

Celia no dejó que nadie tuviera oportunidad de sopesar mi explicación.

—También me ha estado siguiendo por la ciudad, a sitios donde he estado trabajando. He estado en el Fit Nation y mi guardaespaldas la ha visto hoy en la cafetería que hay allí durante casi una hora. Y cuando he llamado a la recepción ella me había dejado un mensaje.

—Me ha tendido una trampa —dije más para mí misma que para los demás—. Estúpida, estúpida, estúpida.

Mira me había advertido con respecto a ella. Y Stacy, la dependienta de la tienda de ropa. Incluso Hudson me había dicho que no debía quedar con Celia. Yo no les había escuchado. «Qué estúpida».

—También los camareros de A Voce pueden confirmar que Alayna entró y se sentó conmigo cuando yo estaba a punto de comer el otro día.

—¿Qué? ¿Les has pagado para que digan eso? —Escupí mis palabras.

—No he tenido que hacerlo. Es la verdad.

Nuestro almuerzo de ese día había transcurrido sin incidentes. Si no les había pagado, era probable que le hubiera dicho a la camarera que iba a comer sola. Así, cuando yo llegué, parecería como si hubiera irrumpido en su almuerzo. Y me había ido antes que ella. Podría haber acorralado a la camarera y haberse quejado de mí describiéndole la escena de otro modo.

Jack se apoyó en el brazo de mi sillón.

—¿Y qué hiciste, Celia? ¿Informaste a los de seguridad?

—No quise ser maleducada.

Sus ojos azules resplandecían. Estaba disfrutando con aquel juego que se traía entre manos. ¿Era todo aquello un ardid para conseguir a Hudson y deshacerse de mí? ¿O se estaba vengando de él por haberla engañado unos años atrás?

O lo que era peor de todo, ¿había aprendido de él las técnicas de manipulación? ¿Habían montado juntos ese juego?

Miré a Hudson. No había vuelto a hablar desde que pronunció mi nombre a mi llegada. Su expresión era fría, sin mostrar emoción alguna. No estaba segura de qué lado estaba él. Y eso me preocupaba. Debería estar de mi lado, ¿no? Desde el primer momento.

—Es mentira —dije solo para Hudson, sin importarme si alguien más me creía—. Está mintiendo. Estuvimos comiendo juntas. Ella me invitó.

—También me acosó en el baño —añadió Celia—. En tu cumpleaños, Sophia.

—¡No!

Celia apoyó una mano sobre el brazo de Hudson.

—Te lo dije esa noche, ¿recuerdas?

—No necesito que me lo recuerdes.

Apartó el brazo de la mano de Celia y me animé al ver aquella pequeña victoria. Ella fingió no inmutarse por el rechazo de él y miró a Sophia, su aliada.

—En ese momento tampoco quiso creerme.

—Está cegado por el sexo —contestó Sophia—. Ha perdido el contacto con la realidad.

Ignoré las palabras de Sophia.

—¿Te dijo que la había acosado? —pregunté buscando con la mirada a Hudson, pero él mantuvo los ojos fijos en el suelo.

Recordé que la noche del cumpleaños de Sophia, cuando salí del baño, Celia estaba hablando con Hudson. Después de aquello, él se había mostrado introvertido. ¿Era ese el motivo? ¿Porque ella me había acusado de acoso?

—¿Por qué no me dijiste nada, Hudson?

No respondió, pero se me ocurrió un motivo para no contármelo: porque yo no le había contado nada a él. Dios, los secretos que nos habíamos guardado ahora podían destruirnos.

El estómago se me revolvió como si fuese a vomitar.

—Fue ella la que vino a hablar conmigo en el baño. Yo entré primero, ¿recuerdas? Y no hubo ningún acoso. —Chasqueé los dedos porque de repente recordé que tenía pruebas de cómo había sido realmente la conversación que habíamos mantenido—. ¡Mira estaba en uno de los reservados en ese momento! Ella confirmará lo que estoy diciendo.

Celia titubeó durante medio segundo.

—Mira siempre me ha odiado. Mentiría con tal de perderme de vista.

Jack soltó una carcajada.

—Dios mío, Celia, ¿ahora vas a meter a Mira en esto? ¿Tan vulgar puedes llegar a ser?

Sophia reprendió a su marido:

—Deja de atacar a la víctima.

—Celia es cualquier cosa menos una víctima.

El tono de Jack indicaba que se refería a muchas cosas más. Estaba claro que él mismo había tenido algún problema con la hija de los Werner. En otras circunstancias, yo habría estado rabiando por saber más.

Celia soltó un suspiro, el tipo de suspiro que no expresaba nada más que llamar la atención.

—Por favor, Sophia, no me consideres una víctima. No me estoy quejando. De verdad. Simplemente, estoy... asustada. —Retorcía las manos delante de ella—. Supongo que es culpa mía. Un día me pasé por el club. Estaba por el barrio y pensé darle una muestra de simpatía. Ella me pidió que fuéramos a tomar un café. Fui con ella, pero ahora me arrepiento. Parece que aquel fue el detonante. Me suplicó que no te dijera que nos habíamos visto. —Volvió a mirar a Hudson—. Debería habértelo contado de inmediato. Lo siento.

Mi único consuelo fue ver que Hudson se negaba también a mirarla a los ojos.

—Eso es ridículo. Fuiste tú quien me sugirió que no se lo contara a Hudson. —¿Por qué le estaba dando a Celia la satisfacción de dirigirme a ella?—. ¡Lo está tergiversando todo!

Hudson se levantó y se fue al otro lado de la habitación a mirar por la ventana.

Celia le siguió y le puso una mano en el hombro. De nuevo él hizo un gesto para apartarse.

Ella enderezó la espalda.

—No sé si sabes esto, Hudson, pero cuando hablé con ella ese día estaba obsesionada con un tipo del pasado. Paul no sé qué, creo. Estaba intentando firmar un acuerdo con su empresa para poder estar cerca de él.

La rabia me recorrió el cuerpo como si fuese un fuego incontrolado.

—Puta de mierda.

Jack puso una mano sobre la mía para intentar calmarme.

Celia se acercó más a Hudson.

—Solo he venido porque me preocupa que Laynie no reciba la ayuda que necesita. Tienes que ayudarla, Huds.

Todo mi campo de visión se volvió de color rojo.

—La única ayuda que voy a necesitar es un equipo de limpieza para cuando termine de destrozarte esa bonita cara.

Salté a trompicones desde mi sillón. En un instante tuve a Jack y a Brian a ambos lados sujetándome.

—¡Laynie! —me conminó Brian.

Jack fue más suave:

—Tranquilízate. La violencia no va a arreglar nada, aunque podría sentar bien.

—¿La has oído, Hudson? —Sophia se puso de pie y miró hacia la espalda de su hijo—. Ha amenazado a Celia delante de todos.

—Madre, no te metas en esto.

Yo me agarré a las palabras de Hudson como si fuesen una tabla de salvación.

—Hudson, tienes que deshacerte de ella. Es una persona peligrosa. Celia me ha confesado que tiene antecedentes penales. ¿Por qué demonios, entonces, dejas que entre en tu vida si sabes eso de ella?

—Cállate, madre.

Hudson se dio la vuelta y pasó junto a las dos mujeres. Se detuvo en el centro de la habitación. No supe interpretar todo lo que expresaba su rostro, pero, desde luego, sí que pude ver reflejado en su cara lo único que me había dicho tantas veces: «Estoy contigo».

La voz de Sophia sonó amortiguada y lejana mientras yo permanecía aferrada a la seguridad de los ojos de Hudson.

—Es lógico que se haya obsesionado con Celia. Sabe que estáis hechos el uno para el otro, Hudson, y está celosa. Celia se quedó embarazada de tu hijo. No puede competir con eso por mucho que...

Jack me soltó el brazo.

—¡Cierra la puta boca, Sophia! Ni siquiera era hijo de Hudson. Era mío, bruja ignorante.

En ese momento mi conexión con Hudson se rompió mientras se desataba todo un infierno.

La piel de Celia se volvió cenicienta.

El rostro de Hudson se llenó de rabia.

—¡Joder, Jack!

Si no hubiera estado tan aturdida por las acusaciones que había sufrido antes, habría participado también en aquel espectáculo. En lugar de eso, me quedé inmóvil observando horrorizada cómo se desvelaba aquel secreto a la velocidad de un rayo.

—Soy yo quien debe explicarlo —dijo Jack—. Y ya estoy harto de esta continua mentira.

—No contamos esa mentira por ti —intervino Hudson.

—Nunca he pensado que fuera por mí. Lo hicimos para salvarle el culo a Celia. Y estoy seguro de que en parte fue también porque querías proteger los sentimientos de tu madre. Dios sabe por qué te importa tanto lo que ella sienta cuando es obvio que a ella no le importa nada lo que sientas tú.

—No lo entiendo.

Sophia se hundió en el sofá.

Ahora le tocaba a Celia ser la que la consolaba:

—Sophia, lo siento mucho. Fue un error. Estaba borracha. Fue hace mucho tiempo.

Jack se rio.

—No estabas tan borracha. Y sé qué es lo que estáis pensando todos, pero fue ella quien me sedujo, no al revés.

—¿Tu hijo no era de Hudson?

Sophia no quería creerlo. Me di cuenta por su tono de voz.

Celia siguió suplicando perdón.

Jack se acercó a la barra y empezó a prepararse una copa mientras hablaba sin dirigirse a nadie en particular.

—Hudson se ofreció porque sabía que el padre de Celia enloquecería por la diferencia de edad, aunque el mismo Warren ha tenido amantes bastante jóvenes. Sin embargo, es distinto cuando se trata de tu hija. En cualquier caso, Hudson dijo que por alguna razón se sentía responsable. Nunca supe por qué.

Se dio la vuelta para dirigir la mirada hacia la habitación con una copa en la mano y el decantador en la otra.

—Pero os voy a decir una cosa: no puedo demostrarlo, pero apostaría mi vida a que todo fue una estratagema. Ella sabía que Hudson asumiría la paternidad del bebé. Esa fue, además, la única razón por la que ella llamó a mi puerta. Para atraparlo.

—Eso es rastrero, Jack —protestó Celia furiosa.

—Mira quién fue a hablar —dije yo en voz baja sin querer llamar la atención.

De todos modos, ella me oyó.

—No olvidemos por qué estamos aquí. No es para hablar del pasado, sino del futuro de Laynie.

—Creo que por el momento ese asunto va a quedar en suspenso —sentenció Jack mientras le llevaba la copa de líquido ámbar a su esposa.

Sophia la cogió con manos temblorosas.

—¿Tú y... Celia?

—No te hagas la sorprendida. Hace años que no somos fieles el uno con el otro.

Sophia dio un largo trago a su copa. A continuación, se puso de pie y le lanzó el resto a Jack a la cara.

—Cabrón desalmado. Yo siempre te he sido fiel.

Jack se limpió el bourbon de los ojos.

—Te regalo una palabra, cariño: Chandler.

—Chandler es tuyo. No sé por qué no se te parece. Pediré un análisis de sangre para demostrarlo, si quieres. Y, a pesar de la multitud de aventuras que has tenido con el paso de los años, nunca pensé que caerías tan bajo como para acostarte con la novia de tu hijo.

—¡Ella nunca ha sido mi novia! —exclamó Hudson.

Al mismo tiempo, su padre dijo:

—¡Ella nunca ha sido su novia!

Aquella situación había pasado de ser sorprendente a incómoda.

Brian se fue acercando poco a poco a mí.

—¡Vaya! Esta familia está bien jodida.

Su comentario me pareció curiosamente gracioso viniendo de boca de mi hermano. Nuestra propia familia, con nuestro padre alcohólico, nuestra madre distante y yo, su hermana, con un trastorno mental, siempre me había parecido la definición perfecta de familia bien jodida. Sin embargo, los Pierce hacían que pareciéramos la tribu de los Brady.

Le dediqué a Brian una sonrisa irónica.

—Ya te digo.

Completamente jodida. Y no me supe explicar por qué seguía estando allí.

Así que me fui.

Las manos me temblaban durante todo el trayecto en el ascensor. Hudson y yo podríamos solucionarlo todo más tarde cuando estuviéramos solos. Teníamos que revisar muchas cosas, pero en lo más profundo de mi ser sabía que estábamos bien, que estábamos tan conectados como lo habían estado nuestras miradas en la sala de estar con el caos que nos rodeaba.

Me detuve en medio del vestíbulo y me pregunté si debería llamar a Jordan para que me llevara en el coche. Pero ¿adónde iba a ir?

—¡Alayna! —me llamó Hudson desde atrás. Debía de haber bajado en el otro ascensor.

Se había dado cuenta de que me había ido. Eso hizo que desapareciera parte del frío que se había instalado en mi interior.

—¿Por qué te has ido? —preguntó cuando me hubo alcanzado.

—¿No está claro? Eso es un manicomio y no quería seguir allí.

—Sí, eso era.

—Yo..., eh... —Tenía muchas cosas que decir, pero solo una que fuera importante para mí, para nosotros—. ¿Por qué no me has defendido ahí arriba? ¿Estás enfadado por lo de David? Se supone que soy yo la que debe estar enfadada contigo, ¿recuerdas?

Me respondió con un silencio.

—Espera... —La verdad me quemó por dentro con una certeza atenazadora—. ¿La crees?

Apretó la mandíbula.

—¿Hudson?

Cuando nos habíamos mirado a los ojos... había creído que estábamos conectados... Había creído que eso significaba que estaba de mi parte. Me había equivocado. Y sentí como una puñalada en el vientre.

Hudson puso las manos sobre mis brazos imitando el modo en que su padre me había agarrado hacía menos de quince minutos. Su contacto hizo que me sintiera… mal. Sentí frío donde normalmente había calor.

—Creo en ti. —Su voz era suave—. Y cualquier cosa que necesites quiero dártela. Si necesitas ayuda…

—Dios mío. No me lo puedo creer. —Me solté de sus manos—. Joder, no me lo puedo creer.

Hudson abría y cerraba los puños.

—Dime que no lo has hecho. Dime que no la has llamado. Dime que no la has visto.

Pero no podía decir eso. La había llamado. La había visto. Aunque le había prometido que no lo haría. Solo podía alegar mis motivos y no podía demostrarlos.

Negué con la cabeza.

—No es lo que parece, Hudson. Ni la he acechado ni la he acosado ni nada de lo que está diciendo. —Podía entrar en detalles, explicarlo todo. Pero todo se resumía en el simple hecho de si él me creía o no—. ¿Estás de su parte o de la mía?

—Estoy de tu parte. Siempre de tu parte.

—Entonces, ¿me crees?

Se metió las manos en los bolsillos de sus pantalones.

—¿La llamaste?

—¡Sí! Eso ya lo he dicho arriba. —No me importaba estar hablando en voz alta ni que el portero nos estuviese viendo. Me saqué el teléfono del sujetador y lo levanté delante de él—. Toma, ¿quieres verlo? ¡Cógelo! Verás todas las veces que la he llamado, porque parece que eso es lo único que te preocupa.

Él no hizo caso de mi mano extendida.

—No quiero pruebas. Quiero ayudarte.

—¡Yo no necesito ninguna ayuda, joder!

Lancé el teléfono al suelo del vestíbulo. Se hizo pedazos al golpear contra la pared.

Durante tres segundos me quedé mirando el móvil destrozado. Se me ocurrió que estaba pasando lo mismo dentro de mí. Mi corazón se estaba rompiendo en una docena de pedazos. Adiós a eso de poder olvidar mi pasado. Siempre volvería a por mí.

Me di la vuelta y salí corriendo. Crucé el vestíbulo y salí por la puerta de la calle.

Hudson salió detrás de mí.

—Alayna, vuelve aquí.

Seguí corriendo, pero no pude darle esquinazo, sobre todo llevando tacones. Me alcanzó antes de dejar atrás el edificio y me agarró por la muñeca.

—Voy a anular mi viaje y vamos a buscar el mejor tratamiento...

—No estoy enferma. —Solté mi brazo de su mano—. Vete a Japón, Hudson. No quiero verte.

—No me voy a ir a Japón ahora. —Su voz era suave, controlada. Como siempre.

Empecé a caminar para alejarme.

—¡Vete a Japón! —grité mirando hacia atrás—. No quiero verte durante un tiempo o nunca. ¿Lo entiendes? Si estás en el ático cuando vuelva a casa, buscaré otro sitio donde dormir y no me refiero solo a esta noche.

No me siguió. Yo no sabía si aquello mejoraba o empeoraba la situación.

Probablemente fuera mejor. Porque sentía un profundo dolor en cada parte de mi cuerpo. Y ese tipo de dolor solo puede sufrirse en soledad.

Estuve montada en el metro durante un largo rato. Tuve suerte de conseguir un asiento antes de que llegara la multitud de la hora punta y me quedé allí quieta, en la línea E, durante todo el trayecto hasta el World Trade Center. Un rato después, cambié a la línea A y, al final, terminé en el Columbus Circle por pura costumbre. Pero no fui al Sky Launch. Estuve deambulando hasta el cine Walter Reade del Lincoln Center y elegí una película extranjera. Cuando terminó, me colé en el siguiente pase. Pese a verla dos veces, seguía sin tener ni idea de lo que había visto. Mi cabeza… y mi corazón… estaban demasiado confusos como para entender los subtítulos.

No volví al Bowery hasta después de la medianoche. Con el teléfono roto, nadie podía contactar conmigo. No había forma de saber lo que me encontraría allí. Una parte de mí esperaba que Hudson no me hubiese hecho caso, que estuviera esperándome allí. Pero entonces recordé lo que Lauren había dicho sobre estar dispuesta a mantenerme fiel a mis propias condiciones. Si estaba allí, yo tendría que irme y, por muy retorcida y rota que estuviera nuestra relación, me temía que no era capaz de hacer algo así.

El ático estaba a oscuras y en silencio, salvo por el sonido del reloj de pie. Aquello se parecía mucho a la primera vez que había entrado allí en mitad de la noche, pero entonces todo era nuevo y la agitación que me embargaba se mezclaba con la emoción. Ahora me sentía aturdida y vacía. Sin comprobarlo, supe que Hudson no estaba allí.

Estaba en mitad del pasillo en dirección al dormitorio principal cuando vi una luz en el dormitorio de invitados.

—Laynie, ¿eres tú?

Tardé varios segundos en recuperarme del pequeño ataque al corazón que Brian me había provocado.

—Sí, soy yo.

Mi hermano se acercó a la puerta del dormitorio de invitados vestido con una camiseta blanca y los pantalones de un pijama de rayas.

—Estupendo. ¿Estás bien?

Aquella era la pregunta del año.

—Supongo que sí. —Me apoyé sobre la pared e incliné la cabeza—. ¿Qué haces aquí?

—Hudson me ha dicho que tenía que salir a un viaje de negocios, pero no quería dejarte sola. Así que ha mandado a un tipo a buscar mis cosas al Waldorf y me he venido. —Apoyó el hombro en el marco de la puerta—. Espero que no te importe que esté aquí.

—La verdad es que casi me alegro.

Aquellas palabras salieron por mi boca antes de saber si las sentía de verdad. Tener a alguien cerca ayudaría a atenuar la sensación de vacío. Y me gustaba que hubiese sido Hudson quien lo había preparado. Pese a todo lo que había pasado, yo seguía estando dentro de su radar.

Brian se cruzó de brazos.

—Personalmente, creo que debería haber cancelado su viaje.

—Probablemente debería haberlo hecho. Pero le dije que no lo hiciera. —Me deslicé hasta el suelo, demasiado agotada como para seguir de pie, pero necesitaba información por parte de mi hermano—. ¿Ha pasado algo interesante después de que me fuera?

Brian se apartó de la puerta y se sentó en el suelo enfrente de mí.

—La verdad es que no. Más de lo mismo. Acusaciones y alcohol. Ya sabes, la típica reunión familiar.

Dijo todo aquello en tono burlesco, pero era así exactamente como habían sido nuestras reuniones familiares cuando éramos niños. Al menos en lo referente al alcohol. Siempre había mucho alcohol.

—La madre de Hudson es alcohólica.

No estaba segura de que Brian se hubiera dado cuenta.

—Sí, ya lo he visto. Tiene esa piel amarillenta tan rara, como la de papá. Y estaba temblando cuando la vi. ¿Ella lo reconoce?

—No. Nadie. Pero es una alcohólica distinta a papá.

Nuestro padre había sido un alcohólico feliz. Hablaba muy alto y se reía mucho. Cuando éramos pequeños nos parecía divertido. Fue necesario que me hiciera mayor para darme cuenta de lo que las bufonadas de mi padre le provocaban a mi madre.

—¿En qué sentido?

—Es mala. Odiosa. Vengativa. Está amargada. —Hice una pausa—. ¿He dicho que es mala? —Me froté los ojos con la mano—. Dios mío, este asunto del bebé es probable que acabe con ella.

—¿Verdad? Vaya forma de descubrir que tu marido te ha engañado.

—No solo por eso. La infidelidad de Jack es algo que ya sabía. La sorpresa es que estuviera con Celia. Creía que él tendría mejor gusto.

Quizá fuera por eso por lo que a Hudson no le gustaba nada que su padre me tocara. Tenía miedo de que Jack fuera también detrás de mí. Si al menos Hudson me hubiese contado la verdad sobre Celia y su padre, yo podría haberme esforzado más por…

Dejé que aquel pensamiento se diluyera. No era bueno pensar en las cosas que Hudson me ocultaba. Eso solo me llevaba de nuevo a lo que yo le había ocultado a él. Si los dos hubiésemos sido sinceros desde el principio, quizá no estaríamos metidos en ese caos en el que nos encontrábamos ahora.

—De todas formas, lo que quería decir es que Sophia estaba empeñada en que ese embarazo era la prueba de que Celia y Hudson debían estar juntos. Lo saca a colación en todo momento. Casi diez años después, sigue aferrándose a ese aborto, a esa pareja que no fue real.

Brian se mordió el labio, algo que siempre hacía cuando estaba concentrado.

—¿Sabes lo que pienso? Creo que ella supo en todo momento que había pasado algo entre Celia y Jack. Ya sabes, como cuando simplemente sabes algo porque sí. Probablemente pensaba que si Celia estaba con Hudson, quizá, de algún modo, eso supondría un castigo para Jack o puede que incluso la ayudara a recuperarlo o algo parecido. Está claro que ella quiere a ese hombre.

Eché la cabeza hacia atrás para apoyarla en la pared.

—Eso es muy revelador. La verdad es que casi consigues que sienta pena por ella. Déjalo —refunfuñé—. Prefiero seguir odiándola.

Brian se rio y yo me sentí menos preocupada al oírle. Me gustaba escucharle de otra forma que no fuera enfadado. Era como Sophia en muchos aspectos. Insensible por cómo le había tratado la vida. Era por él por quien me sentía mal.

—Siento de verdad que te hayas visto envuelto en esto.

Asintió aceptando la disculpa.

—Yo siento de verdad no haber estado aquí para ayudarte. —Mantenía los ojos fijos en las manos mientras sus dedos jugaban con los cordones de su pijama—. Supongo que me equivoqué al dejar de ayudarte económicamente, como he hecho. No ha supuesto la ayuda que creí que sería.

—Odio decir esto, pero probablemente ha sido lo mejor que has podido hacer jamás por mí. —Era curioso verlo tan claro en retrospectiva—.

A pesar de lo que parece ahora mismo, he estado muy bien.

—Es exactamente eso lo que parece. Buen trabajo, buen novio... —Me miró a los ojos—. Sé que no has hecho todo eso que Celia ha contado.

Lo miré sorprendida.

—¿No? ¿Por qué?

Brian me miró con franqueza.

—En primer lugar, ¿llamar y colgar? Ese no es tu estilo. Tú eres mucho más creativa.

Contesté con una sonrisa sincera ante aquel extraño cumplido.

—En segundo lugar, tú nunca te has metido en líos con mujeres. Y, por último, por muy mierda que haya sido tu comportamiento, tú nunca lo has negado. Eso es algo que hace que se pueda confiar en ti: siempre estás dispuesta a admitir tus errores. Además, tienes... buen aspecto. Nunca has estado tan bien. Al menos no desde que murieron nuestros padres.

Era el aspecto de sentirse querida. Esc cra el cambio que había en mí. Me pregunté cuánto tiempo duraría.

—Gracias, Brian. Significa mucho para mí oírtelo decir.

Más de lo que él pudiera imaginar.

Pero que Brian me creyera no significaba que no tuviese problemas.

—¿Y qué hago ahora, señor abogado?

—¿Con Celia Werner? Nada. No tiene nada por lo que presentar cargos y dice que no va a pedir una orden de alejamiento.

—Porque una orden de alejamiento la apartaría también de Hudson. —Fruncí el ceño—. Es decir, siempre que él siga conmigo.

—¿Es por eso por lo que va contando esas cosas de ti? ¿Está enamorada de él? —preguntó vacilante, como si temiera que ese asunto me pudiera doler.

—Puede ser. No estoy segura de si está enamorada de él o si quiere hacerle daño. Hay gente que me había advertido que no me fiara de ella. Eso hace que me pregunte si ya tiene cierta reputación de actuar así. No estoy segura.

—Lo único que puedo sugerirte es que te mantengas alejada de ella por ahora.

—Es verdad.

Lo cierto era que el engaño de Celia me llevaba a plantearme otro tipo de preguntas sobre ella y Hudson. No podía ser únicamente una casualidad que fueran amigos y que los dos hubiesen incurrido en un comportamiento manipulador con otras personas. Creía cada vez más que habían participado juntos en sus juegos. No sabía si como pareja o como rivales. Y no estaba segura de querer saberlo.

—Ah. —De pronto recordé cuál había sido el principal motivo por el que había ido Brian a la ciudad. Busqué en mi bolso, que aún colgaba de mi hombro, y encontré la llave de mi antiguo apartamento—. Tengo que darte esto. —La levanté en el aire para entregársela.

Él se inclinó hacia delante, pero se detuvo antes de cogerla.

—¿Estás segura de que no quieres quedártela? Puedo firmar otro año de alquiler. Por si las cosas no salen bien aquí.

—Eso es muy posible en este momento.

Di vueltas a la llave sujetándola de la anilla. Pesaba más de lo que debería y quería soltarla. Al mismo tiempo, tenía que ser fuerte.

Brian se quedó mirándome.

—Se lo he dicho, ¿sabes? A Hudson. Que sabía que tú no habías acosado a esa chica.

Mis ojos se fijaron en los suyos.

—¿Qué ha dicho?

—Nada. Es muy difícil saber qué piensa ese hombre.

Dejé escapar el suspiro que había estado conteniendo.

—Sí que lo es.

¿Qué me había esperado? ¿Que Brian convenciera a Hudson de la verdad y que todo fuera ya a pedir de boca? Aunque Brian hubiese hecho que Hudson cambiara de opinión, ¿sería yo capaz de perdonarle por no haberme creído cuando le dije que no lo había hecho? Lauren había dicho que, si quería seguir con él, tendría que haber perdón. ¿Hasta cuándo podría yo perdonarle?

En ese momento tan doloroso deseé tanto que Hudson volviera que cada poro de mi ser me dolía por ese anhelo. Le habría perdonado lo que fuera, todo. Y eso no era necesariamente lo mejor para mí.

Lo bueno es que estaba fuera del país. Esperaba sentirme más fuerte para cuando regresara.

Me eché hacia delante y dejé la llave en la mano de Brian.

—No. No quiero otro año de alquiler. No quiero que sigas cuidando de mí. Ya es hora de que me ocupe de mí misma. Si las cosas no se arreglan aquí… —la voz se me quebró y tuve que tragar saliva antes de continuar—, tendré que buscarme algo más barato. Lo cual está bien. Puedo encontrar una casa más cerca del metro. Quizá me busque una compañera de piso o algo así.

Brian asintió. Estaba seguro de que mudarme no era lo que yo quería, pero no tenía sentido discutirlo. Lo importante era que yo contaba con opciones. Que estaría bien.

Nos quedamos sentados en un cómodo silencio durante varios segundos antes de que yo reuniera la fuerza necesaria para irme a la cama.

—Voy a caer desplomada.

Brian se puso de pie primero y extendió la mano para ayudarme a levantarme.

—Buenas noches, Bri.

Iba por el final del pasillo cuando Brian me llamó.

—¿Sí? —Me giré para mirarle.

—No seamos como ellos, ¿vale?

No tuvo que especificar nada para que yo supiera exactamente a qué se refería.

—¿Quieres decir que esta familia odiosa, vengativa y traicionera no te gusta?

—No mucho.

Me quedé mirándole bajo la tenue luz. Parecía más joven de lo habitual, más niño de lo que yo solía considerarle. Una semana antes creía que se encontraba fuera de mi vida. Ahora me estaba diciendo que no quería eso.

Mi sonrisa era débil, pero sincera.

—Entonces, decidido. No seremos como ellos.

Sin ni siquiera desnudarme, caí sobre aquella cama demasiado grande y demasiado solitaria. Enterré mis sollozos en aquella almohada que olía tanto a Hudson y lloré hasta el amanecer, cuando el sueño por fin me absorbió en su acogedor vacío negro.

Capítulo
VEINTE

Cuando me levanté a la mañana siguiente, tenía resaca. Una resaca emocional, supongo, pues no había bebido. Me quité el vestido con el que había dormido y lo sustituí por mi bata. Encontré una jarra de café templado en la cocina y, después de calentarme una taza en el microondas, fui a buscar a Brian.

Apareció en el balcón. Estaba sentado en la mesa hojeando un montón de papeles. Para un caso, supuse. Brian era de los que siempre se llevan el trabajo a todas partes.

—Buenos días. —Miró su reloj—. ¿O debería decir buenas tardes?

—Lo siento. Anoche no dormí mucho. —Me ajusté el cinturón de la bata y me senté enfrente de él.

—Tienes un aspecto terrible.

—Gracias. —Di un sorbo a mi taza e hice una mueca de dolor al quemarme la boca.

—¿Tienes que trabajar hoy?

—Esta noche. —Me iba a reunir con Aaron Trent a las ocho de la noche. Me alegré de haberlo preparado todo antes, porque la verdad es que no estaba en condiciones de trabajar en ese momento—. Gracias por preguntar, papá.

—Tengo que empezar a practicar.

Dios mío, qué hermana tan terrible era. Me había olvidado de que su mujer estaba embarazada. Ni siquiera le había preguntado por ella.

—Por cierto, ¿cuánto le queda a Monica?

Sonrió de un modo que nunca le había visto antes, lleno de orgullo y felicidad.

—Cuatro meses. Sabremos si es niño o niña en unas semanas.

—Qué bien. Aunque también da un poco de miedo.

—Ni que lo digas.

Brian iba a ser padre. Vaya, qué emocionante y qué raro. Y eso significaba que yo iba a ser tía. Aún no había caído en la cuenta. Dios, no estaba lista para ser tía. ¿Cómo podía Brian estar preparado para ser padre?

Di otro sorbo a mi café, esta vez soplando primero. Sí, necesitaba la cafeína para tranquilizarme. Era casi perfecto.

Brian volvió a revolver los papeles que tenía delante y vi el logotipo de una compañía de teléfonos en la parte superior de uno de ellos.

—¿Qué estás mirando?

—El registro de llamadas de Celia. Se dejó aquí la copia. —Dio la vuelta a una página—. Estaba viendo las llamadas que ha hecho. Llamó al Sky Launch una vez. El viernes pasado. Aquí está. —Puso el papel en la mesa y lo giró hacia mí señalando un número que yo conocía—. ¿No es ese el número del club?

—Sí que lo es. Pero nunca me ha llamado al club. Espera, ese número también lo conozco. —Señalé el que estaba encima—. Es el del despacho de Aaron Trent. —Todo cobró sentido—. Qué zorra. Fue ella la que anuló mi reunión con él.

—¿De qué estás hablando?

Celia sabía lo de mi reunión con Trent y lo de la cena de cumpleaños de Sophia. Tenía que haber supuesto que, si Trent cambiaba la fecha de la reunión, yo terminaría yendo a la fiesta. Había provocado una escena. Qué bien se le daba.

Brian seguía mirándome expectante.

—Bah, ya no significa nada. Tenía una reunión y, cuando se canceló, surgieron problemas entre Hudson y yo. Una larga historia. —Mis ojos se desplazaron por la lista y localizaron un número que me sabía de memoria. Estaba por toda la página—. Ese es el número de Hudson.

—Le ha hecho bastantes llamadas.

—Ya lo veo. —Tragué saliva—. No sé qué pensar de esto.

—Ninguna de ellas es muy larga. Y siempre es ella la que llama.

—Ajá.

Eso me consolaba, ¿no? Pero ¿por qué llamaba Celia Werner a Hudson? ¿Por qué con tanta frecuencia? No me gustaban las preguntas sin respuesta.

Me recosté sobre el respaldo y me llevé la rodilla al pecho apoyando el pie en la silla.

—¿Y ahora qué va a pasar? Entre Hudson Pierce y tú. —Brian repitió lo que yo estaba pensando.

¿Y no era precisamente esa la pregunta? «¿Ahora qué va a pasar?».

—No estoy segura. —Froté la mejilla contra la seda que envolvía mi rodilla—. Supongo que esperaré a que él vuelva para ver qué ocurre. Puede que unos días separados nos sienten bien. Así nos da un poco de tiempo para pensar.

Tiempo para decidir dónde encajaba yo en la vida de Hudson. Y cómo encajaba Hudson en mi vida.

—Buen plan. —Hizo una pausa—. ¿Sabes? Que él no te crea no significa necesariamente que no te quiera. Confía en mí. Lo digo por mi experiencia.

Lo miré a los ojos.

—Sí, supongo.

Siempre había sabido que Brian me quería, incluso cuando se había comportado como un verdadero gilipollas. Y yo siempre había comprendido sus motivos. ¿Por qué me resultaba tan difícil entender los de Hudson? ¿Porque nunca me había dicho que me quería? ¿Porque aquella idea era demasiado buena para ser real? No estaba segura. Sí, definitivamente, había muchas cosas en las que pensar.

Brian dejó las facturas del teléfono sobre la mesa.

—En fin, hablando de teléfonos, ¿quieres que vaya contigo a comprarte otro?

Eso era lo único en lo que ya había pensado.

—No. Me temo que si lo tengo llamaré a Hudson.

La obsesión seguía siendo una amenaza siempre que pensaba en mi ordenador esperando dentro de mi bolso. Podría acecharle por Internet. Podría tratar de averiguar dónde estaba, qué estaba haciendo. Yo había sido muy fuerte. Lo último que quería era que las falsas acusaciones de Celia terminaran siendo verdad.

Miré a Brian para ver si me había entendido.

—Necesito estar absolutamente desconectada de él para poder aclararme, ¿me comprendes?

—La verdad es que no. Pero si eso es lo que piensas...

—Sí, eso es lo que pienso.

Brian se fue el jueves por la mañana y los días siguientes pasaron en medio de una nebulosa. Sin tenerle por allí para sacarme de mis pensamientos y situarme en el tiempo, perdí la cuenta de los minutos y las horas que Hudson llevaba fuera. Lo único que sabía era que cada segundo que pasaba me parecía una década y cada noche a solas en nuestra cama, un siglo.

David creyó que yo estaba rara porque echaba de menos a Hudson y me sugirió que me tomara unos días de vacaciones, pero el club constituía una motivación para mí. Después de reunirme con Trent, seguí trabajando por la noche en lugar de por el día. Al menos así podía estar tras la barra y encender el piloto automático. Trabajaba largas y duras jornadas y cuando volvía al ático me subía a la cinta de correr hasta que no podía más. Esa era la única forma de quedarme dormida, de agotarme tanto que entraba fácilmente en coma.

Sin mi teléfono, Hudson trató de ponerse en contacto conmigo de los modos más imaginativos: en el club, dejando mensajes al portero y llamando al teléfono del ático, aunque yo nunca contestaba. Me mantuve fiel a mi decreto autoproclamado de que un tiempo separados sería bueno para los dos. Pero a medida que pasaban los días no conseguía llegar a ninguna conclusión. Había esperado esclarecer mis pensamientos con su ausencia. Pero en lugar de eso me sentía perdida.

Fue después de una de las noches más largas cuando apareció Mira. Yo había tardado tanto en cerrar el club que el sol ya había salido. Me había cambiado de ropa para hacer ejercicio y fui corriendo desde el club hasta el Bowery. El tráfico parecía poco denso. Supuse que sería domingo por la mañana.

Mira me estaba esperando en el vestíbulo, sentada en un sofá de la entrada con las manos apoyadas sobre su vientre hinchado. Al verla sentí por primera vez en varios días algo de calidez.

Se puso de pie cuando me acerqué a ella.

—¿Te ha mandado para que veas cómo estoy? —pregunté con una sonrisa.

Le echaba terriblemente de menos y su intento de llegar hasta mí a través de su hermana era un bonito detalle.

A menos que la hubiese enviado para romper conmigo.

La sonrisa desapareció de mi rostro nada más pensarlo.

—No contestas a ninguna de sus llamadas, Laynie. ¿Qué más se supone que debe hacer?

—Ya ha dejado algunos mensajes al portero.

—¿Los has leído?

—No he llegado a tanto. Tenía miedo de lo que pudiera decir en ellos.

Como que tenía que dejar el ático antes de que volviera.

—¿Creías que quería romper contigo? —Se rio—. Para nada. Aunque lo quisiera, yo no se lo permitiría. Y no quiere hacerlo. Créeme.

No me había dado cuenta de lo que me preocupaba esa posibilidad hasta que Mira alivió la tensión con aquellas sencillas palabras. Los hombros se me relajaron y la mandíbula dejó de estar tan tensa. Entonces deseé no haber tirado a la basura sus mensajes.

Pero ahí tenía un mensaje en carne y hueso.

Señalé hacia el ascensor con la cabeza.

—¿Quieres subir?

—Contaba con ello.

No hablamos mientras subíamos al apartamento y lo único en lo que yo podía pensar era en que probablemente apestaría después de haber estado corriendo y que esperaba que Mira en realidad hubiera venido para decirme que Hudson regresaría a casa pronto.

—¿Quieres tomar algo? —le pregunté cuando entramos al recibidor.

—Pues... ¿te importa si asalto tu frigorífico? Acabo de desayunar y sigo hambrienta.

Dejé el bolso y la llave en el suelo.

—Adelante.

Ella conocía el camino y yo la seguí a la cocina. Mientras Mira echaba un vistazo al frigorífico, yo cogí un par de vasos del armario.

—¿Quieres beber algo?

—Agua me vale.

Se apartó del frigorífico con un plato de verduras y un trozo de queso.

Antes de que cerrara la puerta, yo metí la mano, saqué una botella de agua y serví la mitad en cada uno de los vasos. Cuando volví a girarme, Mira se había sentado en la mesa de la cocina. Cogí un cuchillo y un plato para el queso y fui con ella.

—Bueno... La semana pasada hubo por aquí mucha locura.

—Entonces, ¿vamos directamente al grano? ¿No hablamos antes del tiempo?

En realidad me alegraba. No quería ser yo la que pareciera deseosa de hablar de los trapos sucios.

—¿Estás de broma? Me muero por hablar de esto contigo. ¿No sabes que soy una chismosa?

Mira cogió el cuchillo y empezó a cortar el trozo de queso.

—¿Tú tampoco sabías lo del bebé de Celia?

—No. Ni idea. Siempre estuve segura de que no era de Hudson. No sé por qué. Yo apenas tenía catorce años cuando sucedió todo, pero nunca me pareció que estuviera enamorado de ella. Ni siquiera se besaban ni vi nunca nada por el estilo. Y, créeme, yo era de esas hermanas que lo ven todo.

Pude imaginarme a Mira como una adolescente alegre que espiaba a su hermano siempre que tenía ocasión.

—No sé por qué no me cabe la menor duda.

—Pero jamás pensé en que fuera de mi padre. —Cogió un trozo de *cheddar* y lo puso sobre otro de apio—. Aún me cuesta pensarlo. Es repugnante.

Se estremeció y a continuación dio un bocado a su bocadillo de apio con queso.

Hablando de algo repugnante…

Aparté los ojos de su tentempié de dudoso gusto y fingí mirarme las uñas.

—¿Qué tal lleva tu madre la noticia?

Mira se encogió de hombros.

—¿Quién sabe? Cada vez que empieza a sentir algo que no sea amargura, simplemente se vuelve a llenar la copa de bourbon.

Asentí, sorprendida por su franqueza.

—Brindando por los buenos tiempos.

Lo cierto es que no había pasado mucho tiempo a solas con la hermana de Hudson. Había supuesto que era tan reservada como él, y que ella ocultaba sus verdaderos pensamientos y sentimientos tras un velo de felicidad mientras él los escondía tras unos muros de fría piedra. Quizá me equivocara.

—Mi madre lo superará. O no. Da igual. —Hizo una pausa para terminar de masticar su apio y después frunció el ceño—. Para empezar, no sé por qué se sentía tan apegada a Celia. Lo siento por ella.

—No importa. Tú no eres la responsable del mal gusto de tu madre.

Se rio.

—Lo sé, pero es vergonzoso. Celia es una zorra. —Mira apoyó la espalda en su silla—. Siempre ha sido…, no sé…, falsa. Nunca me he fiado de ella, pero, aun así, no me puedo creer que te haya hecho esto.

Ahora me tocaba a mí encogerme de hombros.

—Ha sido culpa mía. No porque la haya acosado, sino porque no hice caso de las advertencias de que no me relacionara con ella.

—Sé que no la has acosado. —Mira puso los ojos en blanco—. Por favor. ¿Crees que no lo sé? ¿Por qué ibas a hacerlo? Tú no eres para nada así.

Su confianza en mí era sorprendente. Y también absolutamente equivocada. Había supuesto que mi pasado obsesivo ya era algo conocido por toda la familia Pierce. Me alegró saber que no era así.

Pero estaba harta de tanto secreto y amargura con mis problemas.

—Creo que te equivocas. Sí que soy así. Antes solía hacer esa mierda a todas horas. Me refiero a acosar a la gente. Tengo antecedentes.

Mira entrecerró los ojos para estudiarme.

—No me extraña que tú y Hudson seáis tan buenos el uno para el otro.

Mi boca se curvó con una sonrisa ante su inesperado comentario. Esa era exactamente la razón por la que yo había pensado que no era buena para Hudson. Qué interesante que ella tuviera una opinión distinta.

—De todos modos, ya no haces esas cosas, ¿verdad?

—No.

—¿Lo ves? Y a la que yo conozco es a la que eres ahora. Así que no vuelvas a corregirme. —Sonrió mientras cogía otro trozo de queso, esta vez sin apio, gracias a Dios—. Además, yo estaba en aquel baño. No la acosaste lo más mínimo. Se lo he dicho a Hudson, por cierto.

Era la segunda persona que me había defendido ante Hudson. Aunque me alegraba de ese apoyo, deseé no necesitarlo.

Aun así, me moría por saber su reacción.

—¿Te ha creído?

—Por supuesto que sí. —Abrió sus ojos marrones de par en par—. ¿Es eso lo que te pasa? ¿Crees que él no sabe que no hiciste esas cosas? Claro que lo sabe.

—¿Por lo que tú le has contado?

—Sí.

—Eso es lo que creía.

Se sonrojó.

—Es decir, quizá no haya sido por mí. Probablemente te haya creído sin... —Interrumpió la frase—. Mierda. —Se pasó la mano por el pelo corto—. Se lo habría imaginado si no estuvieses evitando sus llamadas.

—Mi teléfono está roto.

—¿Y las veces que ha llamado al club?

—Vale, esas sí las estoy evitando. —Me crucé de brazos y, de repente, me puse a la defensiva—. No es que no quiera hablar con él. Es..., es complicado.

Me mordí el labio por dentro. ¿De verdad era tan complicado? Amaba a Hudson y Hudson..., bueno, yo sabía que me amaba. ¿Era eso suficiente? No había forma de saberlo sin hablar con él.

Y yo había estado evitando eso mismo como si se tratara de la peste.

Lancé un suspiro.

—Hay algo más. He hecho algunas cosas que no debía. Y él ha hecho otras que tampoco debía haber hecho. Hay muchas cosas que arreglar y que hablar y creo que lo que tenemos que decirnos debe ser en persona.

—Pues ve a verle.

—¿A Japón? —pregunté sorprendida.

—¿Por qué no? Lo que dices tiene sentido. Las cosas importantes hay que hablarlas cara a cara. Es más difícil salir huyendo. Sí, deberías ir con él.

El rostro de Mira se transformó con su entusiasmo.

Aunque adorable, su idea era una locura.

—¿No va a volver pronto?

—No parece que vaya a hacerlo. La gente con la que está negociando avanza a paso de tortuga.

—Ah.

Se me cayó el alma a los pies. Si de verdad era domingo, ya habían pasado cinco días desde que Hudson se había ido. No creía que pudiera soportar muchos más.

Pero la alternativa era una locura.

—No puedo irme a Japón. No tengo tanto dinero.

—Yo pagaré los gastos.

—No. No pienso dejar que me pagues el viaje a Japón. En serio.

Mira frunció el ceño y se puso la mano en lo que probablemente había sido su cintura.

—Tengo casi tanto dinero como mi hermano, ¿sabes? Un viaje a Japón es una nimiedad y no estoy fanfarroneando. Solo quiero que te quede claro.

Abrí la boca para seguir protestando.

—Pero, si eso supone un problema de verdad —continuó antes de que tuviese oportunidad de hablar—, cárgalo a la cuenta del Sky Launch. Al dinero de Hudson. Para empezar, él quería que fueras.

No era mala idea del todo. No la mejor, pero tampoco mala.

Pero ¿y si no quería verme allí?

Aunque quizá era por eso por lo que había enviado a su hermana. Miré a Mira con recelo.

—¿Te ha enviado él para que me convenzas de que vaya a Japón?

—¡No! —Parecía horrorizada—. No le concedas a él el mérito de una idea mía.

Pero sí quería concedérselo. Así me daría menos miedo presentarme allí sin previo aviso.

—Piénsatelo —dijo Mira con mirada soñadora—. ¿No sería una sorpresa increíble?

Me imaginé intercambiándonos los papeles, con él apareciendo y sorprendiéndome.

—Sí, podría serlo. —«Más que eso»—. Le echo de menos.

Eso fue lo único que Mira necesitó oír.

—¡Laynie, se está muriendo sin ti! Lo noto en su voz. Está hecho un manojo de nervios. No puede comer, no puede dormir...

—¿Te lo ha dicho él?

—¡Estoy segura!

Me metí un trozo de *cheddar* en la boca para no reírme.

—¿Te ha dicho alguien alguna vez que eres una romántica empedernida?

—Eso no significa que no lleve razón con respecto a Hudson.

—Puede que no.

Aunque no podía imaginarme al tranquilo y sereno Hudson comportándose como nada parecido a un manojo de nervios.

Mira suspiró. A continuación, sus ojos se iluminaron.

—¿Sabes? Le ha dicho a Celia que quiere que desaparezca para siempre de su vida. —Dijo esto con indiferencia, pero se le notaba que sabía que era una gran noticia.

—¿Qué? —Me costaba escucharme por encima de los latidos de mi corazón—. ¿Lo dices en serio?

Asintió.

—¿Por qué no has empezado por ahí?

—Supongo que debía haberlo hecho.

¡Joder! Eso lo cambiaba todo. *Todo.*

—¿Qué más? Cuéntame todos los detalles.

—No sé más. No estaba allí. Fue aquí el día que pasó todo. Mi padre me lo ha contado. Me ha dicho que ella estaba hecha polvo.

—¿Y eso fue antes de que él creyera que yo era inocente?

—Sí.

—Entonces, ¿por qué le dijo que no quería volver a verla?

Mira se inclinó hacia mí, al menos todo lo que le permitía la bola redonda de su vientre, y su expresión era alegre.

—Esto es un cotilleo de tercera mano, pero mi padre me ha contado que Hudson le dijo a Celia que estaba claro que ella no era buena para ti y que esperaba que se mantuviera al margen de tu vida de ahora en adelante. Ni llamadas, ni pasarse por el club, ni por el ático, ni acudir a eventos familiares. Completamente fuera de tu vida. —Dio tres golpes en la mesa con el dedo al pronunciar las palabras «completamente», «fuera» y «vida»—.

Y dijo que como tu vida es la de él, eso significaba que tampoco él podría estar cerca de ella.

—No me lo puedo creer.

Me había quedado absolutamente fascinada con sus palabras. Desde luego, a esta chica se le daba bien contar chismorreos.

—Pues créetelo. Claro que sí. ¿Por qué lo dudas? Ya te he dicho que él te quiere. Te tiene puesta en un altar. Haría lo que fuera por tenerte a su lado. ¿No te das cuenta?

Movía las manos en el aire mientras hablaba, pero mis ojos permanecían fijos en su cara.

Parpadeé. Varias veces.

—Me ha elegido a mí por encima de Celia. Incluso cuando pensaba que me había vuelto loca otra vez. Eso…, eso es mucho.

—¡Sí! ¡Es mucho! ¡Es muchísimo! —Golpeó la mesa tan fuerte que el cuchillo salió volando hasta el suelo. No le hizo caso y clavó los ojos en mí—. Y ahora ¿qué vas a hacer tú para estar a la altura de eso?

Me puse de pie. Necesitaba dar vueltas por la habitación.

—Vale. —Me pasé las manos por el pelo, pues se me había deshecho la coleta—. Voy a Japón.

Un sonido entre un alarido y un jadeo inundó la habitación. Lo más sorprendente es que venía de mí. ¿De verdad acababa de decir que iría a Japón a darle una sorpresa a Hudson? Dios mío, sí. Y ni siquiera quería retractarme.

Mira dio un brinco con un chillido.

—¡Sí!

—Hoy es domingo, ¿verdad? —En mi mente yo ya estaba haciendo las maletas y elaborando una lista con los preparativos para el viaje—. No puedo irme hasta esta noche. Hay una persona que va a alquilar el club y había quedado en recibirla. Podría irme justo después. Como a las ocho, más o menos.

—Perfecto.

Dejé de dar vueltas.

—Esto te va a parecer ridículo, pero ni siquiera sé cómo viajar fuera del país. Estuve una vez en Canadá. Hasta ahí han llegado mis viajes al extranjero.

—Yo me encargo de todo —dijo Mira riéndose—. ¿Tienes pasaporte?

Asentí.

—Hudson me consiguió uno. Lo dejó en la mesilla. ¿Lo necesitas?

—No, lo necesitas tú. Asegúrate de llevártelo. —Movía los ojos como si estuviese elaborando su propia lista—. ¿Tienes una tarjeta de crédito del Sky Launch?

—Sí.

Fui corriendo, pero corriendo de verdad, hasta el recibidor, donde había dejado mi bolso.

—Aquí la tienes —dije cuando volví y le pasé la American Express que tenía para gastos de trabajo relacionados con el club.

—¡Bien! —Mira me dio un abrazo y lo cierto es que no me molestó—. ¡Esto es muy emocionante! Siempre he querido tener una hermana. Vais a tener unos bebés muy guapos.

—Oye, ve más despacio. —Aquello hizo que el abrazo terminara de pronto—. Nadie ha dicho nada de... —Me llevé las manos a la cara—. Ni siquiera puedo terminar la frase.

—Lo siento. Soy una optimista.

Dejé caer las manos y la señalé con un dedo.

—Guárdate para ti tu optimismo a partir de ahora, ¿vale?

Puso los ojos en blanco.

—Vale. —Pero pestañeaba como si tuviera algo más que decir—. Es decir, no está bien. Tengo que saberlo porque soy muy entrometida. ¿Quieres todo eso? Ya sabes, niños, matrimonio... El paquete completo. —Se mordió un labio—. Con Hudson.

No sabía qué decir. La respuesta era complicada y aquella conversación ya había hecho que me pusiera a sudar.

—Escúchame, Mira. —Aún no sabía lo que iba a decir. Entonces escupí toda la verdad—: Antes lo deseaba tanto que creía que cada tío era ese paquete completo, que cada hombre era el mío. Y estaba dispuesta a hacer cualquier cosa con tal de que creyeran lo mismo de mí. Y cuando digo cualquier cosa lo digo literalmente. Y no cosas muy buenas. —Sentí que un suspiro salía tembloroso mis pulmones—. Así que ahora no me permito pensar en ello, ni siquiera para fantasear durante unos segundos ni para probar a ver qué se siente. Por lo tanto, la respuesta es: no me lo preguntes. No puedo. —La voz se me quebró—. Simplemente no puedo.

Mira ni siquiera pestañeó.

—Entonces no lo haré. Yo fantasearé lo suficiente por vosotros dos.

—Gracias —respondí.

—De nada. —Sonrió. A continuación, me ahuyentó moviendo las manos—. Ahora ve a hacer las maletas. ¡Tenemos que llevarte a Japón!

Capítulo

VEINTIUNO

Debería cambiarme o me quedo así?

Era la tercera vez que le hacía a Liesl aquella pregunta en los últimos quince minutos. Ella me había respondido todas las veces, pero no podía recordar qué era lo que había dicho. Mi mente era un revoltijo de agotamiento y nerviosismo. Había conseguido echar una pequeña siesta mientras hacía las maletas y decidí que seguiría descansando durante el largo vuelo. Hasta entonces, tomaba café.

Liesl se dio la vuelta en el taburete de la barra y me agarró por los hombros mirándome directamente a los ojos.

—Laynie, tranquilízate de una puta vez. Me estás volviendo loca.

—Vale. —Un ruido sordo hizo que miráramos hacia abajo. Era el tacón de mi zapato, que rebotaba en el suelo con el tic de mi pierna. Me puse la mano en el muslo para que dejara de moverse—. Vale. Me relajo.

—Gracias a Dios. —Volvió a recorrer con los ojos mi falda cruzada y mi blusa blanca—. Estás de lo más atractiva. Pero deberías ponerte un chándal para el vuelo, para que puedas estar cómoda y babear mientras duermes y todo eso. Después, vuelve a ponerte esto en el baño del aeropuerto.

—De acuerdo.

«Muy bien. Ese era el plan». Habría llevado ya un chándal si no fuera porque estaba esperando a que llegara la persona que iba a alquilar el club.

Aunque tenía planeado cambiar los horarios del Sky Launch, en ese momento no abríamos los domingos ni los lunes. En ocasiones alquilábamos el club para diferentes eventos privados. No sabía mucho sobre aquel alquiler en particular. Lo había organizado David. También se habría encargado de recibir a quien lo alquilaba, pero se había ido a Atlantic City después de cerrar esa mañana para ir a ver el club Adora a escondidas. Yo odiaba admitirlo, pero Hudson le había alegrado la vida a David dándole ese trabajo. Había sido un buen cambio.

Liesl volvió a la barra, donde estaba preparando una especie de adorno para la barra con las varillas de las aceitunas de los cócteles.

—¿Sabes adónde tienes que ir cuando aterrices?

—Mira ha encargado que un coche me recoja y me lleve al hotel de Hudson. —La ansiedad volvió a recorrerme el cuerpo y empecé a caminar de un lado a otro—. Pero ¿y si no está allí? ¿Y si tengo que esperar? ¿Y si no le veo? ¿Y si...? —El estómago se me revolvió al pensar en eso—. ¿Y si está con alguien?

—No va a estar con nadie. Está contigo.

—Pero ¿cómo lo sabes?

—Yo... —se detuvo como si fuera a decir algo y después rectificara— simplemente lo sé.

Refunfuñé. Aquella respuesta no era satisfactoria.

—¿Qué? ¿Es que estamos en el colegio? —Suspiró—. Lo sé por el modo en que te mira. Todos lo saben. Vamos, Laynie, te ha pedido que te vayas a vivir con él. Después de ¿cuánto? ¿Una semana? Está enamorado de ti, chica.

—De acuerdo, de acuerdo. Tienes razón. —Eché un vistazo al reloj que había sobre la barra—. Se supone que los que alquilan esto llegarán en veinte minutos. Deberíamos bajar por si vienen antes.

—Vale. —De repente Liesl parecía tan nerviosa como yo—. Espera un momento.

Mezcló las varitas y después volvió a ordenarlas de la misma forma.

Dios mío, ahora sí que me estaba volviendo loca.

—¡Liesl! ¡Puede que estén esperando en la puerta!

—Ya voy. Ya voy. —Bajó de un salto de su taburete—. Espera. Una cosa más. —Sacó el teléfono del bolsillo de sus pantalones cortos y envió un mensaje—. Vale, vamos.

En mi imaginación, puse los ojos en blanco.

—No tenías por qué haber venido esta noche. Yo sola podría haberme ocupado de esto.

Me dirigí a las escaleras a paso rápido, pero tuve que reducir la velocidad para esperar a Liesl, que caminaba a paso de tortuga.

—Lo sé. Pero he pensado que te vendría bien estar acompañada. No es una buena idea quedarse sola en el club.

Como si no estuviera siempre sola en el club. Era extraño que de repente se preocupara por eso.

—Ha sido un detalle por tu parte.

—Ajá. —Se mordió el labio—. ¿Tienes las maletas preparadas?

—Sí. Jordan las traerá cuando venga a recogerme.

Seguimos bajando por el segundo tramo de escaleras y la pista de baile entró en mi campo de visión.

—Qué co...

El suelo se veía cubierto completamente con pétalos de rosas rojas y blancas. Las luces estaban apagadas y había velas sobre las mesas que rodeaban la pista iluminando el espacio con un resplandor etéreo de un blanco amarillento. Era hermoso y romántico.

Liesl soltó un pequeño grito.

—Impresionante.

No estaba así cuando yo había llegado una hora antes. Liesl había estado conmigo todo el rato, así que no había podido ser ella.

Apareció una silueta entre las sombras con las manos metidas en los bolsillos y aire despreocupado.

—¿Hudson? —Así, sin más, me olvidé de respirar. Al verle allí..., incluso con su ropa arrugada, sin la chaqueta del traje, con la camisa por fuera..., estaba imponente—. ¿Esto lo has hecho tú?

Asintió. Dirigió su atención a mi amiga.

—Gracias por mantenerla ocupada, Liesl.

Yo la miré con los ojos abiertos de par en par.

—¿Tú lo sabías?

Aún no había asimilado del todo que era él quien iba a alquilar el club, que todo aquello había sido por mí.

—Oye, él no dejaba de llamar y tú no le hablabas, así que me metió en todo este asunto de la sorpresa. Me pidió que te entretuviera arriba mientras él preparaba... —señaló con la mano la sala— todo esto. —Su rostro indicaba que se sentía culpable por la traición—. Es mi jefe, ¿qué se supone que tenía que decirle?

—Él no es tu jefe —respondí recordando lo que él me solía decir a mí.

—Yo no soy tu jefe —coreó Hudson a la vez.

Mi ojos fueron hacia los suyos al oír que los dos pronunciábamos nuestra broma particular. Después, los dejé allí, como si no hubiese otra cosa más en el mundo que mirarle a él. Como si lo único que mereciera la pena ver estuviera allí.

Y él me devolvió una mirada con la misma intensidad.

A lo lejos, la voz de Liesl me llegó a través de la bruma.

—Yo me estoy yendo. Vale, gracias.

No estoy segura de si le dije algo a Liesl. Ella ya se había ido. Yo ya estaba sola. Con Hudson.

Una parte de mí quería correr hacia él, pero no me lo podía permitir. Aunque estaba preparada para olvidar todo lo malo que había sucedido entre nosotros, sabía que, si no arreglábamos primero las cosas, no duraríamos. Así que caminé hacia él. Las piernas me temblaban mientras bajaba a la pista de baile y esta vez no era por el café.

Aunque había muchas cosas que se me agolpaban en la punta de la lengua, fue él quien habló primero:

—¿Has hecho las maletas? —Dio un paso hacia mí con una ceja levantada—. ¿Es que vas a algún sitio?

Pude notar la tensión de su voz. Creía que le iba a dejar. Aquello hizo que fuera más fácil pronunciar mis siguientes palabras:

—A ningún sitio en especial. Solo a Japón.

—¿Porque… yo estaba en Japón?

Su expresión era tan esperanzada y adorable que yo me derretí un poco. O del todo.

—Sí. —Le rodeé y me fijé con atención en aquel escenario. Las mesas cubiertas de manteles blancos, las velas que desprendían una fragancia a vainilla—. He pensado que podía poner en práctica mis dotes para el acecho e ir a buscarte.

—Me habría gustado que me encontraras.

Me di la vuelta para mirarle y hablé con indiferencia y coquetería, aunque mis palabras eran en realidad apasionadas y necesitadas.

—Ah, ¿sí? No estaba tan segura.

—Entonces es que eres tonta.

—Gracias.

—Una tonta muy guapa a la que no puedo dejar de mirar.

Yo tampoco podía dejar de mirarle. Menos de una semana separados y sentía como si no le hubiese visto en toda una eternidad. Seguíamos estando separados unos metros. Di un paso adelante hacia él, pero la distancia entre los dos seguía pareciendo igual de grande. No había forma de llegar hasta él sin…, sin decirlo todo.

—Hudson, vi a Celia a escondidas.

Cerró los ojos durante medio segundo.

—Me lo había imaginado.

—Debía habértelo contado. —Me mordí el labio tratando de buscar la mejor forma de explicar por qué había hecho aquello—. Ella se mostró amable y comprensiva y yo necesitaba hablar con alguien. No es ninguna excusa.

Apretó los labios.

—Podrías haber hablado conmigo.

—No siempre se nos da bien hablar.

—Pues eso tendremos que arreglarlo.

Sentí un nudo en la garganta. Él seguía pensando que teníamos una oportunidad. Aquello lo cambiaba todo.

Pero aún quedaban por decir algunas cosas duras.

—Me has hecho daño, Hudson.

Él tomó aire de una forma tan temblorosa que noté cómo su cuerpo se estremecía.

—Lo sé.

—¿Sí?

—Sí. Cambié a David sin consultarlo contigo.

—Bueno. —Había otros asuntos que arreglar. De esa culpa podía liberarle—. Al final es probable que haya sido para mejor. Ha resultado un buen cambio.

—Y no te creí. —Negó con la cabeza mientras miraba al suelo—. Debería haberte creído. —Sus ojos volvieron a mirarme—. Lo siento.

—¿Por qué no me creíste?

Suspiró.

—Me preocupaba más demostrarte que estaba a tu lado. Quería que supieras que te ayudaría, que te buscaría una cura.

—Yo no necesitaba ninguna cura. Lo que necesitaba era que creyeras en mí y no lo hiciste.

—No teníamos muchos antecedentes de ser sinceros el uno con el otro. La duda era algo instintivo.

Me puse rígida.

—Entonces, ¿es culpa mía que creyeras su versión antes que la mía?

—Yo no creí su versión antes que la tuya. Cogí las pruebas y las coloqué en un escenario posible.

Ahora era yo la que miraba al suelo.

—Es verdad.

No había nada malo en lo que él decía, pero eso no aliviaba el dolor de mi pecho.

—Lo que no estás entendiendo, Alayna, es que no me importa.

Mis ojos volvieron de repente a los suyos.

—No me importa si acosaste a Celia, si la llamaste un millón de veces o si metiste una gallina muerta en su cama. No me importa. Yo solo quiero tenerte. Quiero estar contigo. Si estabas enferma, cabía la posibilidad de que te perdiera. Y no puedo. Por mucho que me cueste. Por mucho que sea lo que tenga que hacer. Lo que tenga que decir. Debo tenerte en mi vida.

Se me puso la piel de gallina. Las palabras de Hudson eran tan liberadoras como comprometidas. Me liberaba de muchas de las dudas que constantemente me asaltaban. Su reticencia a creerme no había sido por falta de confianza, aunque desde luego yo no me la había merecido. Había sido su forma de aferrarse a mí. Aunque yo me hubiese vuelto completamente loca, él habría seguido a mi lado. Era casi increíble. Después de años pensando que nadie podría quererme jamás por mis errores, su declaración era más un sueño hecho realidad que cualquier otro aspecto de nuestra relación.

Al mismo tiempo, ahora me daba cuenta del alcance de mis quebrantamientos en el compromiso que habíamos adquirido el uno con el otro. Aunque él seguiría conmigo a pesar de todo, yo le había alejado con secretos y mentiras. Y cuando pensé que había vuelto a caer en sus antiguos hábitos, cuando creí que me estaba manipulando…, lo único que había conseguido era que él se enfadara muchísimo. Había estado enfermo en el pasado, igual que yo, pero le había echado la culpa en lugar de ofrecerle mi comprensión.

Caí de rodillas bajo el peso de todo aquello. Las lágrimas se agolpaban en mis ojos.

—No sé cómo hacer esto.

—¿Hacer qué?

Se dejó caer delante de mí, a poca distancia. Muy cerca pero, sin sus caricias, muy lejos.

—Tener una relación. —Me limpié las lágrimas que caían por mis mejillas—. No dejo de joderlo todo. Te he ocultado cosas. Te he acusado de haberme manipulado. No he intentado transigir en el asunto de David.

—Nada de eso me importa. —Se acercó un par de centímetros con expresión desesperada—. Pero no pierdas la fe en nosotros. Por favor, no te rindas. No soy nada sin ti, Alayna. Apenas puedo respirar si no estás cerca de mí, si no te toco.

Ahora mismo es lo único que puedo hacer por contenerme y no cogerte en mis brazos.

—¿Por qué te contienes?

Mi necesidad de él era indescriptible.

—Porque no quiero recurrir al sexo para resolver esto.

—Me has escuchado. Siempre me escuchas —dije ahogando el llanto.

—Alayna.

Como siempre, el sonido de mi nombre en su boca me encendió y dobló la distancia entre los dos, aumentando mi deseo y mi angustia.

—Te necesito, Hudson. Necesito que me acaricies y que me devuelvas la armonía. Estoy en total discordancia contigo y eso me duele, como si me faltara una parte del cuerpo.

Una débil sonrisa cruzó por sus labios.

—Entonces lo entiendes.

—Sí.

Por fin comprendía que el contacto físico entre nosotros era esencial. Nos acercaba más, nos unía a un nivel tan profundo que nuestras palabras y nuestros actos no significaban nada en comparación.

Extendió la mano, pero la dejó caer antes de tocarme.

—¿Estamos… bien?

—No me voy a rendir, si es eso lo que preguntas. Estoy perdida sin ti. Búscame, Hudson.

—Ya te he encontrado.

A continuación caímos el uno en los brazos del otro y nuestros labios se unieron en un beso que sabía a esperanza, amor y lágrimas saladas. Sus manos sobre mi espalda encendieron mi cuerpo. Necesitaba quitarme la blusa, sabía que la sensación de mi piel en contacto con la suya sería la única salvación.

Hudson supo ver mi necesidad. O quizá fuera su propio deseo el que llevó sus manos a mis botones mientras yo trataba de desabrochar los suyos. Nuestro beso permaneció inseparable mientras nos quitábamos las camisas y después mi sujetador. Entonces, con enorme desgana, dejé su boca para que él pudiera abrirse camino hasta mis pechos. Los cubrió los dos. Primero acariciándolos con los labios y lamiéndolos por el centro antes de concentrarse en un pezón. Tiró de él y chupó durante un largo rato hasta que yo empecé a retorcerme y a jadear. Cuando pasó al otro pezón, yo ya estaba excitada y cerca del orgasmo.

Había estado tan inmersa en la adoración de Hudson que no me di cuenta de que me había quitado la falda hasta que sentí sus dedos en mi clítoris por encima de las bragas, presionando ese manojo de nervios como si se tratara de un botón de descarga. Y lo fue. Yo estaba a punto de explotar. Con un simple movimiento de su dedo pulgar empecé a centrifugar.

Hudson me mantuvo erguida mientras yo entraba en una espiral con mi propia liberación y con la otra mano me arrancó la ropa interior para que cuando yo empezara mi descenso estuviera completamente desnuda.

Cuando recobré la visión, lo vi mirando fijamente la humedad que había entre mis piernas. Sus ojos estaban inundados de deseo y su expresión era salvaje. Qué excitante. Aquello era muy excitante. Nadie me había mirado nunca así antes de él. Nadie me había mirado tan de cerca.

Era demasiado en todos los aspectos. Demasiado y no suficiente. Lo necesitaba dentro de mí. Ansiaba su polla abriéndose paso dentro de mí, inundándome. Completándome.

Hinqué las uñas en la pretina de sus pantalones, demasiado enajenada como para poder quitárselos. Hudson tomó el control y con la rapidez de un rayo se bajó los pantalones lo suficiente como para sacarse su duro, grueso y hermoso miembro.

Yo ya me estaba subiendo encima de él cuando me detuvo mientras maldecía.

—Espera.

Se puso de pie y se quitó la ropa dando patadas y el dolor de su ausencia se alivió con la visión de su desnudez. Así era como más me gustaba vernos: completamente desnudos, sin barreras entre los dos.

Volvió a caer de rodillas delante de mí. Mis manos agarraron de inmediato su vibrante polla. Un hilo de líquido preseminal relucía en su capullo y yo lo extendí a lo largo de todo él.

Lanzó un gruñido.

—Ven aquí.

Hudson se levantó ligeramente y me movió para que le envolviera entre mis piernas, con los pies apoyados en el suelo al lado de cada uno de sus costados, en cuclillas. Por suerte, mis sandalias eran de plataforma. Me servían para guardar mejor el equilibrio.

Su capullo me tocó la vulva y yo me apreté ante la perspectiva mientras de mi mente desaparecía todo pensamiento relacionado con los zapatos. Con suave pericia, él se echó hacia arriba y entró. Yo me deslicé hacia abajo mientras recibía toda su enorme polla dentro de mi coño húmedo.

Dios mío, no había palabras... El éxtasis, la intensidad, la absoluta sensación de estar llena... eran completamente indescriptibles. Perfectamente perfecto.

Movió la cadera hacia mí y yo eché la cabeza hacia atrás ahogando un grito.

—Mira, Alayna.

Su orden volvió a atraer mi atención. Seguí su mirada hacia abajo, hasta el punto donde nos juntábamos. Se salió de mí hasta el capullo, su polla cubierta con mis jugos, y después volvió a entrar con un ritmo constante e hipnotizador.

—Mira cómo mi polla entra y sale de ti.

—Qué excitante. —«Increíblemente excitante».

Aumentó la velocidad y el ritmo de nuestros muslos al golpearse multiplicó por diez el nivel de erotismo. Mi cuerpo empezó a tensarse otra vez, casi a punto.

—Alayna, ¿estás conmigo?

Su pregunta hizo que volviera a fijar los ojos en su cara. Su expresión, aún lujuriosa y primitiva, estaba ahora llena de cariño.

—Siempre —respondí—. Siempre estoy contigo.

Volvió a reclamar mi boca y zambulló su lengua con una ferocidad que reflejaba sus movimientos de más abajo. Yo estaba sin respiración y jadeante cuando me soltó.

—Nuestros pasados siempre van a amenazar con interponerse entre los dos. Pero no habrá nada que nos separe. ¿Sientes eso? —Metió su polla más dentro de mí—. ¿Me sientes dentro de ti?

—Cómo me gusta, Hudson. Me gusta mucho.

—Lo sé, preciosa. Lo sé.

Apretó el brazo para acercarme más a él, de modo que su respiración me provocaba un hormigueo en la oreja mientras me hablaba.

La visión se me nubló. Estaba a punto.

—Mírame. —De nuevo su orden hizo que mis ojos se fijaran en él—. Así de conectados estamos, Alayna. Incluso cuando no estoy dentro de ti, siempre estamos conectados.

Aquellas escuetas palabras fueron el colmo.

—Joder, Hudson, me voy a correr.

Las piernas me temblaban por el esfuerzo de sostenerme encima de él. Y en ese momento se me tensaron con la cercanía del orgasmo.

—Sí, déjate ir —me persuadió Hudson—. Quiero ver cómo me lo das todo.

Y me dejé ir, apretándole con mi coño mientras el orgasmo me desgarraba con la fuerza de un terremoto. Mientras mi cuerpo se convertía en gelatina, Hudson se echó conmigo sobre el suelo y, a continuación, empezó a aporrearme para terminar él, enterrando sus pelotas mientras su orgasmo salía en una erupción caliente y larga.

Cuando se dejó caer, se quedó dentro de mí, acariciándome el pelo y susurrándome:

—Eres hermosa, Alayna. Absolutamente hermosa. Te he echado de menos. Mucho.

Yo le pasé los dedos por la mejilla, por su barba desaliñada de dos días.

—¿De verdad?

—Sí, de verdad.

—Yo también te he echado mucho de menos. —Le besé el cuello antes de chuparle suavemente la nuez. Aún con la euforia de después del orgasmo, fue sorprendente que, de repente, recordara dónde se suponía que debía estar yo en ese momento—. ¡Mierda! Tengo que llamar a Mira para decirle que anule mi viaje.

Hudson sonrió.

—Ya me he encargado de eso.

—¿Te lo ha contado? ¡Se suponía que tenía que ser una sorpresa!

—No me lo ha contado Mirabelle. Ha sido Jordan. Lo único que me ha dicho es que tenía que volver a organizar tus planes para esta noche. Sí que habría sido una sorpresa. —Dio vueltas a mi nariz con la suya—. Si no te llego a sorprender antes yo.

—Y qué maravillosa sorpresa ha sido.

—He tenido suerte de que no me hayas echado a patadas. ¿Sabes? Fantaseaba con follarte en este club desde la primera vez que te vi.

Por algún motivo, aquello hizo que me sonrojara.

—No puedo decir que yo no haya tenido la misma fantasía.

Sonrió y me dio un beso casto, probablemente tan consciente como yo de que cualquier cosa más intensa nos conduciría a otra sesión de sexo. Esta sospecha quedó confirmada con sus siguientes palabras.

—Por muy agradable que haya sido haber satisfecho esa fantasía, preferiría llevarte de vuelta al Bowery y follarte en nuestra cama.

—Eso suena estupendo. Porque, por muy bonito que sea todo esto, estoy pringosa y tengo pétalos de rosa pegados en el culo y en las piernas.

Hudson se rio y su polla se retorció dentro de mí al moverse.

—Los efectos colaterales de los gestos románticos.

—Más vale que te salgas antes de que se te vuelva a poner dura.

—Ya casi se me ha puesto.

Se salió de mí y, desde luego, mostraba ya otra semierección.

Se puso de pie y, después, me ayudó a levantarme y a quitarme los pétalos del culo. Tras terminar de vestirnos, Hudson encendió las luces del club para que yo pudiera apagar las velas.

—¿Lista para ir a casa?

Me estremecí al oír el dulce sonido de la palabra «casa». «Nuestra» casa. Se había convertido en una cueva solitaria durante los días que él no había estado. Ahora podría recuperar su antigua gloria.

—Mientras tú estés allí, no habrá otro lugar donde prefiera estar.

Me quité un pétalo de rosa que me había quedado en el brazo y eché un vistazo a la sala.

—¿Y qué hacemos con este lío? —Entonces, antes de que él respondiera, lo hice yo—: Deja que adivine: tienes gente.

Se encogió de hombros.

—Tenemos gente.

Lo cierto es que no me asustó su manifiesta declaración de que estábamos unidos de un modo aún más profundo del que ya creía. Había sido sincera con Mira cuando le dije que no podía pensar en esas cosas, pero quizá no me pareciera mal que otras personas lo hicieran.

Hudson cogió su chaqueta de la barandilla de la pista de baile. Sacó su teléfono de uno de los bolsillos y escribió algo. Un mensaje para que nos recogieran, supuse.

—Ah —dijo mientras metía la mano en otro bolsillo de la chaqueta—. Casi se me olvida. Esto es para ti. —Me dio un teléfono casi idéntico al que había roto.

—Estabas seguro de que no me había comprado otro, ¿verdad? —dije riéndome.

Me guiñó un ojo.

—No respondías a ninguna de mis llamadas ni a mis mensajes. Esperaba que fuera porque seguías sin teléfono.

—Seguía sin teléfono para no derrumbarme y llamarte.

—¿Debería esperar una explicación?

—No. Son cosas mías. Gracias por el teléfono. Ha sido todo un detalle. —Me agarré a su brazo y juntos nos dirigimos a la entrada del club—. Oye, ¿has recuperado Plexis?

—Sí. Pero eso no me habría importado si no te hubiera recuperado a ti.

Maldita sea, eso que había dicho era muy dulce. Solo dos semanas antes, él se mostraba completamente cerrado conmigo y me contaba muy poco de sus verdaderos sentimientos. Y pensar que podría haberme perdido toda la belleza que él tenía que ofrecerme si le llego a dejar escapar. Por suerte, yo me había quedado allí para recibir todo lo bueno.

Alcé la vista hacia él.

—Nunca me has perdido, ¿recuerdas?

—Es verdad. No te he perdido.

Habíamos llegado a la puerta y él se giró para mirarme. Aquellos deslumbrantes ojos grises..., podría quedarme en ellos toda la vida. No perdida exactamente, sino más bien encontrada.

—Te quiero, Hudson Pierce.

Él absorbió mis palabras inhalándolas físicamente mientras tomaba aire. Pude ver perfectamente cómo le afectaban. Las necesitaba igual que yo necesitaba sus caricias. Le cambiaban de una forma que no era exactamente tangible, pero que sin duda era real. Eso compensaba el hecho de que no hubiese sido capaz todavía de responder a mi declaración.

Se estremeció.

—Sal. Jordan debe de estar esperándonos. Yo pongo la alarma y cierro.

Hudson necesitaba un momento a solas. Lo comprendí. Él también provocaba el mismo efecto en mí.

Salí y vi a Jordan esperando con el Maybach.

—Buenas noches, señorita Withers. Siento decirle que ha perdido su vuelo.

Le guiñé un ojo.

—Tendrá que ser en otra ocasión, supongo.

Me metí en el coche y me desplacé hasta la otra ventanilla para dejarle espacio a Hudson. Mientras esperaba, encendí el nuevo teléfono que me había regalado. Sonreí al ver el fondo de pantalla. Era una fotografía que habían publicado de los dos besándonos en el desfile de moda al que habíamos asistido. Busqué en la agenda y vi que él había conseguido pasar mi número y mis datos personales al nuevo teléfono.

Un momento después, el teléfono sonó anunciando la llegada de mensajes de texto. Tenía diecisiete en total. Les eché un vistazo y vi que la mayoría eran de Hudson y uno de Brian, probablemente de antes de que supiera que tenía el teléfono roto.

Fruncí el ceño al ver dos mensajes de un número desconocido. Abrí el primero.

«El archivo de vídeo es demasiado grande para enviarlo. Ponme un mensaje si quieres verlo en persona».

Confundida, pasé al siguiente mensaje de ese número.

«Por cierto, soy Stacy, de la tienda de Mirabelle».

«Ah, Stacy». Me había dicho que tenía pruebas de Hudson y Celia. Una razón para no fiarme de ella.

Me reí en silencio. A buenas horas. Cualquier prueba que Stacy tuviera de lo bruja que era Celia resultaba del todo innecesaria. Lo había aprendido a las malas.

Aunque me picaba la curiosidad.

—¿Va todo bien? —preguntó Hudson mientras se metía en el asiento de atrás a mi lado.

—Todo va perfectamente.

Apagué el teléfono y me lo metí en el sujetador. El mundo exterior no me interesaba lo más mínimo si tenía a Hudson a mi lado. Estaba empezando a ver que podría seguir así durante un largo tiempo. Hudson tenía razón: estábamos conectados. Nada podría separarnos. Ahora sí estaba convencida de ello.

Me abroché el cinturón de seguridad y me recosté en el recodo de su brazo pensando que la perfección era algo a lo que me podría acostumbrar.

La historia de Hudson y Alayna
termina en *Para siempre contigo.*

Agradecimientos

Esta es siempre la parte de un libro más difícil de escribir y la temo y la aplazo todo lo que puedo, porque me da miedo de olvidarme de alguien o empezar a llorar mientras enumero a todas las personas maravillosas que han causado un impacto en la vida de mi libro.

Por suerte, la página digital no muestra las manchas de las lágrimas, así que allá vamos.

En primer lugar, a Tom. Siempre Tom en primer lugar. Mi marido, mi amor, la única razón por la que soy capaz de pasar muchas horas leyendo y escribiendo sin que mi vida se desmorone alrededor. Te quiero, siempre.

A mis hijas, que no entienden por qué no se puede hablar de los libros de mamá en la iglesia, pero que hacen un gran trabajo al guardar silencio. Sois la razón por la que escribo, chicas, porque sois mi razón de vivir.

A mi madre, que me apoya incondicionalmente y, aun así, piensa que no es bastante. No te preocupes, mamá. Tengo suficientes lectores. Tú puedes limitarte a ser mi animadora.

A Sophia, por el diseño de la cubierta y por animarme siempre a llegar hasta el final.

A Bethany, por ser mi editora y mi hada madrina y por estar siempre ahí animándome y diciéndome que soy una buena persona cuando siento más bien lo contrario.

A mis primeras lectoras y críticas. Lisa, espero tener algún día tanto talento como tú en tu dedo meñique. Jackie, tus comas hacen que sea una mejor escritora. Tristina, tus consejos son siempre los que necesito escuchar. Tamara, cuando crees que soy atractiva, me siento atractiva porque TÚ, chica, estás MUY BUENA.

A mi agente, Bob DiForio, que se ha ocupado de todas las cosas desagradables de la publicación para que yo no tuviera que hacerlo. Tío, menudo trabajito, ¿eh?

A Stephen DiForio y a Caitlin Greer por el formato de la web y a Julie de AToMR Book Blog

Tours, que consigue que mi libro aparezca por toda la red.

A las mejores amigas que se puede tener, The NAturals: Sierra, Sophia, Melanie, Lucy y Tamara. A veces sois la única razón por la que me levanto por las mañanas y a menudo la única razón por la que estoy despierta hasta muy tarde. Algunas veces es el porno lo único que se necesita.

A Joe, que llama cariñosamente a esta trilogía de novelas la serie «F» por *The Fixed Trilogy.* ¡Ha sido nuestro año! Pero espera y verás lo que nos trae el siguiente.

A Kristen Proby por tu maravilloso cariño por esta trilogía y por los consejos, el apoyo y la inspiración que le has aportado a una autora en ciernes.

A la asociación de WrAHM (Madres que Escriben Desde Casa) y a la de Hijas de Escribientes. Sois todas mujeres maravillosas. Me siento muy afortunada de haberos conocido.

A los autores que he conocido en esta maravillosa comunidad de escritores. Nunca dejáis de inspirarme y animarme a ir en busca de mayores logros, tanto personales como con mis historias. Compartimos una pasión increíble. Gracias por todo lo que me habéis enseñado y por dejarme leer vuestras impresionantes y hermosas obras.

A los blogueros de literatura y a los críticos que me han ayudado a difundir *Adicta a ti.* Sois tantos que no puedo mencionaros a todos, pero necesito dar las gracias de forma especial a Aestas, Schemexy Girls, The Rock Stars of Romance, Angie's Dreamy Reads y «That's All» Ash. Os estoy eternamente agradecida por vuestro cariño y vuestro apoyo. No tengo palabras suficientes para expresar mi agradecimiento. ¡OS QUIERO!

A los fans que han querido y han seguido la novela *Adicta a ti* como si fuera suya, sobre todo Jenna Tyler y Angela McLain. Gracias, chicas, por todo lo que hacéis. Ha sido un honor conoceros.

A los lectores siempre. Vosotros sois la única razón por la que me dedico a esto. Nunca lo olvidaré. Os estoy MUY MUY agradecida.

A mi Creador, que ha bendecido mi vida con tanta riqueza. Que nunca me olvide de mantener los ojos puestos en ti.

El papel utilizado para la impresión de este libro
ha sido fabricado a partir de madera procedente de bosques
y plantaciones gestionados con los más altos estándares
ambientales, garantizando una explotación de los recursos
sostenible con el medio ambiente y beneficiosa para las
personas. Por este motivo, Greenpeace acredita que este libro
cumple los requisitos ambientales y sociales necesarios para
ser considerado un libro «amigo de los bosques».
El proyecto «Libros amigos de los bosques» promueve
la conservación y el uso sostenible de los bosques,
en especial de los Bosques Primarios,
los últimos bosques vírgenes del planeta.

Papel certificado por el Forest Stewardship Council®

FSC
www.fsc.org
MIXTO
Papel procedente de fuentes responsables
FSC® C117695